清气满乾坤

——林中长传

◎ 冯秉瑞　著

海峡出版发行集团
THE STRAITS PUBLISHING & DISTRIBUTING GROUP

海峡文艺出版社

图书在版编目(CIP)数据

清气满乾坤:林中长传/冯秉瑞著. —福州:海峡文艺出版社,2019.6(2024.3 重印)
ISBN 978-7-5550-1906-0

Ⅰ.①清⋯　Ⅱ.①冯⋯　Ⅲ.①章回小说—中国—当代　Ⅳ.①I247.4

中国版本图书馆 CIP 数据核字(2019)第 113160 号

清气满乾坤
　　——林中长传

冯秉瑞　著

出 版 人	林　滨
责任编辑	林鼎华
出版发行	海峡文艺出版社
经　　销	福建新华发行(集团)有限责任公司
社　　址	福州市东水路 76 号 14 层
发 行 部	0591—87536797
印　　刷	三河市兴博印务有限公司
厂　　址	河北省廊坊市三河市杨庄镇大窝头村西
开　　本	787 毫米×1092 毫米　1/16
字　　数	220 千字
印　　张	15.5　　　　　　　　插页　8
版　　次	2019 年 6 月第 1 版
印　　次	2024 年 3 月第 2 次印刷
书　　号	ISBN 978-7-5550-1906-0
定　　价	79.00 元

不要人誇顔色好
只留清氣滿乾坤

項南題 庚午九月

林中长像（1923.9 — 2002.4）

在田间

在渔船上（摄于 1988 年，平潭东甲岛）

在海边（摄于 1992 年，连江官坞）

林中长、林永华伉俪

林中长夫妇的两双子女
前排 左次子林跃力、右次女林东风（1968 年 11 岁时罹难）
后排 左长女林晓青、右长子林建力

全家合影：后排 左起林跃力、林建力、林晓青

全家合影于螺洲：左起林建力、林跃力、林中长、林晓青、林永华

林永华72岁生日留影（摄于福州闽都酒店）

和睦兴旺的一家人

晚年林永华

林永华和她的三个子女：左起林建力、林永华、林晓青、林跃力

孙辈合影：左起外孙女林翔（林晓青女）、长孙林宇帆（林建力子）、
次孙林骏杰（林跃力子）

林中长之侄、林中祥之子林正佳（全国侨联常委、福建省政协常委）和
作家冯秉瑞合影

林永华及子女和本书作者冯秉瑞（左二）合影

林中长（左二）和原福州黄花岗中学老战友邱子芳（左一）、
林正光（右二）、施修莪（右一）合影

海蛎人工育苗鉴定会留影（摄于 1985 年，罗源）：前排左三林中长

林中长（前排左二）和原闽北城临委老战友合影
前排中郑杰、右二唐松、右一严子云

中共平潭县委正确处理地下党问题座谈会留影 一九八二年十二月十八日

平潭县委正确处理地下党问题座谈会留影（1982年）
前排左四林中长、左一马玉銮、左二吴秉瑜、右一徐兴祖、右三郑杰

林中长故居（平潭·大福村）

序

孙绍振

　　冯秉瑞和我是老朋友，差不多是同龄人，我们相识于 41 年前省作协在平潭召开的文学创作会议上。虽然从 1994 年以来没有怎么联系，但我知道他在退休之后出版过多部长篇历史小说和长篇传记文学，是一个执着的老作家。80 多岁高龄的他还能潜心创作，这种精神就让我感动；更让我感动的是他新著的《清气满乾坤——林中长传》一书中的主人公林中长。林中长那可歌可泣的传奇人生故事，我读罢激动得久久无法平静。

　　传主林中长比作者冯秉瑞大 11 岁，算是他的兄长辈，但他俩都是海岛平潭人，相知相识，尤其是冯秉瑞从小就崇拜平潭英杰之一的林中长。作为平潭籍作家，冯秉瑞通过撰写乡亲革命英雄林中长的跌宕起伏人生，延伸出一段荡气回肠的福建历史，写得严谨而生动。

《清气满乾坤——林中长传》这本书，有严肃的历史性，又有很强的文学性。读者不仅能从书里回顾历史，又能获取阅读的愉悦。这本传记采用第三人称的客观叙述还能这么好看，在于"三有"：一有特定的历史条件，二有好故事，三有英雄人物。本书讲述的时间段有好故事，好故事接二连三；有英雄人物，英雄人物辈出；人物对话精彩，人物塑造丰满。所以这本传记是关于林中长个人的革命人生，也是关于那个特定年代的历史真实。

　　年轻的林中长是个热血的进步青年，有勇有谋有义气。在掩护恩师林慕曾躲避国民党的追捕中，先是不畏险阻给恩师传递被通缉的信息；再是冒着被捕的风险，让恩师住在他自己家中；最有胆识的是，与国民党政权派来的两位警察斡旋，整个过程的对话和情节如同小说一样引人入胜。但请注意，这是历史真实事件。可赞的是，当时的林中长只有18周岁，真可谓"自古英雄出少年"啊。终于，林中长成功地掩护了赠诗"只留清气满乾坤"给他的恩师。可以说，一股浩然正气在师徒二人间承继。而这股清气更是深入到林中长的骨子里了。

　　再说说年轻时的林中长。作为福清县中校学生会主席，他为解救被当局扣押的进步青年翁其他同学，与同人策划组织了轰动省政府的全校罢课，他因此入狱15天，并被学校开除学籍。尽管被剥夺了初中毕业证书，但无可否认，这是他青春岁月中光辉的一笔。再后来他为无辜被国民党兵殴打的村民打抱不平；在报捷会馆当地下联络员；为开展学运考取黄花岗中学高中部；为发展革命力量率先发起福清（融）、平潭（岚）、长乐（航）三县籍学生组成"黄花岗中学融岚航同学会"；团结全校师生，组织"黄花岗中学陶冶学术研究会"，开展爱国民主运动；潜回平潭大福村明为潭南中心小学语文教师，实为中共地下党的职业革命家。

在革命之路上，林中长和战友亲历的斗争故事可谓跌宕起伏、扣人心弦。如"智赚西药，药人两得""巧调粮食，粮钱双获"、秘密迎接军事部长阮英平将军、领导闽北地下交通站、成立闽北城临委出任书记、崇安遇险临险不惊、北山拘押死里逃生、智取情报支持解放、力筹物资支援驻军、林慕曾临死悲书"杀首足千秋，黄炎民族应有恨；伤心唯一事，白发老母更何依"……

在建设之路上，林中长"劳武结合"保护渔业生产、移山填海围堵屿口、呕心沥血发展渔业、三次受冤仍养一身清气、推动平潭渔村改革、中国养鳗鱼第一人、为官清廉不受"交际费"……

值得一提的是，本书每回的章目不但在形式上很漂亮，而且有实质内容，都能提纲挈领地概述该回目的主要故事内容或思想主题。显然，本书的作者深谙谋篇布局，回目设计的精巧让我不由想到了中国古典长篇小说四大名著。这点又为本书增添了文学的审美性。

康德在《判断力批判》中说到"每种具有英勇性质的激情，都是审美上的崇高"。文学作品有真善美统一的境界，人生有道德的境界。林中长的一生是崇高的，正如在同他遗体告别仪式上的悼词所述：

林中长同志的一生是革命的一生，战斗的一生，光辉的一生。他那崇高的思想品质、优良的工作作风、顽强的革命毅力、无私的奉献精神，永远铭记在我们心中。

是为序。

2019 年 2 月 26 日

（孙绍振，当代中国著名作家、文学评论家、教授、博导）

目　录

第一回　麒麟岛诞生麒麟子

话说海岛平潭，简称岚，古名海山，又称海坛、东岚、岚岛，等等。但从中国改革开放以来，平潭又有一个神奇而美好的名字，叫麒麟岛。其缘由是，从卫星遥感影像图看，主岛海坛酷似一匹腾跃于茫茫东海之上的"麒麟"。

"麒麟"乃神的坐骑，是神兽、仁兽、瑞兽，它与祥龙、仙凤、神龟共称"四灵"。"麒麟"现身，则风调雨顺，国泰民安，天下仁和，万世祥瑞。

"麒麟"外形像鹿似牛，头上有角，身披鳞甲，尾巴曳臀。

如此道来，从地图上看，说平潭像"麒麟"委实很像。它头北尾南，背西脚东，正漫步于碧波荡漾的台湾海峡上。

平潭古早有一首说海坛岛四至终端的顺口溜："东至流水东尾，西至苏澳旗杆尾，南至下山（敖东）芬尾，北至青峰甲尾。"

如果说整个海坛岛是一匹神兽麒麟，那么，青峰甲尾就是麒麟头，苏澳旗杆尾是头上的角，流水东尾是前腿，潭东澳前是后腿，下山芬尾便是麒麟的曳臀尾巴了。那东庠、小庠、大练、小练、屿头、乐屿、塘屿、草屿等小岛，就是一群跟随母麒麟奔跑的小麒麟了。

诚然，说平潭是麒麟岛，岂止是形像？其实还含有神像、意像，其寓意无穷。

有道是，"东海有神兽，英名叫麒麟"。麒麟岛奇风光好，英杰辈出故事多。

毋庸置疑，平潭是个很有故事的地方。平潭岛故事多，但要讲好平潭故事，还需要一个一个地细说。本书要细说的故事主人翁是一位名载福建革命史册的平潭英杰。

这位平潭英杰就是原中共闽北城临委书记、平潭县人民政府县长、莆田地区和福州市水产局长林中长。

林中长，字克兢，1923 年 9 月 14 日凌晨 4 点（农历癸亥年八月初四丑时），诞生在平潭县敖东镇大福村的一个林氏渔民家庭里。

大福村，又称大福湾，区位地势得天独厚。它和紧密相邻的钱便澳、渔庄、桥锦头、青观顶等 4 个行政村合称为芬尾。芬尾中的大福村位于海坛岛最南端的突出部，也就是说它是麒麟曳臀尾巴的末梢，是全岛中的半岛。其三面临海，两边港湾，东濒坛南湾；西接海坛海峡西南口，与福清可门岛隔海相对；南与草屿岛隔海相望。村前有广阔平展的大福澳，村后为全县 4 个天然避风良港之一的下湖澳，不怕狂风恶浪侵袭肆虐，是发展捕捞和养殖两方面渔业生产的优良澳滩。

不过，在林中长出生前后的那个黑暗年代，由于中华民族正陷入内忧外患的深重灾难之中，外族入侵，山河破碎，政府腐败，大福村却是一个贫穷、落后、困苦的鬼地方。

有幸的是，现在的大福村，在中国共产党的领导下，随着平潭岛的华丽转身，真正成为一个有很大福气的大福之村。它面对台湾海峡，宽阔的海域与外海大洋相连，海水清澈，众多千姿百态的礁石点缀其间，风景秀丽迷人。而它又与将军山、片瓦仙踪等名胜佳景相连成片，成为平潭国际旅游岛的一个著名景点，是农业部首批"全国休闲渔业示范基地"、福建省第二批"水乡渔村"、闽台十大"乡村旅游试验基地"，每天都有数以千计的国内外宾客到此一游。现在全村700多户、3000多人，年产海产品近万吨，居敖东镇首位。

大福村林氏家族的祖祖辈辈皆以打鱼为生。其始祖林德侨（1504~1560）于明嘉靖甲午年间（1534）携妻李玉兰和四男一女从福清山东村迁入海坛大福村，披荆斩棘，胼手胝足，垦荒辟园，造船织网，亦渔亦农，繁衍生息，历31世，至林中长的"中"字这一代，已有400年了。

林中长的父亲林义典出生于光绪十七年（1891）十月初四，是一位勤劳而又诚实的渔民。他原娶大他两岁的南安陈凤宋为妻，但到了1921年12月，年仅33岁的妻子陈凤宋便因恶病离他而去，故又娶小他9岁的西楼陈吓姐为继室。两任妻子皆端庄贤惠，为他生儿育女都很努力，先后生中英、中长、中祥等3个男孩，莲英、菊英、梅英、灶英、寿英、秀英等6个女儿。

林中长是陈吓姐23岁时的头胎子。据传，林中长呱呱坠地之际，明明是晴朗的天空却随着新生儿的一声啼哭而突然出现一条横跨大福湾的五色斑斓的大彩虹。

平潭民间有"八月初四，麒麟献子""八月初八，麒麟献瑞"之说，今天刚刚好是麒麟献子的八月初四，莫非这个婴儿就是麒麟献的麒麟子么？

没有念过书的父亲林义典急急忙忙跑到大福小学，把教书的清末秀才林老先生请到家里来，让他瞧瞧这个新生孩儿是不是一个麒麟子，同时请他号名。

林老先生进门后一看，见这个男孩子天庭十分饱满，两个耳朵大得特别，一双眼睛深邃莫测，哭声异常甜美，他不禁暗暗惊叹这孩子将来必定出类拔萃，成为大器之材。

见老先生脸有喜色，林义典问："先生，这孩子福相很好是吗？"老先生点点头，连连说："是，是，是！"林义典听后大喜，道："那劳驾先生给他取个好名字吧。"林老先生说："那自然。"

这位林老先生才思敏捷，很快就给这个孩儿取个相匹配的好名字，叫"林中长"。

命名为林中长，从表面上说，是因他姓林，辈分中，再加上一个"长"字，故得此名。其实，林老先生给这个婴儿的命名含有深意。那就是，"乔木参天林中长"。也就是说，他是"从茂密的森林中长出来的一株参天大树"。

但是，这位好心的老先生又想起"木秀于林，风必摧之"这句名言，便给他号一个能够安身立命的好字"克兢"，其意思就是要他"谦虚谨慎，克制忍让，克己奉公，兢兢业业，为国为民"。

在后来的岁月里，林中长人如其名，人如其字，体现得淋漓尽致。

林中长从小就是一个乖孩子。他很听父母和他同父异母大哥林中英的话，很得林氏家族诸长辈的疼爱。特别是他的母亲陈吓姐，把他视为自己的心头肉，直到他13岁临离家到西院寺寄宿读高小时，她还叫他"阿命"。

林中长从小就有很强的正义感，爱打抱不平。有一次，同小朋友一起到下湖澳海滩抓蟹挖蛤讨小海，有位邻居小女孩好不容易抓到几只青蟹，却被一个身高体胖的男孩子强行抢去。7岁的林中长见状气愤难忍，便怒喊着"不准欺侮人"跑过去夺回被抢的青蟹还给小女孩。可那个胖男孩不是省油的灯，他不甘心，破口骂着"关你什么屁事"便一脚向林中长踢过来，然后扬长而去。林中长没有防备，虽然没有被踢倒，但大腿上却被踢破，淤了血。林中长不愿让父母知道，他强忍着疼痛，一瘸一拐地踩着沙滩上岸，回村到厝后园边采集一把消炎的酸乜草（酢酱草）、孝车草（锅瓢草），放在嘴里咬成糨糊状敷在伤口上，用手掌护着，然后悄悄走回家。可是，纸包不住火，细心的母亲当天晚上就发觉了。她虽然盘查一番，但没有责备他，只是和着泪水帮他把伤口重新上药包扎结实。林中长见母亲因他受伤难过得哭了，便笑着劝道："依奶（母亲），您别难过，我一点也不痛，过两天就好了。"母亲陈吓姐啐道："嘿，你的伤口比黄花鱼嘴还要大，没有十天半月是不会过皮的。现在对你说什么都没用，这几天你就给我在家里好好待着，别乱跑。"林中长知道母亲说得有理，便点点头答应了。

林中长从小聪明好学，读书过目不忘，又很自觉。1930年9月，他8岁时进本村大福初级小学读书。在校尊敬老师，友爱同学，专心听老师讲课，常受老师表扬。回家复习功课做作业，都是自己抓紧完成，从来不用父母催促监督。因此，他的学习成绩一直很好，几乎都是门门满分。到了1934年，12岁的他便念完4个学年的初级小学课程毕业了。本来此时就可以到潭南中心小学念高小，但母亲陈吓姐却坚决不肯。她对丈夫说："潭南中心小学，设在西院寺，离我们大福村有8里多，到那里读书必须寄宿，而阿命今年才12岁，怎么能放心让他离家到学校寄宿读书呢？"陈吓姐精明能干，有魄力，在家讲话有分量，林义典就接受了。

因此，林中长只好又在大福初小重读一年。到了1935年9月，林中长已经13岁了，其母才让他前往设在西院寺的潭南中心小学读高小五年级。

世事难料，坏事往往会变成好事。林中长因为迟了一年进潭南中心小校读五年级，所以他才有幸遇上影响他一生的恩师林慕曾教他的语文课并做他的班主任。

林慕曾，平潭县北厝镇天山美村人，1914 年 6 月 14 日生，比林中长大 9 岁。父亲为清末秀才，以教书为业。1922 年 9 月，9 岁的林慕曾随父亲到大福小学读书，一直读到 1928 年 7 月他 15 岁时。在这长达 6 年的时间里，他同小他两岁的本村同学林中英结下了深厚的同窗友谊。林慕曾也常常到林中英家吃饭小住，林中英的异母弟林中长视他为兄长。有这 6 年的读书居住经历，大福村就成了林慕曾的第二故乡。1928 年 9 月，15 岁的林慕曾升入县办平潭兴文小学，插班读高小五年级。1930 年 7 月，他 17 岁高小毕业。因家贫无法继续升学，只好回乡当农民，可这一当就是 4 年又 6 个月。1935 年 1 月，22 岁的林慕曾考入县办小学教师训练班。由于他在训练班里的学习成绩特别优秀，古文、写作、书法、体育、音乐、美术科科出类拔萃，因而只训练半年便提前结业，于当年 9 月被分配到潭南中心小学教五年级语文，并兼班主任。

这年考入潭南中心小学念五年级的林中长成了林慕曾的学生。这也是一种缘分。多年前，林慕曾和林中长两人在大福村就熟识，可如今却更进一步，成了一对你教我学的亲密师生。

林中长天资聪明，学习勤奋，对人和气有礼貌，林慕曾本来就喜欢他，加上他是老同学林中英的亲弟弟，自然对他特别关爱。林慕曾常常请林中长到他的教师宿舍里漫谈，谈人生，谈国家的前途和命运。他教导林中长说："男子汉生在天地间，应该有所作为，应该为国为民建功立业做贡献。"他鼓励林中长要做一个像岳飞那样"精忠报国"的英雄。林慕曾思想进步，多才多艺，讲课生动有趣，林中长对他十分崇拜。在林慕曾的教育下，林中长初步树立了此生"要为国为民建功立业做贡献"的大志。林慕曾是林中长的第一位恩师。

1937 年 7 月，15 岁的林中长高小毕业了。临离校时，他到教师宿舍向恩师林慕曾告别。林慕曾拿出一小包东西说："中长同学，你已经高小毕业，就要离校了。老师我送你一样东西，留给你作个纪念吧。"

"谢林老师。"林中长接过东西，举一举问，"这是什么东西？老师。"

"你打开来看就知道了。不过，"林慕曾故作神秘，微微一笑说，"你现在别动，等你离开学校之后再打开来慢慢看吧！"

"好的。"林中长说着欣欣然走了。

走出校门口，林中长就迫不及待地打开林慕曾老师送的那一小包东西。原来是一本精制的烫着金字的粉红色笔记本。林中长忙翻开扉页，见有林慕曾老师亲笔抄录的一首古诗，便放声朗读起来。

墨　梅

王冕

我家洗砚池边树，朵朵花开淡墨痕，

不要人夸颜色好，只留清气满乾坤。

林中长念完一遍意犹未尽，又念一遍，方收起来。他边走边静思着。这首元代诗人、画家王冕写的题为"墨梅"的古诗成了林中长日后的座右铭，影响了他的一生。

第二回　革命村掩护革命者

　　1942年6月6日，星期六。潭城镇天朗风微，是个难得的好天气。但是，空中依然没有安静的云彩，时而被堆成黑云压城般狰狞的模样，时而被扯成棉絮似的长条。

　　这日下午3时，一艘从福清海口开出来的渡船缓缓地驶进了潭城港。待渡船停靠后，有个20岁左右的青年学生一跃就跳到乱石砌就的码头上。这个20岁左右的青年学生就是林中长。

　　林中长高小毕业后于当年9月考进私立平潭岚华初中。但是，他在岚华初中只读一个学年。由于父亲患病，家庭经济困难，缴不起私立学校的昂贵学费，被迫休学在家耕田捕鱼整整两个年头。在这休学在家的两年期间，林中长一边参加渔农生产劳动，一边看书学习，做到休学不休书。

　　1940年9月，18岁的林中长以优异的成绩考取福清县立中学（简称福县中），插班初中二年级上学期就读。福县中是福清县唯一的一所公立中学，师资力量很强，其教学质量敢同福州英华中学比肩。林中长在该校插班就读一个学年之后，由于品学兼优，表现突出，他便被推举为校学生会主席。当下林中长正在福县中读初中三年级下学期。今天他利用周末一天半不上课时间请假回家探望多病的父亲……

林中长在码头上没走几步，就看到前方有一群人正围站着观看张贴在石墙上的一张白纸黑字布告。林中长想知道布告上写的是什么，便走了过去。然而，当他走近石墙抬头一看时，却忍不住惊叫一声"啊"，顿时出了一身冷汗。

原来，石墙上的"布告"并非安民告示的布告，而是国民党平潭县政府发出的"通缉令"，通缉捉拿的对象居然是林中长一向所崇拜的恩师林慕曾。

林慕曾近 5 年的情况，林中长是知道的。1937 年 7 月 7 日"卢沟桥事变"后，日本侵略军发动全面侵华战争，林慕曾怀着救国救民的大志，弃教从政，考进平潭县乡政人员训练班。在训练班中，他练就一手好枪法，不管是长枪，还是短枪，都是百发百中，故被誉为"神枪手"。1939 年初结业后，他任平潭县大中乡联保主任，大力组织村民开展抗日救亡活动。1940 年 7 月，他不满国民党的黑暗统治，弃职回家务农。后到永泰县运输站当职员谋生。

1941 年 6 月，中共地下党领导的"大富民众自卫团"宣告成立。林慕曾和郑杰、王韬等人一起慕名前去参加。林慕曾来到大富村后，中共地下党员曾焕乾、周裕藩分别对他讲解中国革命和中国共产党，使他提高了觉悟，从此走上了革命道路，成为共产党领导的职业革命者。

走上革命道路后的林慕曾，经常来到他的第二故乡大福村，住在林中英家，对林中英、林中长、林中祥三兄弟讲解抗日救国和共产党为劳苦大众闹革命的道理。在林慕曾的启迪下，林中长三兄弟都积极参加抗日救亡活动，都心向共产党。

1942年5月，为了加强沿海抗日武装斗争，中共闽南特委（1943年改为闽中特委，1947年又改为闽中地委）负责人黄国璋、陈亨源决定，以平潭"大富民众自卫团"为基础组建"闽中沿海突击队"，命平潭地下党负责人周裕藩筹建。周裕藩受命后邀请老战友曾焕乾和已经投身革命的徐兴祖、林慕曾、王韬等同志到长乐壶井秘密开会，共同商讨组建闽中沿海突击队的事。会后，大家分头行动。林慕曾回平潭积极招收参加突击队的人员，大力筹集突击队所需的武器和经费。林慕曾所做的这一切，本来都是为了抗日救国，但是，1941年12月上任的国民党平潭县长林荫，奉行蒋介石的"积极反共"方针，他一获悉林慕曾追随中共地下党秘密组织武装队伍，便签发出一道"通缉令"，妄图捉拿杀害革命志士林慕曾……

"我一定要搭救林慕曾老师。"林中长看了通缉令后在心中暗暗说，"救人如救火，我要马上离开县城，快步前往北厝天山美林慕曾老师家报讯去。"

20岁的青年学生林中长身强体壮，走得飞快，没多久就走到北厝村头。说也凑巧，当他刚刚从北厝村头沿着通往天山美的小山路走去时，一个熟悉而亲切的高大身影蓦然出现在他的眼前。

"啊，林老师，您这是要去哪里呀？"林中长又惊又喜。

"我要去街中（县城）找一个朋友说事。"林慕曾回答后，问道，"中长，你在福清县中读书，怎么会在这里？"

"我？"林中长不作回答，只焦急地说，"老师，您千万别去街中了！"

"看你急的。"林慕曾笑笑问，"这是为什么呀？"

"我刚才在街中码头看到县政府的'通缉令'，指名道姓要捉拿老师您呀！"

"喔？"林慕曾听了没有惊慌，却笑着说，"我又不犯法，县政府通缉我做什么呀？"

"通缉令说，老师通共，秘密组织武装，企图下海为匪。"林中长说。

"胡说八道！"林慕曾高声骂道，"国难当头，匹夫有责。我林某人一向为了抗日救亡，光明正大，胡说什么我'下海为匪'？要说土匪，那林荫才是货真价实的大土匪呢！"

"老师说的句句是实。但是，林荫现在大权在握，他发出通缉令之后，很可能已经派兵到你家抓人了。"林中长哀求道，"老师，好汉不吃眼前亏，您还是先躲一躲吧！"

"躲？平潭巴掌大，往那里躲？"林慕曾细声说，像是问自己。

"就到我们大福村躲数时吧。"林中长真心地说，"我们大福村的贫苦百姓都倾向共产党，都拥护你参加的革命，所以大福村能够掩护你。"

林慕曾知道，大福村群众受苦深，觉悟高，有优良的革命传统，早在罗仲若县长在平潭抗击日伪军时，大福村就是一个抗日救亡的基点村。大福村又是自己的第二故乡，许多青壮年村民都是他父亲的学生和自己的同学，对自己多少都有友好感情，因此，大福村的确是自己暂躲数时的最好掩护地方。林慕曾想到此，便对林中长说："那好吧，我这就跟你一道到大福村去。"

于是，为了躲避国民党的通缉，革命者林慕曾就秘密地隐藏在大福村林中英、林中长、林中祥兄弟家。

林中英，1916年农历十月二十生，其生母是林义典的原配妻子陈凤宋。1922年9月，7岁的他便进本村大福小学，同老师的儿子林慕曾同桌读书；1930年9月，他15岁时前往福州榕西中学读初中；

1933 年 7 月，18 岁的他初中毕业回乡捕鱼兼做海上生意。1939 年 7 月 1 日，他被选调参加县上乡长培训班接受培训。几天后的 7 月 5 日，日伪军余宏清（诨号余吓惶）匪部 400 余人，在日寇海、空军的掩护下，攻占平潭县城，平潭第一次沦陷。林中英跟随坚持抗日的平潭县长罗仲若撤退到大扁岛，参加罗县长组织的平潭抗日游击队。两个月后的 9 月 6 日，平潭抗日游击队在省保安大队的配合下，经过激烈的战斗，收复了潭城。平潭第一次光复。

林中英在收复平潭的作战中非常勇敢，他为人又诚实，故被罗县长任命为平潭县塘草乡联保主任，不久又任命为该乡乡长。塘草乡下辖孤悬海上的塘屿和草屿两个小岛，那时节经常被日伪军所占领。所以，林中英把塘草乡的乡公所暂设在离草屿最近的大福村林氏祠堂里。这期间，罗仲若县长多次率领县抗日武装队伍进驻大福村，配合林中英前往塘、草屿剿除日伪军。不甘心失败的日伪军几次偷袭大福村，都被林中英和林中长、郑杰、林中亮等乡贤带领青壮村民把来犯的日伪军打败而逃。由于大福村抗击日伪军成绩突出，县长罗仲若亲自来大福村召开表彰大会，发给大福村一块抗日有功的红匾。

林中祥是林中长的同父同母弟弟，1926 年农历六月十八生。在其两位哥哥的影响下，他 16 岁就参加抗日救亡运动，后来投身革命，担任"闽中沿海突击队"警卫员，负责队长林慕曾的安全保卫工作，还为革命队伍搜集了许多有价值的情报。

林中英兄弟家的房屋是其父林义典手上所建，为一座两层单进的四扇厝。

"四扇厝"是平潭石头厝的主要类型，以单进四扇（四榀、四直墙）三直房为主。但两侧的直房才称房，分前房和后房；中间的直房较宽，称厅堂，也分前厅与后厅。前厅较大为客厅，可通前后左右各个小房间；后厅较小，为厨房或仓库。有的四扇厝还添建附属房，建在两旁的叫附堂，建在房前屋后的叫前后书院。

林中英兄弟家的房屋虽然较为宽敞，但没有附堂、书院，没有暗房、密室，只有上下两层12个小房间。通往二楼的木制踏斗（楼梯）也只有一个。林慕曾被安排在最干净的二楼左前房林中长的卧室里。一旦有县上国民党兵上楼搜查，一查就着，根本无处隐蔽遮拦，也没有后门可以作为退路。

因此，林中长对林慕曾住在他家里很是担心，心想一旦林荫查实派兵来搜，老师就有被抓捕的危险。所以次日一早，他就建议林慕曾老师乘船出岛。但林慕曾自己却不以为然，说他为闽中沿海突击队筹集经费的任务尚未完成，不能马上就走。林中长也不便多说，只好加强对林慕曾的警卫，一步也不敢离开他。

这期间，在林中长三兄弟的精心掩护下，林慕曾白天就躲在林家楼上看书休息，晚上就出来开会活动。他多次召集林中英、林中长、郑杰、林中亮、林中祥等人开会商量，请大家为组建抗日的沿海突击队出钱出力、献计献策。

身为塘草乡长的林中英最有能耐，他响应林慕曾的号召，带头为突击队献出了长枪3支。同时，他和其弟林中长、林中祥一起捐出家中的现金法币500元和出售咸带鱼30担所得的货款。林中英还为林慕曾献策，建议他同福清高山富商翁挺本建立统战关系。后来，林慕曾经请示曾焕乾、周裕藩两领导同意，采纳了林中英的意见，并在林中英的牵针引线下，多次同翁挺本友好接触，建立了共同抗日的统战关系，得到了翁的一定经济赞助，为闽中沿海突击队在福清龙（田）高（山）一带开展抗日斗争活动创造了有利条件。郑杰动员村上林老子、王珠弟、林义瑶等村民跟他一起参加突击队。林中亮是大福村的保长，他在林中长兄弟和郑杰的影响下，积极支持抗日剿匪斗争。他向林慕曾表示："大福村一定要为闽中沿海突击队提供用船、用人的方便。"

6月9日下午，林中长担心的事终于发生了。反共县长林荫要捉拿林慕曾归案确实是铁了心的，并且是下了大力气的。他居然派出大批特务密探前往各个乡村明察暗访林慕曾的行踪。他不但探实林慕曾躲在他从小读书的大福村，而且还知道林慕曾就藏在他的学生林中长家二楼的房间里。

这日下午傍晚，正在大厅里望风兼看书的林中长，忽见三弟林中祥慌里慌张地跑进来说："抓林慕曾老师的警察来了。"林中长见说大吃一惊，但他惊而不乱，忙对其弟林中祥说："别怕，你快到楼上通知老师，我守在这里对付警察。"林中祥点一下头就跑到楼上报信去了。一瞬间，两个身着便衣的武装警察就闯进林中英兄弟家的大门，并径直往靠后厅墙上的踏斗位走去。显然，他们是要上楼抓林慕曾的。此时，林慕曾正在楼上睡觉。林中长心中想着，忙趋前几个大步，故作热情地握住两位警察的手，笑笑道："两位是来找林慕曾先生的是吗？"

"正是。"其中一位较矮的警察说，"据可靠消息，共产党林慕曾就藏在你家楼上，你赶快把他交出来，否则将以窝藏罪处罚你。"

"哈哈哈！"林中长放声大笑一阵，但两手依然紧紧拽住两位警察的手不放。

"你笑什么？"还是那位较矮的警察问。

"我笑你们的消息不准。"林中长说，"林慕曾现刻正在大福村的祠堂里，同我大哥他们打麻将。"

"你胡说。"另一位个子较高的警察不相信，对矮个子警察说，

"别理他，我们还是上楼搜查。"

"如果你们不信，我可以带你们到祠堂里去看。"林中长一本正经地说，较矮的警察信了，站着没动，但较高的警察却甩掉林中长的手独自从踏斗跑上楼去。

此时的林中长心里尽管无限担忧，但也无计可施，只能靠林慕曾自己的造化了。不过，他想浑水摸鱼，悄悄地把厅堂里的煤油灯灭了。过了片刻，较高的警察便铐着一个人从踏斗下楼来，他指着林中长对较矮的警察说："他窝藏共产党林慕曾，你把他也铐了，一起带走。"当较矮的警察欲拿出手铐时，被铐的那个人突然高声喊道："二哥！他们乱抓人！"林中长厉声对较高的警察道："你铐的是我小弟林中祥，请问共产党林慕曾在哪里？"较高的警察见说忙打着手电筒一照，看清楚被铐的只是一个穿大人衣服的少年，并不是林慕曾，便打开了林中祥手上的链铐。

那位较矮的警察不好意思地说："对不住，天黑看错人了。"林中长道："我早就说林慕曾在大福祠堂打麻将，可你们就是不信。"那位较矮的警察说："现在我们信了，你就带我们到大福祠堂抓林慕曾吧。"林中长说："现在你们想去，那就跟我赶快走吧。迟了，他们散场了就抓不到。如果抓不到，你们不白来一趟了吗？"那位较矮的警察转头对其同伙说："他说的对，我们快走吧！"

林中长带着两位警察来到大福祠堂，确实看到林中英等人正在祠堂里的一张小方桌上打麻将，只是不见林慕曾。

"大哥，林慕曾老师不是说下午要同你们一起打麻将吗？此刻他怎么不在呢？"林中长故作惊讶地高声问。

"哦！"林中英说，"林慕曾老师下午确实都在这里和我们一起打麻将，只是在一刻钟之前他有事走了。"

"他有没有说走哪里去？"那位较矮的警察问。

"有，"林中英说，"他说回北厝天山美家拿衣服。"

"喔。"林中长点头应答后转身对两位警察说，"那你们赶快到天山美去。你们走快一点，也许在路上就会碰上。"

到此时两个警察也无可奈何。他们见天色很暗了，便打道回府交差去了。

原来，林慕曾见林中祥上楼来报信，便让林中祥穿着他的衣服躺在床铺上顶替，自己则躲在床后的大木榎里，从而避免了这次被捕之险。不过，经过这一次的惊险，林慕曾终于下了决心要走。于是，6月9日深夜，林慕曾由林中英、林中长、郑杰、林中亮4人护送，悄悄地坐上本村林义瑶的船，从下湖澳安全出岛，摆脱了国民党平潭县政府的通缉。

第三回　福县中领头闹学潮

1942年7月7日，星期二。这一日，是"卢沟桥事变"5周年纪念日，全国各地都在开展纪念活动。福清县立中学400多位师生也于这日午饭后在本校大礼堂里举行纪念大会。

纪念大会由校学生会策划组织。学生会副主席翁其他同学主持大会。学生会主席林中长同学作主旨演讲。他说：

"1937年7月7日夜，日本军队借口一个名叫志村菊次郎的士兵，在北平西南卢沟桥附近演习时'失踪'，要求进入由中国军队驻防的宛平县城搜查，遭到中国军队的严词拒绝。日军一面部署战斗，一面假意与中国方面交涉。中国方面为了防止事态扩大，经与日方商议，同意协同派员前往卢沟桥调查。事实上，所谓的'失踪'士兵志村菊次郎这时已经归队，但日军故意隐而不报，有意让事态升级。第二天早晨5点左右，日军突然向中国守军射击，接着又炮轰宛平城。中国第29军司令部立即命令前线官兵：'确保卢沟桥和宛平城'，'卢沟桥即尔等之坟墓，应与桥共存亡，不得后退！'守卫卢沟桥和宛平城的第219团第3营，在团长吉星文和营长金振中的指挥下奋起抗击。这就是震惊中外的'七七事变'，又称'卢沟桥事变'。卢沟桥事变标志着日本蓄谋已久的全面侵华战争的爆发，也揭开了中华民族全面抗日战争的序幕。

"卢沟桥事变发生后，中国共产党中央委员会于7月8日第一时间发出全国通电，呼吁：'同胞们，平津危急！华北危急！中华民族危急！只有全民族实行抗战，才是我们的出路！'提出了'不让日本占领中国！''为保卫国土流血！'的口号，并且竭诚倡议国共两党合作抗日。7月17日，蒋介石也发表了关于解决卢沟桥事变的谈话，表示赞同中国共产党的倡议。于是，国共两党形成了合作抗日的良好局面。

"5年来，由于国共两党合作，全国人民的抗日战争取得了很大成绩，打了许多大胜仗，给入侵日军以沉重打击。然而，当前抗日战争形势还非常严峻。无恶不作的日本鬼子大肆入侵，杀害我同胞，强奸我姐妹，烧毁我房屋，抢夺我财物，企图灭亡我泱泱中国，变为他们可以随意蹂躏的殖民地。我中华民族正处于国家灭亡的最危险时候。天下兴亡，匹夫有责。在这国难当头，我们爱国同胞，要团结一心，坚持抗战，反对投降，不当亡国奴……"

林中长声音洪亮，演讲精彩。当他的演讲结束时，全场响起了暴风骤雨般的热烈掌声。

然而，在纪念大会结束后却发生一件令全校正义师生都很不满的事。那就是品学兼优的学生会副主席翁其他同学被学校训导处悄悄带走，并被拘押起来。

"训导处凭什么拘押翁其他同学？"一向爱打抱不平的学生会主席林中长下午5点获悉后义愤填膺，当即就急匆匆地跑到学校训导处找处长理论。

"我们拘押翁其他同学，是奉命行事。你要知道其中缘由，找校长去。"训导处长说完就避开。

"看来，这个训导处长没料，只质问一句，就把矛盾上交给他的顶头上司校长。"林中长心中暗暗想着，便转身跑去找校长，并要校长下令放人。

"校长，翁其他同学是个大家公认的好学生，您为何命训导处拘押他？"林中长单刀直入质问。

"我们拘押翁其他同学，自然有拘押他的理由。"校长皮笑肉不笑地说。

"什么理由？"林中长问。

"什么理由？"校长冷笑道，"这难道需要向你这位学生会主席报告吗？"

"校长您不肯说出理由就说明您没有理由。"林中长也不示弱，进一步提出要求道，"请您赶快下令把他放了，否则，我们学生会和全校同学都不会答应。"

"怎么？你想威胁我？"校长开始生气。

"不，我不想威胁您！"林中长摇摇头，说，"我是代表400多位同学清求您放了翁其他同学。"

"如果我不放呢？"校长横下了心，站起来厉声问，"你要怎么样？"

"我要怎么样？这个么？——我还没有想好。"林中长知道再讲下去不会有好结果，说完"我还没有想好"就转身走了，把校长扔在一旁生粗气。

走出校长室之后，林中长突然想起此时应该跑去请教一位老师。

这位老师就是教林中长语文课兼班主任的陈聪章。他年高德厚，学问渊博，思想进步，关爱学生，当年在这里读书的平潭革命先驱周裕藩，就是在他和教历史的俞建曦两位进步教师的启发教育下走上革命道路的。如今陈聪章老师年近花甲，依然教书又教人，满腔热情地培育学生成才。他对品学兼优的平潭学生林中长特别喜爱，说他很像5年前毕业的平潭同学周裕藩，勤奋、豪爽、诚实。陈聪章老师经常推荐进步书籍给林中长阅读，并教导他"要以挽救国家于危亡、人民于苦难为己任"。陈聪章是林中长的又一位恩师，他对陈聪章老师非常敬仰，平时遇到难事就向他请教。今天，林中长请求校长释放翁其他同学的事被严词拒绝，心情郁闷，自然就想到能够开导他的陈聪章老师了。可现刻已过傍晚6点，陈聪章老师可能已经离校回家了。

"老师，你这么晚还没有回家？"林中长从校长室出来，到另一座楼的语文教研室见到了恩师陈聪章时，又惊又喜地问。

"我知道你此时会来这里找我说事，所以没敢回家。"陈聪章笑着说。

"老师神机妙算，学生佩服。"林中长说。

"神机妙算不敢当。但我还知道你找我要说什么事。"陈聪章颇为得意地笑笑说。

林中长说："既然老师都已经知道了，学生就不用重复说了。老师，您看此事该怎么办？"陈聪章说："你要救翁其他同学，首先要了解校方为什么要拘押他。"林中长问："为什么？老师知道吗？"

"我大体知道。"陈聪章说，"第一，是因为他带领同学到总务处闹事，说学校贪污克扣学生伙食费；第二，是因为他的哥哥是中共地下党员，他同其兄长来往频繁，有通共嫌疑。"

"胡说八道。"林中长忍不住急了起来，说，"真是欲加之罪，何患无辞。难道学校贪污克扣学生伙食费，连提意见都不行吗？再说，他和他的哥哥久未联系，怎么可能通共呢？"

"你说的是。"陈聪章说，"我们语文组的老师也都这样对校长说的，但校长说他是奉命行事，不得不拘押他。"

"什么？校长也是奉命行事？"林中长感到问题严重，说，"那我们就没有办法救翁其他同学了！"

"办法总是有的。"陈聪章说，"你们学生会干部都是有正义感的进步同学，你要找他们好好商量一番，拿出一个强有力的办法来。我们老师都是站在进步学生一边的，会支持你们的。"

"谢谢老师，我知道该怎么做了，学生就此告辞。"林中长站起来说着走了。

当日夜晚9点下自修课后，林中长召开学生会全体成员紧急会议，讨论搭救翁其他同学的事。会上大家畅所欲言，各抒己见，开头议了许多搭救方案，但听了林中长关于"发动全校同学罢课，闹一场声势浩大的学潮"的发言后，大家都表示说罢课是逼迫学校放人的最为强有力的办法。

意见一致后，学生会成员立即行动，有的负责书写"罢课宣言书"和标语，并组织张贴；有的负责做各个班的班长和班主任的思想工作。

于是，7月8日，一场空前的全校性罢课运动，就在福清县立中学开展起来了。醒目的"罢课宣言书"张贴在学校大门边的广告栏中，各个显眼的校内墙壁上都贴着"立即释放翁其他同学""不许迫害无辜学生""不准贪污克扣学生伙食费"等标语。

当！当！当！8点上课铃声已经响过许久，但各个教室里空无一人，而教室外操场上和过道上却有这一堆那一群熙熙攘攘的学生。他们有的闲谈、说笑、讲故事；有的唱歌、跳舞、做游戏；有的拔河、摔跤、打篮球，整个学校像放假开运动会似的。

这日上午，校长因为先到县警察局汇报翁其他同学的事，直到十点半才来学校。他跨进学校大门看到校园里出现的这一切，简直肺都气炸了。他气呼呼地跑到训导处，见训导处处长伏在办公桌上呼呼睡大觉，更是气上加气，便使劲地向训导处处长的肩背打了一拳，并高声喊道："天都快塌下来了，你这个训导处长还有闲情睡觉？"

"啊！"从睡梦中惊醒过来的训导处处长，眨眨眼，见是校长训斥他，忙站起来不好意思地笑笑说，"对不起，校长！昨晚审讯翁其他同学通宵没睡，实在太困了，所以靠在桌上眯一眯。"

"今天，学校发生从来没有过的罢课学潮，你这个训导处处长应该想办法制止才是，再困也不能睡大觉置之不理呀。"校长说。

"是，是，校长您教训得很对。"训导处处长接着说，"我这就出去叫学生们上课。"说着抬脚欲走出去。

"回来！"校长厉声吼一声，道，"就凭你出去叫学生上课，他们就会进课堂上课吗？"

"是呀，他们不会听我的话。"训导处处长转回头说，"那您说该怎么办？"

"怎么办？"校长下令说，"你出去通知8个班的班主任立即到我办公室来开会。"训导处处长说声"是"便小跑下去，校长也随即回他的校长室等候。

过了许久，8个班的班主任才陆陆续续地走进宽敞的校长室，各找一张木沙发椅坐下。

待大家到齐后，校长开头第一句就高声训斥道："你们班主任老师都是干什么吃的？怎么就不能阻止自己班上学生罢课闹学潮呢？"见大家低头不语，校长转为平心静气说，"我此刻请大家来不是想追究谁的责任，而是请大家出谋献策，尽快平息这场我校有史以来都没

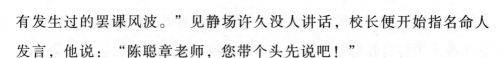

有发生过的罢课风波。"见静场许久没人讲话，校长便开始指名命人发言，他说："陈聪章老师，您带个头先说吧！"

"好吧。"陈聪章也不客气，道，"其实，要平息这场罢课风波并不难。本人以为，学生罢课是因为拘押翁其他同学而起，如果我们把翁其他同学放了，那罢课自然就停止了。"

"你认为翁其他同学可以放，是吗？"校长明知故问。

"是的，"陈聪章接着说，"说翁其他同学通共，没有证据。昨晚训导处训导他一个通宵，没有结果吧？民国法律讲究证据，没有证据拘押人，是违法的。"

"陈老师说得很对，没有证据是不能拘押人的。再说，学校不是执法机关，拘押人本来就不是我们的事！"俞建曦老师接着道，"我建议校长，立即放了翁其他同学。"

"是啊，校长，还是放了翁其他同学吧！"其他班主任老师异口同声说，他们都同情学生。

但是，校长却固执地说："拘审翁其他同学，是奉县警察局和县教育局两个上司之命。放不放翁其他同学，本校无权决定。因此，希望大家不要纠缠翁其他同学的事，务必做好本班学生的思想工作，立即复课。各位班主任如果不能在三天内动员本班同学复课，那就别怪学校无情，将停发其两个月薪水。"

经校长这么一说，有的班主任开始动摇，会后他们找本班学生班长及其他班干部做思想工作，请他们停止罢课。林中长知道后，再次召集学生会干部开会，提出"一不做，二不休；不达目的，誓不收兵"的口号，布置学生会干部向下传达，继续做好各个班长的思想工作，一定要把这场罢课斗争进行到底。

7月17日，罢课已经进行10天了，但校长很顽固，拒不采纳学生的正当要求，无辜的翁其他同学依然被拘押着。因此，林中长又于当天晚上主持召开第三次学生会干部会议，研究如何把罢课斗争进一步推向高潮的问题。

7月20日上午，根据17日晚学生会研究的决定，林中长等学生干部组织全校400多位同学上街示威游行。在游行中，除了呼喊"要求立即释放翁其他同学"外，还有抗日救亡、爱国民主、反对压迫等方面内容的口号。这样，林中长就把本校的罢课斗争同抗日救亡运动、爱国民主运动结合起来。因此，声势浩大，不但震撼福清县城乡，而且还惊动全省。

国民党福建省政府对福清学生连续半个月的罢课学潮惊慌失措。他们于7月22日派省教育厅长郑贞文前来福清县立中学镇压。这位厅长大人，偏听偏信，不分是非，居然派警兵到学校逮捕坚持正义的林中长等5位进步学生，并把他们关押在福清警察局的监狱里。

在关押期间，20岁的林中长受尽严刑拷打，逼他承认罢课闹学潮是受中共地下党指使的，甚至说他本人就是共产党。而林中长坚贞不屈，拒不低头认怂。每当他在受刑痛楚时就在心中默念着恩师林慕曾赠送的《墨梅》中的佳句："不要人夸颜色好，只留清气满乾坤。"以此来坚定自己的斗争意志，缓解身上的难忍疼痛。

关押15天后的8月5日，福建省省长陈仪认为关押青年学生毫无意义，便亲自下令，把林中长等5名福清进步学生释放了。但在释放之后，福清县立中学却给林中长等5位进步学生以开除学籍的最高处分。

第四回 报捷馆入伍干革命

　　1942年10月4日，星期天。这日，福州报捷会馆的宾客，一批又一批接踵而至，来的特别多。而且他们的身份都很特殊。负责接待这些特殊宾客的是一位20岁的青年人，他昨天刚刚入伍，今天是他平生头一回上班，可他却从容不迫，脸带微笑，言语亲切，动作利索，显得十分的热情、大方而干练。

　　这位负责接待特殊宾客的青年人不是别人，就是那位在福清县中闹学潮坐监牢被开除学籍的林中长。

　　原来，两个月前的8月6日，被福县中开除学籍的林中长因坐牢受刑致伤，便动身回平潭大福村老家治疗休养。由于伤势较重，且多为内伤，因此治疗休养长达两个月才痊愈恢复健康。

　　不过，在这长达两个月的养病期间，林中长每天坚持看书学习，参加田间轻微劳动，总不让自己无所事事地闲着，并且还做了一件打抱不平、见义勇为的好事。

　　此事发生在9月中旬的一天上午，两位国民党潭南乡乡丁，醉醺醺地前来大福村欺压百姓，敲诈勒索，还无端殴打一个青年村民，使之头破血流，惨不忍睹。而这两位乡丁在行凶之后却大笑着扬长而去。一向爱打抱不平的林中长见了非常气愤，当即站出来发动10多位青壮村民赶往潭南乡政府进行讨公道斗争，要求乡政府赔偿医药费，处罚行凶乡丁。但由于乡长偏袒凶手，不给处理，林中长气上加气，便率众缴获了他们赖以作恶的长枪2支，带回村来交给大哥林中英，请他设法送给闽中沿海突击队。

父亲林义典对林中长寄予"多读书，当大官，荣宗耀祖"的厚望，故在林中长养病期间多次劝他到福州报考读高中。但林中长却做出一个让父亲不赞成的决定：赴长乐参加闽中沿海突击队。

由于林中长态度坚决，其父也只好由他了。这样，林中长便于10月2日前往长乐江田找他的恩师、已是闽中沿海突击队长的林慕曾。他对林慕曾说："国难当头，我不能偷安读书。我要参加革命，当突击队员，拿起武器随老师一起消灭日本鬼子。"但林慕曾听后却摇摇头说："参加革命，并非一定要参加突击队。我认为你更适合搞城市学生运动。我想把你介绍给一位文武双全、多才多艺的中共地下党领导人。我想，如果你能得到他的引导，那你今后一定会如虎添翼，进步得更快。但不知你自己愿意不愿意？"林中长说："真像老师所说，学生自然愿意，但不知道老师说的他是谁？"

"我说的是曾焕乾。"林慕曾接着向林中长介绍了曾焕乾的简要情况。

曾焕乾，平潭县中楼乡大坪村人，1920年6月生。1936年秋，考进福州英华中学，积极参加地下党创办的夜校与《萤火》刊物，宣传抗日救亡。1938年8月，时任福州工委书记的老革命李铁亲自发展他加入中国共产党。随即他奉命回平潭家乡与周裕藩一起，以在盘团小学任教为掩护创办农民夜校，开展抗日救亡和传播马列主义的革命活动。1940 年 7 月，他在平潭大扁岛创建有 100 多人参加的平潭抗日游击队。这是由共产党领导的第一支平潭抗日武装。他任游击队指挥，周裕藩任副指挥兼队长，徐兴祖任副队长。1941 年，他在大田集美商校读书时创办《萌芽》刊物，传播进步思想。1942 年 5 月，他与周裕藩一起筹建闽中沿海突击队。

"老师，那您就把学生介绍给曾焕乾吧！"林中长听了林慕曾介绍后请求道。

林慕曾根据林中长的请求，于 10 月 3 日携他前往福州报捷会馆，把他介绍给中共地下党领导人曾焕乾。

福州报捷会馆位于仓前山，本是教会办的旅社，今年夏天被曾焕乾"承包"过来作为地下革命斗争的联络站。

"欢迎，欢迎。"曾焕乾见林中长进来非常高兴，忙同他握手，说，"早就听说你是一位进步学生骨干，年纪轻轻就领导一场震撼全省的学生爱国民主运动，真了不起呀！"

"您过奖了。"林中长在生人面前有些腼腆，谦然道，"那是几个学生干部一起组织的。"

"说得好，不居功，我喜欢你这样的为人。"曾焕乾接着道，"现在请你说说你来我这里的真实想法吧！"

林中长斩钉截铁地说："我要参加革命，请您介绍我加入共产党领导的革命队伍吧。"曾焕乾点点头说："好，很好，态度坚决，义无反顾，今天我就介绍你林中长同志入伍干革命。"林中长激动地含泪说："谢谢您批准我入伍！"曾焕乾含笑道："我也要感谢你前来报捷会馆入伍。"林中长听后有些不解："怎么这样说？"曾焕乾说明道："福州报捷会馆是我秘密建立的地下联络站，主要是联络、团结我所联系的中共地下党员和革命同志，以便于开展抗日救亡运动和地下革命斗争。现在报捷会馆只有两名工人，分别负责宾客的吃和住，但缺一位会管理和接待的掌柜人员。真是打瞌睡遇枕头，我正想物色一个合适的人选时，而你就来了。因此，你今天入伍，是报捷会馆的及时雨，是革命工作的需要。"

曾焕乾说到这里停一下，接着给林中长分配工作，他说："你现在的公开职务是报捷会馆的掌柜，秘密身份是地下党联络站的联络员。具体的工作任务是接待、联络、通讯、保卫等4项8个字。这4项任务看起来似乎很简单，但要做好并不容易。一要热情接待来会馆吃住、开会、办事的宾客；二要广泛联络福州、福清、长乐、平潭等地进步青年，扩大革命力量；三要秘密进行通讯，及时传递信息；四要提高警惕，做好保卫工作，确保在会馆的同志安全，不出意外。今后凡来会馆找我和周裕藩、林慕曾等负责同志的，都要首先由你接待了解，然后通报我们本人确定是否要亲自接见。现在形势严峻，斗争复杂，国民党平潭县长林荫的特务密探多如牛毛，社会上的骗子流氓也像过江之鲫。就在两个月前，有个商人模样的人来我们报捷会馆，说他有机枪出售，王韬刚好打算为闽中沿海突击队购买机枪，便同他洽谈订合同，还付了一笔款作为购买机枪的订金，结果，他拿了这笔订金便逃之夭夭。"

曾焕乾说到这里，见林中长埋头记录没出声，便问："林中长同志，我刚才分配给你的工作任务，你能够完成吗？"林中长说："能够，我一定会很好地完成您所分配的这些任务。"曾焕乾说："很好。但你昨天刚从平潭到长乐，今天又从长乐来福州，一路辛苦，明天休息一天，顺便到仓前山走走，后天上班吧。"林中长说："不，我不累，明天我就上班。"曾焕乾听后满意地笑着点点头……

于是，10月4日，林中长就上班了。看他那么老练，谁也不会相信他是头一回上班。

上班一周之后，曾焕乾见林中长的工作已经上了轨道，4项任务的工作都做得很出色，就决定加强对他的培养教育，进一步提高他的思想觉悟和政治水平，使之成为我党的一名优秀骨干。

曾焕乾一做出决定，便在一个客少人静的雨夜，对林中长进行一次长达两个小时的讲课式谈话。他"命令"林中长像学生听老师讲课一样做听课笔记。林中长对曾焕乾的"命令"喜之不禁，真的就像做学生一样，一边注意听，一边认真记。曾焕乾谈话之后，还送《社会发展史》《大众哲学》两本书给林中长学习。

次日，为了便于日后反复阅读曾焕乾犹如醍醐灌顶般的教诲，林中长不厌其烦地把原始笔记重新整理抄录一遍，并加上一个标题为"曾焕乾谈话要点"：

一、谈学习。曾焕乾强调学习革命理论的重要性和必要性。他指出，没有革命的理论就没有革命的行动。他说，古圣人云"不识道，不足以成智者；不用道，不足以驰骋人生"。这里所说的道，就是道理，就是自然规律。我们可以把它引申为，就是革命理论，就是马列主义、毛泽东著作，就是共产党纲领。他要求林中长在会馆里要利用空余时间多读一些进步书籍。例如，《社会发展史》《大众哲学》，以及进步的文艺作品和革命英雄人物的故事。

二、谈革命。曾焕乾举了几个事例揭露国民党政府的腐败和当今社会的黑暗，指出凡是统治阶级都不会自动退出历史舞台，只有发动人民群众起来革命，推翻国民党反动政府，打倒压在人民头上的帝国主义、封建主义、官僚资本主义三座大山，建立人民当家做主的新中国，社会才会进步，国家才会富强，人民才会幸福。否则，中国是没有前途的。中国只有通过革命才能得救。他引导林中长坚定地走上革命道路。

三、谈中共。曾焕乾介绍了中国共产党的纲领，讲明党的性质、任务和目标。曾焕乾动情地描绘了共产主义社会的美好蓝图，说那时消灭了阶级剥削和阶级压迫，消灭了城乡、工农、体力劳动和脑力劳动之间的三大差别，生产力高度发达，社会物质极大丰富，人们的觉悟极大地提高，劳动成了人们生活的第一需要，实行各尽所能，按需分配原则，人人都过上幸福美满的生活。他这样讲，旨在启发林中长积极创造条件加入中国共产党。

四、谈气节。曾焕乾说，为了实现这个人类最美好的共产主义社会，自从1921年7月1日中国共产党诞生以来，多少共产党人和革命志士，不怕艰难困苦，不怕流血牺牲，同反动派恶势力进行了不屈不挠的斗争。他讲了许多革命先烈在监狱中和在刑场上坚贞不屈、视死如归、顽强斗争的故事。他用这些英雄人物的悲壮故事和光辉形象，来感染、教育林中长，使其下定决心坚守共产党员的革命气节，做到富贵不能淫，威武不能屈，永不叛党。

听了曾焕乾的一席谈话，林中长深感收获匪浅。至此，林中长心中明白，曾焕乾是他人生中的贵人。他在1988年写的一篇回忆文章的头一句就是："我是在曾焕乾同志的启发教育下走上革命道路的。"

1942年12月1日深夜2点，福州报捷会馆室外，狂风怒吼，寒雨凄凄，忙了一天的林中长正在被窝里做着同日本鬼子搏斗的凶梦，却被曾焕乾一声呼唤醒了过来。他惊问："什么事？"曾焕乾手拿一件长袖羊毛衣递过去说："你把它穿上，起床，有外出任务。"林中长边起床边说："这是你的，我不要穿。"曾焕乾说："这是我送给你的，现在就是你的了。外面很冷，你赶快穿上，这是命令。"林中长说："那你自己呢？"曾焕乾说："我有棉袄，不冷。"林中长双手接过羊毛衣道："那我就服从命令，穿上了。"

出了会馆门，走进风雨打脸的黑黢黢街路时，林中长悄声问："去哪里？"曾焕乾也悄声回答："你跟我走就是了，别问。"

林中长随曾焕乾七拐八弯，走了20多分钟方到一座小洋楼前敲门，一位老太太走出来开门，并将他们两位引到二楼。经过一个窄窄的过道，进了一个高雅的客厅，看到3位中年人坐在各自的古木沙发椅上谈天。他们见曾焕乾和林中长两人进来，都礼貌地站起来，轻轻地鼓掌表示欢迎。

林中长不认识他们，经曾焕乾一个个介绍，才知道他们是：国民党原海军少将陈魁梧、平潭县原党部书记长翁其凤、国民党原陆军上校杨超雄。他们都是反对国民党平潭县长林荫的平潭籍上层爱国民主人士。今晚曾焕乾应约深夜前来，就是要同他们商量建立反对林荫统一战线的问题。曾焕乾把林中长介绍给他们后，示意他下楼做好警卫工作，保证商谈顺利进行。

商谈结束后回到报捷会馆，天已拂晓。曾焕乾向林中长介绍了同陈魁梧、翁其凤、杨超雄等人商谈合作的简要情况。曾焕乾说："在商谈时，大家一致认为，作为平潭有史以来第一位本地人县长，林荫也想有所作为，为发展平潭做出成绩，特别是在抗日斗争上，他的态度是很坚决的。但是，他忠实执行蒋介石的'剿共方略'，大肆杀害共产党人、进步人士和异己分子，其罪不可赦，必须让他死。如果林荫不除，就会有更多的共产党员和革命志士死在他的屠刀之下，使人民的革命事业受到摧残。不过，林荫并非等闲之辈，他有勇有谋，警惕心高，他配备的贴身保镖十分了得，派遣的特务爪牙简直无孔不入，无论对他明击，还是暗杀，都不是一件容易的事。因此，必须团结一切可以团结的人，建立广泛的反对林荫统一战线，让他成为人人喊打的过街老鼠，使他的杀人魔爪有所收敛。"

接着，曾焕乾对林中长说明了选择雨夜活动的原因。他说："在国民党反动统治的环境中，我们的地下革命斗争活动，一定要根据敌特的活动规律和特点进行安排。那些狗（指敌特）一般都是上半夜吃喝嫖赌，敲诈勒索，无恶不作，到了下半夜就睡大觉，直到次日上午八九点方起床。每当狂风暴雨或者炎热酷暑，那些狗也是躲起来不活动的。我们就要掌握其弱点，利用其空隙，开展我们的革命活动。另一方面，我们不走大道走小巷，避开关卡绕道走，避免或减少同狗们碰撞。如果我们能够提高警惕，小心谨慎，注意这些，除非有叛徒出卖，一般是不怕敌特抓捕的。当然，我们也要学几手防身拳术，在应急时候对付。你想学几手拳术吗？"

"想，凡对革命工作有用的本领，我都想学。"林中长说，"不过，我向谁学呢？您有空教我吗？"

"你说的也是，我没空教你。为了帮助闽中沿海突击队解决武器问题，我要离开会馆一段时间。"曾焕乾正色道，"林中长同志，我现在就把报捷会馆交给你了。从今天起，你明的是报捷会馆老板，暗的就是中共地下党联络站站长。你明白吗？"

"这我明白。"林中长说，"但我不明白，你说的一段时间是多长时间？"

"出路由路，不好说，但你一定要等我回来。"曾焕乾说着就急匆匆地走了。

可是，曾焕乾这一走，却走了8个多月。直到1943年7月15日，他才风风火火地回到报捷会馆。

曾焕乾回到报捷会馆时还带了2位刚刚离校参加革命的青年学生。一个是平潭北厝高坪人林正光，另一个是平潭霞屿人施修裴。他们两个同林中长有类似的背景和经历。

曾焕乾为什么离开这么久才回来？他自己没有说，林中长也不便问，但林正光知道，便悄悄地对林中长说了一个大概。

原来，曾焕乾为了解决闽中沿海突击队的武器问题，同周裕藩一起策划打入广东南澳日伪军翁尚功部，以便夺取其枪支弹药。因有人告密，曾焕乾和周裕藩、林正纪等3人被国民党平潭县长林荫逮捕关押3个月。幸好他们的共产党身份没有暴露，经多方施救，方以"企图下海为匪"的轻微过错释放。曾焕乾一获得自由就回福州报捷会馆开始新的革命历程。

7月15日，曾焕乾一回到报捷会馆就召集林中长、林正光、施修莪三人开会，宣布一个林中长没有想到的决定。

曾焕乾说："设在闽侯南屿镇的黄花岗中学，离省城福州很近，同仓山湾边只隔一江之遥，但又处于偏僻山区，可谓进退自如，是开展革命活动的理想场所。因此，我想请林中长、林正光两位具有初中毕业文化程度的革命者，现在就着手复习功课，准备报考黄花岗中学高中部，以学生为掩护开展学生运动和进行地下革命斗争。施修莪在南平已念完高中一年级的上学期，黄花岗中学今秋刚办高中，没有高中一年级下学期，这样施修莪就无班可插，可先回平潭，以小教为掩护开展地下革命活动。你们同意吗？"林中长等三人听了都说同意。

第五回　黄花岗学运活动频

　　1943年9月1日，星期三，位于南屿河侧畔的黄花岗中学，张灯结彩，喜气洋洋。上午9点，全体师生在学校大礼堂里举行隆重的开学典礼。在典礼大会上，校长林素园作了热情洋溢的新学年致辞，接着，是几位师生代表的精彩发言。校长的致辞和代表的发言，无不获得师生们的热烈掌声。不过，会场内报以最热烈而又经久不息掌声的，还是高中部新生代表林中长的发言。他满怀激情，用洪亮的声音，铿锵有力地说："我们学校之所以定名为黄花岗中学，就是为了教育学生弘扬黄花岗烈士的革命精神。因此，作为黄花岗中学的一名学生，我们一定要发扬黄花岗72烈士的革命精神，不怕牺牲，爱国爱民，抗日救亡，勤奋读书，报效祖国。"

　　林中长和林正光两位革命者都没有让他们的领导人曾焕乾失望。他们俩双双考取黄花岗中学高中部，使曾焕乾心想事成。不过，林中长的考取却颇费周折，因为黄花岗中学的招生门槛很高，本来只收正牌的初中毕业生。林中长因被开除学籍没有毕业证书，不算初中毕业生，故开头连报名都不让。等过了两天之后，该校才说同等学力也可报考，但考试成绩必须超出录取线 50 分以上。这样，林中长才有了转机，便报了名参加了考试。几天后发榜，林中长连自己都不敢相信，他的成绩居然名列全体考生第一。因此，他被林素园校长亲自点名抢先录取了。

林素园校长是日本早稻田大学教育系毕业的著名教育家，同盟会会员，他爱国爱民，为人正派，学识渊博，精通文史、诗词、书画。他虽为校长，却兼教国文、历史、书法。他举止端庄，教态亲切，讲解难题深入浅出，倍受学生欢迎。林中长一到学校报到，就被慧眼识英才的校长林素园盯上了，当即指定他为班长，要他代表高中部新同学在开学典礼上发言。

革命重任在肩的林中长知道，他与其他一般学生不同，一般学生是为了学知识，求学历，成名成家，以改善自己的前途和命运而来读书的；而林中长是接受地下党领导人曾焕乾的派遣，为了便于开展革命活动而来当学生的。所以，他当仁不让，欣然接受了林素园校长让他当班长和大会发言的安排。因为，这有利他完成曾焕乾给予的"抗日救国，团结进步学生，发展革命力量，孤立最反动分子"的革命工作任务。

开学两个月之后，为了争取公开活动的合法地位，林中长经与林正光多次商量，决定发起组织"黄花岗中学融岚航同学会"，让福清（融）、平潭（岚）、长乐（航）3 个县籍的同学自愿报名参加。

按传统习惯，过去平潭在外读书的学生，都是和方言、习俗一样的福清同学组成"融岚同学会"，没有与别的县同学组会的先例。这次，林中长和林正光发起由福、平、长三县组成"融岚航同学会"，是首创。其明的理由，是因为福长平三县地域相邻，国民党省保安队划分管辖区也是将福长平三县划为一个辖区。其暗的原因，则是黄花岗中学的校长林素园乃长乐人,黄花岗中学的教师和学生中也有不少是长乐人。这样,同长乐学生一起组成"融岚航同学会",就能得到学校的更好保护和支持,同时也符合曾焕乾提出的团结更多进步同学的原则。这些真实的理由,经林中长和林正光分别对平潭、福清同学一说,都没有人不拥护。

于是,"黄花岗中学融岚航同学会"经一段时间的筹备就宣告成立了,主要发起人林中长顺理成章地被推举为第一届会长,林正光、林本善(福清人)和一位长乐同学代表(名字不详)等三人为副会长。

"黄花岗中学融岚航同学会"成立后,在林中长会长强有力的领导下,各项活动都开展得有声有色。第一,每月召开一次会员大会,教唱抗日救亡歌曲,讲演进步故事,交流学习经验。第二,制作精致的铜质会章,发给会员佩挂。第三,编印会员通信录,分发给会员使用。第四,创办一块刊名为《朝曦》的墙报,由福清籍的进步学生何可澎任主编,所发表的文章内容新鲜进步,有宣传抗日救亡的,也有揭露时政弊端的,很受读者欢迎。第五,多次组织宣传队到校外宣传抗日救亡,反对卖国投降。

1944年2月,回平潭任小教的施修莪奉曾焕乾之命,前来黄花岗中学插班就读高中一年级下学期,同林中长、林正光一道,以学生身份为掩护,开展学生运动和地下革命斗争。

这年这月,黄花岗中学来了一位名叫谢锡熊的青年教师,英俊洒脱,多才多艺,既会教美术,又会教音乐。然而,他是国民党三青团区队长,思想很反动。他趁校长到省城办事之机,擅自在校内挂起三青团牌子,并在师生中散发入团申请表格,妄图拉拢师生登记参加反动三青团组织。

林中长认为,如果让反动三青团站住脚,成了气候,势必阻碍我们发展进步力量，因此必须坚决除掉他。然而，怎么除掉他呢？他召集林正光、施修莪、林本善等进步学生骨干商议办法。

林正光首先说："解铃还须系铃人。谢锡熊是林素园校长亲自招聘进来的，要除掉他还得依靠林校长。那么，怎样才能让林校长辞退他呢？我想，我们必须抓到谢锡熊的什么把柄，使林校长痛下决心辞退他。"施修莪接着说："正光说得很对，要除掉他必须抓到他的把柄。但是，这个把柄去哪里找呀？"大家异口同声都说把柄不好找，但林本善却说他找到了。因此大家都催他快说。林本善郑重其事地说："我前天看到谢锡熊房间里挂着一幅美女裸体彩色画像。你说，林校长是个正人君子，对西洋性解放那一套深恶痛绝，他知道谢锡熊欣赏美女裸体画像，不气得把他辞退才怪呢？"见大家低头沉思不语，林本善问："这个把柄怎么样？"林中长摇摇头说："这个不能作为把柄。因为谢锡熊是学美术的，学美术素描需要美女裸体画像作模特。再说，美女裸体画是艺术品，同性开放无关。"林正光说："我记起来了，我有两次都看到谢锡熊带女同学到他房间，而且还把房门、窗户关紧紧的，可能有不正当行为。"林中长听后高兴地说："好，正光说的这个很重要，带女同学到宿舍关着门就有鬼，这可以作为把柄向林校长告状。我想，此状一告必然生效。"

果然，不出林中长所料。林素园回到学校之后，当他听了林中长关于谢锡熊常常暗带女同学到他房间的事时，气得七窍冒烟，立即对谢锡熊严词训斥一番，并宣布给予辞退处理。谢锡熊理亏心虚，一句也不敢申辩，灰溜溜地落荒而去。接着，林素园命人砸掉谢锡熊挂在校内的三青团牌子。处理了谢锡熊之后，林素园校长在全校教师会议上说出了他的"群而不党"的主张，宣布不再聘用与国民党三青团有关系的人员来校工作。他说到做到，连军事教官也不让官方派遣，由他自聘的长乐亲戚来校上军事课。他不设专门监视学生思想活动的训导主任一职。他不许国民党和三青团派人来校开展活动，使黄花岗中学成为福州唯一的一所不受国民党控制的私立学校。有这样开明的爱国民主人士林素园当黄花岗中学校长，给林中长、林正光、施修莪等革命者在这里开展学运和革命活动创造了极为有利的条件。

1944年10月5日，福州第二次沦陷，在邵武协和大学读书的曾焕乾特地派地下党员林正纪来南屿找林中长，传达他的指示："如学校停办，你等不可回平潭，可到邵武找曾；有办的话，不管学校迁到何处，都要跟去。我们要保住这个革命阵地。"

由于福州此时沦陷，福州城内许多学校都内迁到山区边县办学，黄花岗中学也内迁到永泰葛岭廨院寺复课开学。林中长和林正光、施修莪、林本善、何可澎等革命者，按照曾焕乾的指示，都跟随学校到永泰葛岭廨院寺上课。到葛岭廨院寺上课后，以林中长为会长的"黄花岗中学融岚航同学会"照常开展各项进步活动，以何可澎为主编的《朝曦》墙报也接着办了起来。

此时，国民党青年军来黄花岗中学招收学生，据称是为了抗日。林中长等革命者，知道他们的宗旨是"假抗日真反共"，便在暗中向同学们揭露他们欺骗学生的阴谋，告诉同学们，青年军招收的新兵都是去当国民党的侦探、特务，不是去打日本，号召同学们安心学习，不要上当受骗。有正义感的学生本来就痛恨国民党的侦探、特务，经过这一宣传，加上学校也不予以配合，结果全校除一个学生外都拒绝报名参加反动的青年军。当时，在永泰的美蒋特务组织"东南特训班"也企图插足黄花岗中学，也在林中长他们的揭露宣传下，使其反动阴谋不能得逞。

1945年5月18日，日本侵略军撤出福州，长达7个月半的福州第二次沦陷终于光复。黄花岗中学也随之搬回了南屿原址。

这年暑假，曾焕乾从邵武回平潭，路过福州时，特地来南屿听取林中长关于黄花岗中学开展学运情况的汇报。他对林中长的汇报表示满意，表扬林中长能独当一面，开展学运有创造性。他指示说："当前抗日形势很好，日本很快就要失败，但要警惕蒋介石反动派发动内战，扼杀民主，强化其独裁统治。"

这年秋天，南屿地霸陈岱昆的大康米店，囤积居奇，大肆抬高粮价和电费，引起学生公愤。为了保护同学们的利益，林中长和林正光、施修我带领几位同学到米店开展说理斗争。不料遭到米店老板纠集的走卒突然袭击，经奋勇博斗方脱险回来，但有位同学被打致伤。林素园校长闻讯连夜到南屿镇政府交涉，次日又亲自带领受伤的同学前往设在尚干的闽侯县政府，向县长投诉，要求惩办打人凶手，保障学生权益。然而，南屿地方势力强大，上下勾结，闽侯县长对林素园校长的合理要求置之不理。林素园一怒之下，做出一项惊人的决定，把黄花岗中学搬迁到福州仓山白泉庵。

白泉庵坐西向东，有10余座建筑，面对闽江口，背靠蛤蟆山，左临鹅头凤岭，右依高盖山，三山环绕，树林成荫，鸟语花香，风景秀丽，闹中取静，倒是教学读书的好位处，也是从事地下革命斗争的好地方，可以成为我省地下党秘密联络点。林中长等革命者对黄花岗中学搬迁到白泉庵很是满意。

1945年8月，中共闽江工委成立，书记庄征，组织部长李铁，宣传部长孟起，委员林白、杨申生。曾焕乾任闽江学委书记，后任闽江工委委员，兼福长平特派员和台湾工委书记。

1946年2月，林中长应约来到福州竹林山馆，听取曾焕乾对他进行入党前的严肃谈话。谈话后，林中长经曾焕乾介绍和批准加入了中国共产党。从此，林中长义无反顾，把自己的一切包含生命都交给党安排，为建立中华人民共和国和实现共产主义事业奋斗终生。

随后，林正光、施修莪、洪通今、林本善等同志也由曾焕乾同志介绍并批准入党。接着，成立了直属于闽江学委的黄花岗中学独立党小组，选举林中长任党小组长。从此，黄花岗中学的学生运动和地下革命斗争便在党组织的直接领导下一步一个脚印地开展起来。

这时，以林中长为组长的黄花岗中学党小组，根据曾焕乾同志的布置，多次组织学生举行"争取和平、民主、自由，反对蒋家王朝一党专政"的游行示威活动。

3月初，为了团结全校师生一起开展爱国民主运动，林中长打破福长平地域，停止黄花岗中学融岚航同学会活动，发起组织"黄花岗中学陶冶学术研究会"，吸收福州、莆田、闽南等地进步同学一起参加。

陶冶学术研究会在党小组的领导下，创办取名为《霹雳》的大型墙报。《霹雳》继承发扬原《朝曦》宣传爱国民主自由、抨击国民党反动统治的宗旨，以更多的篇幅和更大的声势刊出。由于图文并茂，文章尖锐，受到师生的欢迎，引起学校的重视。校长林素园亲自为墙报题词，他写道："既生朝曦，复生霹雳，日月风雷，观摩相益。"

3月29日，是"黄花岗七十二烈士"就义35周年纪念日，又是黄花岗中学建校4周年校庆。学校决定出版两期铅印的校刊，委任何可澎同学为校刊总编辑。林素园校长亲自为校刊写"发刊词"，还写了一篇批评国民党政府滥发货币的文章。党小组抓住这个难得的机会，在两期校刊上发表许多反对内战，要求和平民主，抨击通货膨胀等文章。校刊广为散发，读者不计其数。当时，在那万马齐喑的福州城，黄花岗中学的墙报和校刊的文章，像一声声春雷，震醒了许许多多青年人投身革命，加入中国共产党领导的为建立中华人民共和国而奋斗的解放大军。

在以林中长为组长的党小组领导下，黄花岗中学的学运活动，开展频繁，成绩显著，给国民党反动当局以沉重的打击，受到了闽江工委领导李铁、曾焕乾的多次赞扬。

4月中旬，闽江工委批准黄花岗中学成立党支部，由林中长担任第一届党支部书记。两个月之后，由于林中长毕业离校，改由因休学迟毕业的林正光担任黄花岗中学党支部书记。

1946年6月20日上午，黄花岗中学举行第一届高中毕业典礼。林中长代表50多名应届高中毕业生在毕业典礼上发言，表示要发扬黄花岗烈士的革命精神，为祖国人民的民主自由幸福而贡献自己的一切力量。

这日下午，闽江工委李铁和曾焕乾两位领导人联袂来白泉寺找林中长、施修莪，对他们进行毕业离校下农村前的谈话。李铁说："闽江工委根据中共中央和省委指示精神，制定了'城市为农村服务，迅速从学校向农村发展'的方针，提出'巩固福州，发展外县，开辟15个县'的任务。为了完成这个任务，也为了在学生中培养党的干部，闽江工委决定抽调一批福州大中专学生党员骨干，包括你们二位在内，共25人，分赴各地农村开展农民运动（农运），打击国民党反动派。"接着，曾焕乾说："闽江工委任命林中长为平潭县潭南地下党负责人，派林中长和施修莪两位潜回平潭家乡，以潭南中心小学教师为掩护开辟潭南地区的地下革命斗争，选择大福湾作为我党的基本据点（也称基点村），然后以大福湾据点为突破口，组织农民运动，并利用两面政权的潭南乡公所牌子，开展合法斗争，以打击敌人，保护自己，壮大革命力量。"林中长、施修莪听后表示完全拥护组织的决定，坚决完成党交给的任务。

从此，林中长脱下学生装成为中共地下党的一名职业革命家。

第六回　大福湾农运成果丰

林中长和施修莪两人潜回平潭时，已是 1946 年 6 月 21 日，离学校 7 月 5 日放暑假只剩 15 天。他们俩认为，既然要以小学教师为掩护，那就要立即到潭南中心小学报到教书，取得社会公认的教师身份后才好开展地下革命工作。因此，他们进岛上岸到县教育局打介绍信之后，就直接赶到下山西院寺潭南中心小学报到。校长分配林中长、施修莪两人分别教五年级的语文和数学。

教了一个星期的课，成为真正的小学教师之后，林中长和施修莪两人私下在一起就如何打开潭南地下革命斗争局面问题进行具体磋商。在磋商时，两人一致认为，曾焕乾很英明，他指示"选择大福湾作为我党的基本据点"，是完全正确的。这是因为，大福村在抗日战争时期，就是一个抗击日伪军的基点村。坚持抗日的平潭县长罗仲若和闽中抗日英雄林慕曾都经常到大福村从事抗击日伪军活动。因此，大福湾有优良的革命传统，群众觉悟较高，大多数人心向共产党。大福村保长林中亮倾向革命，支持共产党。而更重要的是，"红心白皮"的潭南乡长林中英的家就在大福村，其乡公所也临时设在大福村的林氏祠堂里。1946年3月，曾焕乾利用国民党假民主举行民选乡长的机会，指示林中长、施修莪分别写信给林中英，传达党的意见，动员他站出来竞选潭南乡乡长，以便掌控潭南乡政府大权，支持我党革命活动。林中英遵照我党的指示参加竞选，获得成功，成为"红心白皮"的潭南乡乡长。当然，林中长自己的家在大福村，到大福湾开展革命活动，等于回家探亲，自然不被怀疑，这也是极为有利的条件。

此外，林中长在黄花岗读书期间，利用寒暑假回大福村探亲的机会，发动村上群众进行两次反顽斗争，也为我党在大福湾开展农运打下了良好基础。

第一次，是1945年8月暑假。有一艘日舰沉没在海坛海峡，大福村民从海面上打捞回一批从沉舰中漂流出来的汽油、橡胶等物。深江大海本无主，向来都是谁打捞归谁所有。可是腐败的国民党县政府却派兵前来逼迫村民缴交。林中长认为这是政府以势欺压百姓的行为，便利用保长林中亮的合法地位，领导大福群众开展一场"反逼缴海上打捞物资"的斗争，取得了巨大胜利，提高了群众的革命觉悟，团结了一批进步青年。

第二次，是1946年1月寒假。东海渔场带鱼发海大丰收，国民党潭南乡特务长林城带领潭南乡兵5人，以抓赌为名窜进大福村，但他们不抓真正的赌棍，却任意向大福群众索钱要物，敲诈勒索，林正仕、林中静等两位正义青年坚拒不给，就被他们抓走捆绑吊打。林中长知道后，立即发动村上青壮群众10多人，以"冬防护村"名义，要他们出示抓赌手令，但他们都是假公济私，根本没有上司手令，林中长见他们拿不出手令，便下令将5个乡兵捆绑起来，并收缴了他们的武器。林城特务长吓得魂飞魄散，拔腿潜逃。时任潭南乡长的林国翔闻讯，也仓皇逃命，生怕愤怒的群众找他算账，从而救出了被抓的林正仕、林中静，震惊了潭南乡公所，使他们此后不敢轻易来大福村为非作歹，为潭南开展革命活动创造了良好环境。

1946年7月5日，潭南中心小学放暑假，林中长回到既是革命据点又是自己老家的大福村，有计划有步骤地开展农民运动。施修莪也时不时以老朋友的名义来大福村做客，就住在林中英兄弟家里，协助林中长开展工作。

1946年9月1日，学校上课后，林中长白天在学校教书，晚上和周末回大福湾做革命工作。经过8个月的努力，大福湾的农民运动就全面地开展起来，取得了丰硕成果。

1947年2月28日，根据上级派地下交通员通知，林中长到福州仓山地下联络员林正芳家，向曾焕乾汇报大福湾农民运动情况。

此时还处于春寒料峭的早春二月，福州天气本来就冷，更兼这天滂沱大雨漫天倾泻，就越发显得冰寒。林中长来到福州仓山林正芳家时已是下午4时。他兴奋地敲了几下门，见无动静，便出声呼叫："开门，开门！"但许久过去了，屋内静悄悄的，根本无人回应他的呼喊。林中长犯疑了："莫非我走错了门？"正当他犯疑之际，大门"呀"一声慢慢打开，先是打开一条缝，只露出小半张女人的脸，便听女人惊喜地喊道："啊，林中长，是你，快进来吧！"

随着女人的小半张脸变为一整张脸，林中长惊奇地问："玉銮姐，你怎么也在这里？"

玉銮姓马，福州人，1919年10月生，中共地下党员，福建协和大学毕业，曾焕乾夫人。看她鼓起来的肚子，就知道她此时已怀有身孕了。

马玉銮引林中长进大门后边走边介绍说："这是我们的临时住处，刚搬过来几天。去年12月间，你和施修莪来过的那个程埔头住处被林荫特务盯上了。"林中长听后随口骂道："林荫的狗们真可恶！"

走进客厅后，马玉銮见林中长一身湿漉漉的，便道："中长，你浑身被雨淋得像落汤鸡似的，赶快到厨房把湿衣服脱了，用热水擦擦身。"

那时，福州居家没有卫生间，洗澡擦身都在厨房里。

"我们平潭男孩子都是从小在海水里泡大的，是不怕雨水淋的。哈唦！"林中长笑笑说着却不经意间打了一个响亮的喷嚏。

"你看，你看，不是受凉了吗？还嘴硬。雨水不比海水，此时又不是夏天，淋雨受凉是会感冒的。"马玉銮忙拿出一套曾焕乾平时穿的衣服递给林中长，关切地道："听话，赶快到厨房把湿衣服换了。"

"是。"林中长答应着接过衣服走进厨房，关起厨房门来擦身换衣服。

待林中长换好衣服走出来时，已在客厅等候的曾焕乾忙迎上去同他紧紧握手："中长，你辛苦了！"

"不，我不辛苦。在自己家乡闹革命，有一种自己还没有长大离乡的感觉。"林中长说。

"是吗？"曾焕乾不置可否，一笑转个话题道，"这次闽江工委'龙山会议'从2月22日开始至25日结束，开了4天。我刚回来两天，今天要向你传达'龙山会议'精神。不过，现在我先听你的汇报。"

"好的。"林中长点一下头就滔滔不绝地汇报了8个月来在平潭潭南大福湾开展农民运动的情况。其汇报的内容要点是：

1. 建立党的组织。经过严格的斗争考验和党的知识教育，林中长在大福村发展了林性品、林中节、林心全等4名优秀青年渔民入党，成立了以林性品为组长的大福党小组。党小组成为大福湾农民运动的领导核心，发挥了很好的战斗堡垒作用。同时，在潭南中心小学发展了林建斌、张德寿、薛贤楠等 3 名年已 18 岁的进步学生入党，以扩大党员队伍，增强潭南地下党的革命斗争力量。

2．组建武工队。经过严格选拔，林中长组建了一支有 30 多人参加的大福武工队，配备了部分武器，由地下党员林性品担任武工队长，负责组织管理和教育培训工作。为了提高武工队的战斗力，林中长以澳地纠纷需要设立枪馆为名，对武工队进行组织整顿、政治教育和军事训练。林中长亲自讲课，进行爱国爱民、革命气节、组织纪律的教育。请抗日英雄林中英对武工队员进行作战基本知识的教育，教他们学会瞄准射击、投弹和格斗，使武工队成为一支听从地下党指挥、能随时投入战斗的武装队伍。

3．筹集武器弹药。为了满足武工队对武器弹药的需求，配合平潭县首次武装暴动，林中长从多方面入手筹集武器弹药——（1）以护村护船的名义，发动村上几户富商购买长枪 10 多支；（2）以澳地纠纷名义，通过上层关系，向山利、芦山、草屿等村庄借到长短枪 10 多支；（3）响应闽江工委关于党员要"毁家纾党"的号召，林中长说服其兄林中英变卖他们兄弟共有的家中田地船只，所得款项购买了短枪 4 支；（4）林中英乡长可以掌握和控制的潭南乡公所的长短枪 8 支。加上武工队原有长短枪 10 多支，合计全村有长短枪 50 多支，可武装游击队半个连队。

4．发动群众斗争恶霸。塘屿恶霸地主黄阿毛仔，胆敢在光天化日之下，以莫须有的罪名，抓捕殴打草屿贫农林泉弟。林中长得悉后，决定批斗这个黄阿毛仔。他在大福党小组党员会议上说："批斗黄阿毛仔可以达到严惩恶霸地主和锻炼刚组建的武工队的两大目的。"那时塘草乡并入潭南乡，林中长利用潭南乡公所的合法牌子，亲自带领武工队和一部分进步乡丁乘船前往塘屿岛，抓捕批斗恶霸地主黄阿毛仔，狠煞了地主恶霸的嚣张气焰，大长了贫苦渔农民的志气，当地群众无不拍手叫好，从而锻炼了武工队，扩大了党在群众中的影响。

5. 设立澳口据点。大福湾澳口既是四面八方渔货的集散地，又是衔接岚、融、榕、莆海上交通的重要港口。各地鱼贩渔船往来频繁，地下革命活动不易暴露，有利于开展地下革命斗争活动。因此，林中长采取措施控制了大福湾澳口，使之成为我党的地下澳口据点。从这个澳口据点出发，可通往福清、福州、长乐、莆田、厦门等地。

6. 开辟海上武装交通线。根据革命形势需要，林中长开辟了海上交通线。开头安排林中节、林中亮的商船作为海上交通船，掩护地下革命活动。但由于商船不能完全按照我党斗争需要进行调遣，而且船工也会调换，影响保密，所以林中长请他大哥林中英筹资购买了一艘名为"腾云利"号的交通船，作为我党开展武装斗争和革命活动的海上专业交通工具。林中长给他们规定的主要任务是：安全护送地下党领导和地下革命者进出平潭岛，传送信息情报，筹集地下革命活动经费，秘密购买和运送枪支武器等。这条海上武装交通船，在林中长的精心安排下，配备了武器弹药，以经商为名，派地下党员林心泉、林性品、林中节和进步青年林中祥、林中志、林文声、林性森、林正德等专职负责，经常往来于平潭、福清、长乐和福州等各个港口，完成我地下党的海上交通任务……

"很好，很好。"曾焕乾对林中长的工作汇报很是满意，听后一直称赞，说，"林中长同志回平潭工作仅仅8个月，就办了6件大事、要事、好事，把大福湾的农民运动全面开展起来了，成果丰硕。特别是购买'腾云利'号交通船，开辟海上武装交通线这件事，做得很精彩很有意义，必将对福建的地下革命斗争做出特殊贡献"。

曾焕乾有预见之智，他说的没错，这艘"腾云利"号海上武装交通船，后来经常接送曾焕乾、林中长、张纬荣、郑杰、徐兴祖、林正光、施修莪、陈书琴、洪通今、陈孝仁、林祖耀等地下党同志安全往返于岚、融、榕等地。在进行地下革命斗争活动中，有时福州形势紧张，海上武装交通船在林中长的调遣下也开往福州港区，多次到魁岐等港口掩护城工部副部长林白同志的安全隐蔽和开展地下革命斗争活动。林中长还派遣海上武装交通船开往汕头购回了 7 支左轮手枪，作为地下党同志进行地下革命活动时使用，增强了武装力量。在林中长的直接指挥和调遣下，大福海上武装交通船从非专业到专业，从非武装船只到武装船只，从海上交通到停泊港口作为流动的地下革命活动据点，出色地完成党交给的各项海上秘密交通任务，成为我党进行地下革命斗争的可靠堡垒，对保证地下革命活动的顺利进行做出了重大而突出的贡献。这是后话。

接着，曾焕乾向林中长传达"龙山会议"的简况。

1946 年 11 月，中共福建省代表会议决定改中共福建省委为中共闽浙赣区委，进一步强调城市工作的重要性，提出城市为农村服务的方针，并高度评价福建城市工作所取得的成绩。会议认为，闽江工委在庄征同志领导下工作发展很快，不仅发展了城市工作，而且发展了农村工作，从省内、台湾等地发展到省外的浙江。根据中央要加强城市工作和建立城市工作部的指示精神，会议决定撤销中共闽江工委，成立中共闽浙赣区委员会城市工作部，任命庄征为部长，李铁为副部长，孟起、林白、杨申生为委员，并提拔庄征为区党委委员，李铁、孟起为区党委候补委员。庄征回到福州后，于 1947 年 2 月 22 日至 25 日在林森（闽侯）县桐口乡龙山村主持召开干部会议（史称龙山会议），参加会议的有 30 多人。庄征在会上传达了省党代会精神，做了题为"论开辟第二战场"的报告，并宣布区党委的决定，正式成立中共闽浙赣区委员会城市工作部，同时成立地下军司令部，由林白任司令员，曾焕乾任副司令员，庄征、李铁为正副政委。下设闽海、闽东两个纵队，曾焕乾兼闽海纵队司令员和政委。龙山会议是闽浙赣城市工作的一个历史转折点，使城市工作从江委时期的"精干隐蔽、积蓄力量，以学生运动为重点"的方针，转变为"为农村服务、为游击战争服务，依靠山头、面向群众、到处发展"的方针。特别是城工部的成立，将大大加强闽浙赣区党委对城市爱国民主运动的领导，有利于进一步开展统一战线工作和城市支援农村工作。因此，这次会议在福建党组织有关城市工作的发展史上具有重要的意义……

曾焕乾刚刚传达完，马玉銮就出来催促曾焕乾、林中长进去吃晚饭。晚饭是白米粥加林中长今日顺便带来的梭子蟹，很简单，但他们三人吃得津津有味。在边吃边谈时，马玉銮对林中长说："中长，你今年25岁，年龄不小了。这次回平潭有8个月之久，有没有娶媳妇结婚？"林中长回答说："没有。"曾焕乾说："4年前，在报捷会馆时我听林正光说，你有一个父母主婚定聘的未婚妻，比你还大一岁，名叫——陈桂英，可有此事？"

"有是有，"林中长欲说又止，"可是——"

"可是你不喜欢？"马玉銮急问。

"不，不。"林中长颇为难过地说，"可是她——不在人间了。1944年中秋节那天不明不白地死了。"

"太不幸了。"马玉銮听后不禁动容，接着说，"不过，她都过世两年半了，你也该新找一位，难道你要为未过门的媳妇守节吗？"

"那也不是。"林中长说，"只是还没有遇上像玉銮姐这样理想的女朋友罢了。"

曾焕乾说："理想的女朋友可遇不可求。不过，据我所知，林中长已经遇上理想的女朋友了。"马玉銮突然想起来，问林中长："啊？他说的是道山路据点的林永华，对吗？"林中长见说顿时脸红，不做回答。曾焕乾见状，忙帮林中长解围，笑道："时期未到，天机不可泄露，玉銮你就别为难中长了。"马玉銮笑笑说："好的，我不再追问了，他已经默认了。"

吃罢晚饭，曾焕乾对林中长说："平潭武装暴动已经获得省委批准。去年10月，吴秉瑜奉命回平潭出任县工委书记，命他为武装暴动做准备工作，至今年1月15日他来汇报，仅3个月时间就取得显著成绩。他说的成绩都是在城关和上山（平北），而下山（潭南）的成绩他没有展开说。今天我听了你的汇报，知道平潭下山（潭南）以大福湾为突破口的农民运动开展得既有声色又很扎实。现在，平潭革命形势大好，平潭上山下山都动起来了。如果没有遇到意外事件，平潭的武装暴动便有成功的把握。你回去后要继续在潭南地区开展农民运动，为配合平潭即将举行的首次武装暴动做好潭南地区应该做的准备工作。"

林中长听了点点头，说句"我坚决完成任务"便同曾焕乾握手告别，向台江码头快步走去。他打算今晚就乘坐停泊在那里的"腾云利"号交通船回平潭大福湾。

第七回　经济斗争战果辉煌

　　然而，当林中长快步走到台江码头时，却听"腾云利"号船长林心泉说，眼下正刮着8级大风，海上不能行船，今晚"腾云利"号船只好暂停在港内避风。船长请林中长上船休息一夜，等明日海上风弱时随船一起回去。但林中长想利用等船时间看望坚持在福州开展地下斗争的战友和正在暗恋中的女友，便谢绝了船长的好意，连夜赶到道山路据点去。

　　道山路据点是中共地下党的一个秘密据点。那是1946年春天，林中长和郑杰、林正光根据曾焕乾的指示建立的。其具体地址是设在福州道山路大营巷21号郑淑贞家。

　　郑淑贞的父亲郑竹泉是黄花岗中学的一位教语文的进步教师，他支持林中长等进步学生开展革命活动，由他介绍牵线，把地下党的秘密据点设在他女儿郑淑贞道山路家。郑淑贞本人是一位心地善良而又顽强的贫民寡妇。她那位当小学教员的丈夫早已亡故，留下未成年的6个子女，全靠她一人起早摸黑纺土纱、卖豆浆和替人洗衣服烧饭的微薄收入，过着清贫艰苦的日子。由于贫病交加，6个子女中有一男一女早已夭折，健康成长的一女三男正在读书。子女们读书需要学费，其家庭经济是多么困难可想而知。

但是，郑淑贞一心倾向中国共产党领导的革命斗争，再苦再难也要不遗余力地支持革命，把这个革命据点保住办好。曾在这个据点住宿过的地下革命者有李铁、曾焕乾、林中长、郑杰、林正光、施修莪、洪通今、王大头、陈淑瑜等20多人。郑淑贞不但为前来据点活动的革命同志提供住宿，还本着"有米加米，无米加水"的办法一起充饥。据点一有活动，她就安排大女儿林永华和她的三个弟弟林永承、林永强、林永刚轮流站岗放哨，做好据点的安全保卫工作。常有国民党保甲长入户盘查，她都巧妙地伪称是儿女们的同学好友，予以周旋，从而确保了往来据点的同志安全。在那国民党血雨腥风的白色恐怖中，福州道山路大营巷21号郑淑贞家的据点，一直坚持到1949年8月17日福州解放。所以，中华人民共和国成立后郑淑贞被评为"老革命接头户"。

林中长从台江码头走到道山路据点时，已是掌灯时分。出来为他开门的正是他想看望的郑淑贞大女儿林永华。林永华出生于1928年12月19日，如今已是一位20岁的俏丽大姑娘了，但她还在福州家事职业女子中学读高中二年级。林中长想对她说些什么，但说不出来，只对她微微一笑表示谢意后便跨进大门。他走过天井通道，看到室内的郑杰和陈淑瑜、王大头等人正围坐在一盏煤油灯下闲谈。见林中长进来，郑杰他们都站起来让座。

待林中长坐妥之后，郑杰问："中长，听说去年12月，你和修莪他们搞到一批西药给游击队，还争取陈宜福参加革命，可有此事？"

"确有此事。"林中长说，"这件事，可谓'智赚西药，药人两得'，我正想对你们说说。"

为了解决游击战争所需的经费、物资、药品、武器，闽江工委号召所属党员向国民党反动派开展经济斗争，勇于变敌人的财富为革命的财富。林中长、施修荄等搞到一批西药给游击队，正是响应江委这一号召。

1946年12月间的一个上午，林中长、施修荄、陈书琴等三人从程埔头曾焕乾的住处出来，准备乘船回平潭。当路过台江"福清会馆"时，他们顺便进去看望一下住在这里的平潭乡友陈宜福。

陈宜福，又名陈佑民，平潭城关人，1919年2月生，厦门大学毕业，为人正派，思想进步，很重乡情，同曾焕乾相识。

陈宜福见林中长等三位乡亲光临，喜出望外，道："你们来得正好，我正愁没有帮手。现在就请你们同我一起到仓前街救济总署福州办事处为平潭基督教卫生院领西药。"林中长、施修荄、陈书琴三人听后都说可以，就一起跟着陈宜福走。

走进救济总署福州办事处的西药库里，林中长、施修荄、陈书琴三人见到琳琅满目的各种药品，心中都不禁暗暗想道："地下党的据点和游击队不是正需要这些药品吗？能弄到一些拿出去给他们多好呀！"

陈宜福和林中长、施修荄、陈书琴等人忙了大半天，领了满满两板车的西药拖运到台江福清会馆，准备择日运回平潭基督教卫生院。在拖运的一路上，陈宜福再三向林中长等三人致谢，说帮了他的大半天忙，真不好意思。但他哪里知道，林中长等三人一路上却一直在肚子里打着怎么弄走这两板车西药的算盘子。

当天晚上，林中长、施修荄、陈书琴三人一起返回程埔头据点，向曾焕乾汇报今天帮助陈宜福领药和他们想弄药给游击队的事。

曾焕乾听后想了想，沉吟道："我们要开辟第二战场，但药品奇缺，这批西药对我们太重要了。不过，我们要研究个行动方案，再请示上级组织批准。"

那天晚上，曾焕乾和林中长等三人研究了好几个方案。偷，抢，都不是办法。但到最后，曾焕乾才决定采取把陈宜福争取过来的办法。他说："人变成我们的人，药品就不难到手了。这个方案如能实现，不但药品能弄到手，而且又多了一位革命同志。"曾焕乾还分析了采取这个方案的有利条件与难点。有利条件就是曾焕乾早就认识陈宜福。陈宜福于1943年3月还帮助我们地下党弄到了一笔经费。难点就是他已经有了妻室，拖儿带女的，不会轻易抛弃其小家庭的温暖生活投身到革命的惊涛骇浪中。因之，不得不像梁山好汉请卢俊义上山那样，采取"逼上梁山"的办法。接着就研究了逼陈宜福上"梁山"的具体步骤，交给林中长、施修裁执行。陈书琴因紫电队事多，曾焕乾叫他赶快回平潭去。

第二天上午，林中长、施修裁就到陈宜福家里玩，并请他看电影，深入了解他的思想动态与家庭情况，建立起更加深厚的同乡友情。

第二天晚上，曾焕乾告诉林中长、施修裁："上级组织已经同意我们的行动方案。"并且指示林中长、施修裁俩住到陈宜福家里去，以便于开展争取他的工作。曾焕乾还拿出一笔现款给林、施，作为结交陈宜福之费用。

于是，林、施二人便住进陈宜福家里。陈宜福收入不稳定，家里经济景况不好，林、施就拿钱给他买柴籴米，又常常请他看戏、看电影、吃点心，从平常的相处中逐渐了解到陈宜福富有正义感，对现实也是很不满的。

过了几天，陈宜福因用了林中长、施修裁许多钱又无力回谢而感到难过，整天愁眉苦脸的。林中长趁机说："你家庭生活有困难，为何不把平潭基督教卫生院寄在这里的药品卖掉一些以济眼前之急呢？

即使被发现，因为卫生院院长是你的亲姐姐陈淑惠，她看在骨肉同胞姐弟的情分上，也不会对你怎么样。"陈宜福听了有些动心，说："卖也得有个主顾呀。"施修莪马上接着说："这你不用担心，我有个同学的父亲在福州开诊所，我替你卖。"陈宜福想了一下，便点头同意了。

林中长、施修莪立即将这一情况向曾焕乾汇报，曾焕乾指示他们当晚就带一个皮箱和一块包袱布到陈宜福家取药。为了保密，林中长请陈宜福安排其妻子和小姨子一起去看电影，留下他们三人关起门来将西药装满一皮箱和一包袱。翌日，天还未亮，林中长、施修莪就雇一辆人力车，将药品运送到事先约定的据点交给曾焕乾收转给上级党组织。傍晚，林、施两人又带着空皮箱与包袱布到陈宜福家，再次取药。同时交给陈宜福一笔买药的款目，并告诉他款目长短以后再结算。

就这样，陈宜福连续偷了4次西药卖给地下党。这时，曾焕乾又指示林中长、施修莪说："现在火候到了，可进行第二个步骤，对陈宜福摊牌了。"

晚上，林中长、施修莪空着手到陈宜福家。一见面，林中长就佯装懊恼的样子对陈宜福说："我们为你办了一件坏事，这批西药原来是平潭县政府的，林荫一旦知道这批西药是放在你家里被人偷了，定会找你麻烦。"

听林中长这样说，陈宜福吓得半天说不出话来。他原以为药品是属于卫生院的，拿卫生院的东西，作为院长的姐姐是不会难为他的。现在经林中长提醒，方知药品是县政府的，林荫县长知道了一定会追究问罪。此时，他才感到问题的严重。

陈宜福忧心忡忡地叹道："这可怎么办呢？"施修莪见机便转圜道："天无绝人之路，办法总是有的！"陈宜福忙问："有什么办法？你们快说。"林中长说："三十六计走为上嘛。"陈宜福喟然长叹一声道："谈何容易，我一家四口，往哪儿走呀？"施修袄说："我有个保证你安全的地方可以去。"陈宜福半信半疑地问："什么地方？"林中长说："到解放区去，到我们游击队控制的地方去。"

"这！"陈宜福听后不禁大惊失色，停了好长一会才说，"这么大的事，我得和我老婆商量商量再说。"

此时，林中长觉得该拿出最后一张王牌了，他便同施修袄交换了一个眼神后，笑着说："老陈呀老陈，也许你不大相信我们两位，但我想，有一位高人，你一定会相信他。"

"谁？"陈宜福问。

林中长、施修袄都笑而不答，竟拉着陈宜福的手一起到程埔头据点。陈宜福见是曾焕乾，高兴地笑骂林中长、施修袄两人为什么不早说。似乎他一天的疑虑，见了曾焕乾，便消除了一大半。晚上，在曾焕乾同志的耐心说服教育下，陈宜福提出了入党要求，并表示要交出所有药品，全家撤离福清会馆，跟着曾焕乾一道干革命。

曾焕乾听后深感欣慰。他当即交代林中长、施修袄两人如何帮助陈宜福带着药品撤离会馆。并且把如何行动也告诉陈宜福。

次日凌晨，陈宜福及其家人就带着福清会馆里的所有西药上船出港，辗转到我游击队的一个安全据点。从此，陈宜福走上了革命道路……

林中长讲完他亲身亲为的"智赚西药，药人两得"的故事后，郑杰说："我也有一个亲身经历的'巧调粮食，粮钱双获'的故事，说给你们听听。"

1947年元旦过后没几天的一个上午，曾焕乾通知郑杰和洪通今两人于当天晚上前往林森县林浦田粮经征处调运300担粮食，并取回一个放有1000万钞票的小箱子。

手无寸铁的地下党人到国民党粮仓调运粮食和取款，本来是一件与虎谋皮的事，但经过曾焕乾周密部署和安排，却变为有相当大的成功把握。

早在1945年11月，曾焕乾刚当上闽江学委书记不久就策划从国民党粮仓中搞到一批粮食支援游击队。那时，他首先是选定了林森县林浦田粮经征处作为夺粮目标。因为，林浦地处闽江边，水陆交通两便，夺粮容易成功。其次，他物色了地下党员丁敬礼，让他活动当林浦田粮经征处主任。

丁敬礼，平潭东澳人，1912年1月出生，1938年毕业于省立高等农业职业学校。1941年任平潭农场场长。从1945年上半年起，他担任国民党林森县政府助理秘书。所以，他有资格竞争到田粮经征处主任这个肥缺。

果然天从人愿，丁敬礼经过活动当上了林浦田粮经征处主任。上任后，他根据曾焕乾的指示，又把其胞兄丁金木和乡亲李德金安排当仓管员，并发展他们入党，使田粮经征处的大权控制在地下党手中。

从那时开始，林浦田粮经征处在丁敬礼的精心安排下就陆陆续续运出一些粮食到地下党游击队的山头据点，至此时加起来少说也有200担之则。但大批调运粮食给地下党，却还没有过。

现在，为了调运这批300担粮食，曾焕乾又做了周密的部署：一是把潜伏在林浦田粮经征处当主任的地下党员丁敬礼预先撤到福州来；二是留丁金木和李德金两同志在田粮经征处做内线配合；三是派郑杰、洪通今提丁敬礼在福州签发的紧急调粮令到林浦田粮经征处提粮食；四是请闽江工委属下的福州第一市委出动两艘货船负责运粮。

郑、洪两人的具体任务是提紧急调粮令到林浦粮食仓库办理调粮出仓手续。但要办妥这个调粮出仓手续得冒点风险。因为，这张紧急调粮令只有田粮处主任签字，没有加盖公章，不是政府正式调粮单，手续不完备，有漏洞，只要稍稍审查核对，就有露出马脚的危险。然而，这个任务却是很重要的，又必须顺利地完成。开辟第二战场，对粮食的需求是十分迫切的自不必说，而完成好这个任务，给国民党在经济上和在政治上都是一次沉重的打击。

为了便于瞒过其他人，曾焕乾安排的运粮船只和他们二人都得在傍晚之时到达林浦码头，这样可以利用夜色作掩护，以减少被敌人发觉的风险。

郑杰、洪通今两人乘坐小船来到林浦时，正是傍晚，天气阴沉，细雨霏霏。出纳经办人员看了郑杰拿出来的紧急调粮令，又看到郑、洪二人化装得很有派头的模样，都有些心虚，谁还敢刁难他们？另一方面，也由于他们想不到田粮处主任会是共产党。既有主任的亲笔签字，最后还会有仓管员核对，出事有人负责，他们何必自讨麻烦？因此，没有费多少口舌，就办妥了出仓手续。但如果仓管员不是我们的人，这张有漏洞的调粮令被发现之后，也会发生麻烦甚至还会出现危险。因为仓管员有责任审核调粮令的真假。郑、洪二人和丁金木、李德金对上暗号，交割出仓单和调粮单之后，丁金木就去集中搬运工人，开仓搬粮。负责运粮的两艘货船的船员也积极配合，前后只花两个多小时，300担粮食的抢搬装船就完毕了。

郑、洪二人利用工人搬粮装船的空隙时间，以丁主任要他们到其房间拿东西为名，到丁敬礼房间去。他们出示了丁敬礼的一串钥匙，田粮处的人都毫不怀疑地让他们自由进出。

郑、洪二人走进丁敬礼的房间，果然看到床下有一个小箱子。打开一看，满满的一箱钞票。他俩担心小箱子拿出去会被敌人发觉，就打开一个粮袋，将小箱子塞在粮袋里搬出去。到了船上再把这个小箱子拿出来转到他们坐的小船上。

直等到装满 300 担粮食的两艘货船开走之后，郑杰和洪通今两人才回到小船上，由原路驶回福州台江第二码头上岸。然后，提着装有 1000 万钞票的小箱子到曾焕乾住处复命。

到了第三天，国民党林森县政府才发觉 300 担粮食被人调运走了，1000 万现金也不翼而飞，立即下令抓捕有关人犯。但在曾焕乾的精心安排下，丁敬礼和丁金木、李德金等三人早已安全撤退到他处了……

郑杰讲完他亲自经历的这个故事之后，林中长说："郑杰刚才讲的这节'巧调粮食，粮钱双获'的故事十分精彩，同我前头讲的'智赚西药，药人两得'的故事可谓是一对姐妹篇。从这一对姐妹篇故事中可以看出，曾焕乾指挥的经济斗争战果辉煌。"

"那么，曾焕乾设计的平潭武装暴动准备情况如何呢？"郑杰问后说，"中长，你是平潭县工委委员，应该知道情况，就对我们说说吧！"

"不，不。"林中长声明道，"因为平潭形势紧张，县工委很久没有开会，全县情况我不大清楚。关于平潭武装暴动的准备情况，还是等以后有机会再说吧！"

第八回　武装暴动万事俱备

其实，关于平潭武装暴动的准备情况，作为平潭县工委委员兼潭南地下党负责人林中长是知道的。只是出于保密，他不愿意在那个场合讲而已。

平潭要举行以夺枪为主要目标的武装暴动，是曾焕乾一手设计的。1946年6月，曾焕乾派林中长、施修莪回潭南地区从事地下革命斗争时，就请他们两位在大福湾开展农民运动，以配合正在策划的平潭武装暴动。

1946年10月，闽江工委为了加强党对平潭武装暴动的领导，组建平潭县工委，任命协大第一个党支部委员吴秉瑜为平潭县工委书记，林中长、林维梁为县工委委员。

经过三个月的努力，至1947年1月15日，平潭县工委就完成了调查研究、发展党组织和组建武装队伍等初期任务，取得了显著成绩。

在调查研究方面，吴秉瑜他们通过多种渠道，经过多次核实，查清了平潭县国民党拥有的武器装备情况，全县共有重机枪6挺、轻机枪 30 挺、驳壳枪 100 多支、步枪 500 多支，还有大量的手榴弹和各种弹药，足够武装我游击队 4 个团。同时弄清了平潭县国民党的武装队伍情况——全县有 6 支反动武装：一是县自卫队 1 个中队 3 个分队 9 个班，130 多人，拥有机枪 2 挺、步枪 130 多支；二是林荫私人卫队 30 多人，拥有机枪 3 挺、驳壳枪 30 多支；三是县警察局武装警察 30 多人，拥有机枪 2 挺、长短枪 30 多支；四是林氏家族林正乾中队 30 多人，拥有机枪 10 多挺、长短枪 30 多支；五是武装特务组 20 多人，拥有机枪 1 挺、短枪 20 多支；六是盐缉队 30 多人，拥有步枪 30 多支。

吴秉瑜、林中长他们对平潭县国民党的态势进行研究分析，认为平潭岛孤悬海上，风大浪高，交通不便，既没有国民党正规军把守，也没有省保安团驻扎，就只有这 6 支充其量 280 人左右的地方武装队伍，而且他们都没有经过严格的正规训练，因此，战斗力偏弱。由于平潭县巨头林荫极力培植个人势力，对各支武装队伍划派分亲疏，不能一碗水端平，导致队与队之间钩心斗角，往往因给养不均而内讧。所以，这 280 人左右的国民党武装就像一盘散沙，很难拧成一股绳对付我们游击队伍的奇袭。

在发展党组织方面，吴秉瑜在老家玉屿村发展党员，建立党的组织，使之成为可靠的革命据点。吴出生成长于玉屿村，从小与父老乡亲友善，有很好的群众基础。他以探望亲属为名，多次回乡开展工作。玉屿村又是平潭的一方穷乡僻壤，当地群众受尽压迫剥削，穷得"三块薯片一碗汤"过日子。他们迫切要求革命，渴望有人能够把他们从苦难的深渊中解救出来。吴深入浅出地对他们讲中国贫穷落后的原因，讲改变苦难现状的出路，讲推翻"三座大山"的必须，讲中国共产党是中国人民的救星，使他们很快就觉醒起来，发誓要跟着共产党闹革命。每当夜间，吴秉瑜就组织一批知识青年学习从福州带回的革命小册子，讲解社会发展规律和共产主义理论，使他们提高了觉悟，建立了理想信念。在此基础上，于去年 12 月发展了吴聿静、吴聿杰、吴秉汉、吴吉祥等 4 位知识青年入党，并于元旦那天宣布建立以吴聿静为书记的玉屿党支部，紧接着由吴育静发展了 8 名党员，合计 12 人。为了掩护革命活动，党支部书记吴聿静出任玉屿国民党保长，支部党员负责加强对村民的联系和教育，继续发展党员，努力把没有山头隐蔽但有群众基础的玉屿村建成为铜墙铁壁般的可靠革命根据地。与此同时，发展平潭县警察局陈徽梅入党。陈徽梅现任平潭县警察局督察长，是吴秉瑜在岚华初中读初一年级时的同学，又是曾焕乾的挚友。1943 年，曾焕乾因策划到南澳缴枪被林荫以准备下海为匪罪羁押在县警察局内。富有正义感的陈徽梅，出于同情和爱才，暗中对曾焕乾百般照顾，并与之建立了诚挚的友谊，成为一对生死与共的莫逆之交。吴秉瑜进驻平潭县参议会后想方设法同陈徽梅接触，对他叙同窗之友谊，谈国家之大势，讲救国之正道，论人生之真谛。在提高其认识的基础上，对他说明共产党的性质、宗旨和奋斗目标。然后，对他传达曾焕乾的嘱咐，由曾焕乾和吴秉瑜两人当介绍人，吸收他加入中国共产党。发展陈徽梅入党，不但对这次调查掌握国民党武装情况帮了大忙，还可在今后武装暴动时发挥重要的内应作用。在潭南地区，林中长发展了 7 名党员。近日，曾焕乾把平潭县内所有独立活动的党员和党组织移交给平潭县工委统一领导。现在平潭县工委下辖的党组织，有紫电队党支部，书记陈书琴，党员念克谦、陈孝仁、杨建福、林祖耀等 5 名；玉屿村党支部，书记吴聿静，党员吴秉汉（组织委员）、吴吉祥（宣传委员）、吴聿杰（武装委员）等 12 名；大富村党支部，党员欧秉发、魏思达、徐凤祥、周廷煌、陈恭惠等 14 名；岚华学生党支部，负责人郑熙钰、张锡九，党员共 15 名；潭南地下党负责人林中长，下辖西院、大福两个独立党小组，有党员 9 名；教师党小组，组长李登熙，有党员 4 名；林达仁独立党小组，组长林达仁，有党员 12 名；单线联系的党员有林维梁、陈徽梅、周祖杰、陈书坊、吴翊翔等 4 名。全县合计有 4 个党支部，4 个独立党小组，党员 74 名。

在建立武装队伍方面，吴秉瑜在玉屿村组建了一个游击大队，大队长吴聿静，政委吴秉瑜（兼），下设 3 个中队，但队员只有 90 多人。林中长在大福湾组建了一支有 30 多人参加的大福武工队，配备了部分武器，由地下党员林性品担任大福武工队长。

以上所说的只是平潭县工委头三个月的成绩。之后，又经过 6 个星期的努力，到了 1947 年 3 月底，平潭县武装暴动的准备工作就已经完成了。

第一，3 支革命武装待命出击。

以玉屿支部党员为骨干的"平潭革命游击队"，今年 1 月刚组建时只有队员 90 多名，近 6 个星期以来，队长吴聿静、副队长吴聿杰、吴吉祥又分别到附近土库、看澳、康安、下岳厝、芹山边、斗门底等村庄发展新队员，现在有队员 200 多名，编为 3 个中队，9 个分队，成为一支强有力的游击队伍。武器方面，先集中村里为抵御封建械斗而备的长短枪，后又往福清等地购买一批枪支弹药。现在合计有轻机枪 1 挺，冲锋枪 1 支，长短枪 43 支，各种子弹 500 多发。并请吴红红、吴秉信等村上能工巧匠打制了 50 多把大刀、30 多杆长矛和一批土地雷、土手榴弹。吴秉瑜兼任该队政委，亲自对他们进行革命思想教育，使他们的觉悟日益提高。副队长吴聿杰抓军事训练，对他们讲解各种枪支的性能和使用方法，并进行实地操练，以提高他们的杀敌本领。

以紫电队为基础的"平潭人民海上游击队"，虽然遭受去年12月底松下海难的惨重损失，但在队长陈书琴、政委洪通今的领导下，经过整顿，仍有队员30多人。这些队员都是久经抗日抗伪沙场上考验过的勇猛战士，个个武艺高强，枪法高超，对国民党林荫又恨之入骨，只要战斗号角一响，便会义无反顾地冲入敌阵拼杀缴枪夺取胜利。

以大福地下党员为骨干的大福武工队，有经过林中长严格培训的30多名队员，有一艘海上武装交通船，有50多支长短枪，由地下党员林性品担任武工队长，是一支能够随时投入战斗的武装队伍。

第二，策反工作卓有成效。

与此同时，策反工作全面铺开，做到了各部反动武装中都有我们的人做内应。而且这些内应能够在武装暴动时，或内部响应，动摇其军心，瓦解敌军；或率众起义，里应外合，歼灭敌人。

林荫卫队。这是平潭最强的反动武装，成员多为林荫亲信，武器配备精良。擒贼擒王，武装暴动的主要目标就是抓获林荫，解除其卫队武装。林荫一擒获，卫队武装一解除，其他部分的反动武装就容易解决。所以，解决林荫卫队武装是最关键的一步。这部分工作，由县工委委员林维梁负责进行。因为林荫卫队队长林建枢是林维梁的堂兄。今年1月中旬，吴秉瑜向林维梁传达了曾焕乾的指示后，他就开始对林建枢进行工作，引导其认清形势，参加革命。接着，曾焕乾亲自写信给林建枢，由林维梁转交，信中劝他拿下林荫，带领人枪起义，投奔革命。最好能达到这个要求。如果林建枢不能这样做，也要做到在革命武装暴动时，他不进行抵抗。经过林维梁多次思想工作之后，林建枢表示说："要我拿下林荫，我是下不了手的；我只能做到革命暴动起来时不作抵抗。"根据这种情况，如能选择适当时机，突然举事，抓获林荫，解除其卫队武装，则胜券可操。

县自卫队。只有1个中队、3个分队、9个班130多人。由紫电队的念克谦负责进行工作。紫电队党员杨建福是自卫队的一个分队长，紫电队队员洪通华是自卫队的事务长，念克谦与陈孝仁两人着重向另一分队长孟新民进行工作，已建立了友谊。经过一段时间紧张的工作，对9个班的班长也都建立了友情。这样，在武装暴动时，从自卫队内部策动起义，也是有把握的。

警察局武装。这方面工作，由陈徽梅负责。陈是警察局的督察长，地位较高，他主要是采取结交朋友的方式，有意识地与部分警察和警官建立友谊。按陈徽梅说，由于局长游澄清对警局的控制还是强有力的，在正常情况下，由他去发动兵变或起义，都不可能有成。只能在革命武装暴动举行之际，兵临城下之时，他从内部作瓦解士气的工作，或拉一部分人起义响应，内外配合，可以解除警察局的武装。

林正乾中队。这也是战斗力比较强的一支林荫嫡系队伍，属于林氏家族武装。但他的驻地在苏沃，离县城30多里，武装暴动采取突然袭击的方式，林正乾中队是远水救不了近火的。但也是革命暴动后续必须解决的隐患，所以也要认真对待，力求从其内部拉出人来。他们对林正乾中队的两位重要骨干进行工作。一位是杨尊良，一位是游天柱，前者是林达仁的表兄，后者是林维梁的姑丈。所以，命林达仁负责对杨尊良做工作，林维梁负责做游天柱的工作。林维梁还派他的侄儿林圣龙到林正乾中队当兵，届时也可充当内应。对林正乾中队，他们计划在解决县城各个反动武装后，乘胜进军。这时他已成孤军，如不归降，发生战斗时，这些人从内部响应瓦解军心，估计也可以很快解除其武装。

其他还有两支敌人武装。一是林诚仁特务组，有地下党员周宏水在特务组里工作，可作为我们的耳目；二是盐警队，也有基本群众张纬奇在里面工作。所以，解除这两支武装并不难。

于是，平潭武装暴动的准备工作已经基本完成，拟定举行平潭武装暴动的条件已经成熟，可谓是"万事俱备，只欠东风"了。东风就是请曾焕乾亲自回平潭，发布号令，指挥战斗……

第九回　遇意外平潭暴动停

1947年3月底，曾焕乾担心的"意外事件"终于在即将举行暴动的关键时刻发生了。曾焕乾、林中长、吴秉瑜等同志得悉后都感到万分的惋惜。

这个意外事件史称"码头事件"，又称"码头劫案"。参与者是平潭紫电队的地下党员。整个事件的始末大体是：

1946年12月底，中共平潭县工委领导的"平潭人民海上游击队"的全部武器都放在"紫电1号船"内，可该船遇风沉没于长乐松下海面，武器尽失，又溺死刘道安等5名队员。作为平潭武装暴动的主力，"平潭人民海上游击队"遭此惨重损失，势必严重影响暴动的胜利举行。队长兼党支部书记陈书琴认为，为了不影响武装暴动的举行，"平潭人民海上游击队"必须立即设法补充武器。

当时国民党县长林荫的小舅子高尚民在城关码头开设"民生公司"，林荫的1挺轻机枪和10多支长短枪都寄存在他的公司里。陈书琴打算把这些枪支搞过来，以补充丢失的武器。陈书琴曾多次带领队员陈孝仁、林祖耀到民生公司，以打麻将为名暗中了解枪支存放的具体位置。由于情况未弄明白，无从下手。恰好此时国民党莆田县涵江党办服务社一条商船停泊在潭城码头，船上有许多枪支。陈书琴得悉后便在陈学英家召开党支部大会，研究到这艘涵江商船上夺枪的方案。该支部除洪通今一人还在福州外，其余党员全体参加。会上通过两个方案：一是用"紫电 2 号船"伪装哨船，在竹屿口以检查为名把商船上的枪支骗走；二是在这艘商船临开航时，伪装成林荫自卫队上船抓赌，搞走枪支和款目。在这两个方案中应选哪一个方案须根据该商船开航的时间而定。

会后，陈书琴派党员念克谦专程前往福州，把"劫船"行动的计划向曾焕乾请示。曾焕乾认为劫船会影响整个武装暴动计划，不予批准，并嘱咐念克谦道："大事不决找吴秉瑜。"可是，当念克谦赶回平潭时，"劫船"行动已经实施一天了。

为什么未得上级批准就行动呢？因为原来侦知该船于一星期后启航回去，不料突然提前，等不及念克谦回来传达曾焕乾的指示。若不立即行动，眼见到手的枪支就要溜走，于心不甘，便决定按第二方案"伪装成林荫自卫队上船抓赌"行动。

于是，陈书琴等 6 人伪装成自卫队士兵上船抓赌检查。自卫队分队长杨建福（地下党员）带亲信士兵，在主要通道布哨"保驾"。不想陈书琴等人上船时，船老板还没有下船，枪支也还未带上船来，又不知船老板何时才会带枪下船，怕时间拖久了引起船上人怀疑，争执起来不好办，因此只搞到一小部分款目就立即撤走。

船老板回船得知县自卫队来查船并拿走一袋子钱，大为恼火。钱的数目并不多，本来不值得计较，可是竟敢到邻县党办的"官船"上来检查，未免太不给面子了。为了出这口恶气，他们就小题大做起来，以该船遭抢劫为由告到国民党县长林荫那里去。

　　林荫素来向上司吹嘘平潭治安良好，社会稳定，来平潭经商绝对安全，谁知在他眼皮子底下竟发生"劫案"。所以他接到报告后大为震惊，立即查问自卫队长游世杰。游世杰否认有派人去查船的事，可是涵江党办商船上的人明明看到查船的为首身穿绿色呢军大衣，其他人也都是一身自卫队士兵的打扮。这到底是怎么一回事？问得游世杰瞠目结舌，哑口无言。林荫虽然相信游世杰不会干这种事，但自卫队的服装与枪支竟会落到行劫人的手里，岂非咄咄怪事！细查仓库，并未丢失服装与枪械。这显然是自卫队里有人将服装与枪支借人使用。这个人又是谁呢？游世杰弄不清，未免有失职之过，因之被林荫撤职，丢了乌纱帽。

　　林荫万万没有想到他的自卫队会给他捅这么大的娄子。他想来想去，会干这种恶作剧的人，一定是自卫队内原"紫电队"成员的一伙人。只有这伙人才有如此胆量干此等无法无天的事。全县绿色呢军大衣没几件，林荫已查清有一件被陈书琴借去。又根据商船上人比画穿绿色呢军大衣者的个头、脸型、神态，断定此人就是陈书琴，便立即派兵抓捕他。但陈书琴早得吴秉瑜亲自来家通知，他借绿色呢军大衣的事已经暴露，便躲了起来，使林荫扑了个空。

　　原告涵江党办商船老板得知自卫队长因此被撤职，也有了面子，且丢失款目无多，就不再追究了。可林荫绝不肯让有怀疑的人再留在他的自卫队里。因之，他进行一番清洗。保管自卫队物资的事务长洪通华（地下党员洪通今弟弟）被免职，分队长杨建福被调下乡充当乡队副，陈孝仁（地下党员）被调离林荫私人卫队。这些人都是平潭县工委安插在敌人队伍中的内线，这样一来便严重影响暴动计划的实施。

　　曾焕乾知道"码头事件"始末之后，没有发脾气，他心想，由于翻船丢失武器，陈书琴想方设法补充，这个心情是可理解的。但是，缺乏全局观念，没有想到这个行动会给全局带来怎样的恶果。现在，"码头事件"打草惊蛇，过早地暴露了自己，使这次平潭武装暴动失去了一个乘敌不备、突然袭击的条件。

由于出了这个意外事件，迫于平潭当前的不利形势，事出无奈，曾焕乾便果断地做出决定："平潭武装暴动暂停举行，有关人员立即撤离出岛。"他当即派郑杰同志作为他的特别代表回平潭向县工委吴秉瑜、林中长等人传达他的决定。

这日夜间，郑杰乘船从大福下湖澳上岸，找到了刚好在大福家里的林中长，向他说明了这次回岛的使命。林中长听后认为形势万分危急，便漏夜带郑杰一起到东坑村地下党员陈孝义家，同已在这里的吴秉瑜、张纬荣、洪通今、林正光等人一起开会，听取郑杰传达曾焕乾关于"暴动暂停"的决定。开头有的同志说："虽然发生码头事件，但武装暴动还可以举行，速接曾焕乾同志回潭指挥。"但林中长坚决否定这个冒险的意见，说："眼前条件已经起了变化，暴动成功已无胜算，作为下级，我们必须坚决执行上级曾焕乾的决定，暴动暂停，该撤退的人员迅速撤离出岛。"经林中长这么一说，大家都表示坚决执行曾焕乾这一果断决定。

接着，郑杰在会上宣读了曾焕乾指定的必须立即撤离的党员骨干名单：林中长、施修莪、林正光、陈书琴、洪通今、陈孝仁、林祖耀、洪成昌、邱子芳、陈宜福、郑杰等 11 人。郑杰宣读名单后又强调说："曾焕乾同志指定的这 11 位同志，有的已被通缉，有的已被嫌疑，都必须迅速撤离；但县工委书记吴秉瑜身份没有暴露，可以仍然以岚华初中和潭城小学教员为掩护，留下来坚持领导平潭地下革命斗争。"郑杰讲完就散会，各自离开。

三天之后，林荫派出一个连的国民党兵，团团包围大福村，妄图抓捕已被嫌疑的林中长和郑杰两个人。可是，他们扑了个空，无功而回。原来，三天前的那个夜晚会议散会之后，林中长和郑杰两人就连夜赶回大福村下湖澳，立马坐上"腾云利"号武装交通船出岛，安全地撤到福清东张灵石山革命据点了。

　　随后又出现一件事，让林荫进一步证实"码头劫案"是紫电队干的。原来事有凑巧，"紫电2号船"在连江黄岐海面俘获一艘匪船，拖到福清北佗海面时将其释放。船上匪徒怕当地政府找麻烦，弃船逃走。空船漂流到平潭看澳村澳口。"紫电2号船"船员林祖麟回家时听说此事，就立即招呼本村族人前往，悄悄上船查看，想捞点东西。不料被看澳村人发现，当作盗匪将其扭抓到县城交给县长林荫。林祖麟在压力下，向林荫交代了"码头劫案"是紫电队陈书琴等几个人干的事实。但林祖麟不是党员，根本不知道劫船是为了抢枪，抢枪是为了暴动的事。他的供词虽然没有牵涉到共产党，但林荫已经觉察到紫电队背后有共产党，"码头劫案"是共产党蓄意在平潭制造的混乱。因之，林荫便下狠心逮捕紫电队的成员和他背后的共产党了。这样，白色恐怖便像滚滚阴云笼罩着平潭岛。幸好，曾焕乾在林荫下令之先，即派郑杰通知有危险的林中长、陈书琴等11人撤离平潭。

　　由于遇上意外事件，国民党因之制造白色恐怖，平潭武装暴动被迫暂停了。但吴秉瑜、林中长等为了举行暴动所做的一切准备工作，都没有白费。发展的党员，建立的组织，设置的据点，购买的武装，打入敌人军警心脏的内线，统统都没有暴露，都没有被破坏。敖东的大福村和苏澳的玉屿村始终成为我党的革命基点村。1949年7月，大福村驻扎着国民党73军的一个整团，还有国民党宪兵、特务队，全村无处没有敌人鹰犬般的眼睛，但是，徐兴祖、王祥和等10多位平潭游击队骨干，却能安然无恙地在大福村隐蔽下来活动。这是由于大福村党小组的坚强领导，群众思想工作做得深入细致，巧妙地躲过了敌人的视线。后来，大福村党小组派船安全护送他们撤离。1949年9月，我解放大军先头部队已经强攻进岛，国民党73军的一个排企图从下湖澳乘船逃脱，大福村党小组立即发动村上300多位基本群众将其团团围住，并同其进行搏斗。在强大的"缴枪不杀""优待俘虏"的政治攻势下，逼迫国民党全排官兵缴械投降。玉屿村也一直成为平潭人民游击队的根据地。原游击队员后来都成为以高飞为支队长、张纬荣为政委的平潭人民游击支队的骨干队员。当时大福村和玉屿村的所有武器弹药都移交给平潭人民游击支队使用。这就为1949年5月5日张纬荣、高飞领导的平潭人民游击支队解放平潭打下了坚实的基础。

第十回　出叛徒灵石据点撤

四月清明，乍雨乍晴。就在这晴雨无常的清明节期间，曾焕乾和他的战友们，颇似当年毛委员上井冈山，入驻新开辟的据点福清灵石山。

曾焕乾知道，建立山头据点，是组建地下人民武装，同国民党反动派打游击战的基础条件。所以早在 1946 年 6 月，他就根据省委和江委关于城市为农村服务的指示精神，先后从各大中学校中抽调一批又一批学生党员到农村开展革命活动。如协大的陈世民、吴秉瑜、陈振华，学院的张纬荣，协职的林维梁、翁强吾，高工的詹益群，三一中学的林维榕，三民中学的陈羽生，黄花岗中学的林中长、施修莪、林正光、洪通今、何本善、邱子芳、余孔华等。其中，派到福清东张山区一带的福清、平潭籍学生党员，就有陈羽生、邱子芳、王重清、倪秉霖、陈振华等人。他们分别安排在东张的尚理小学、园村小学、园尾小学、上店丽生小学等校，以教员身份为掩护开展地下革命斗争，使这些学校都成了我地下党在东张一带活动的联络点。曾焕乾还请他们留意在东张一带建立山头据点地址的事。

1947 年 2 月底，根据龙山会议关于成立地下军的决定，曾焕乾亲自带陈世民前来东张园村小学，找陈羽生商量设立山头据点地址的事。根据陈羽生等人的建议，并经过亲自实地考察，曾焕乾认为东张附近的灵石山，山连山，山高谷深，林密路陡，活动空间广，回旋余地大，是个建立革命据点的理想地方。

同年 3 月中旬，曾焕乾又带几个人顶寒风，冒暴雨，再次前往灵石山勘察地形，了解当地群众情况，为在这里开辟据点做了充分的准备工作。

同年 3 月下旬的一天，曾焕乾从早晨 6 时至下午 3 时，都泡在东张灵石山，他忙着指挥陈宜福、王重清和陈阿炎、陈阿标父子以及当地群众，于西山尾寨依山势沿溪流搭盖一长溜茅棚，作为据点，为归属曾焕乾直接领导的福长平工委和地下军闽海纵队提供驻地。

1947 年 4 月 5 日上午，曾焕乾在灵石山据点召开全体干部会议，宣布福长平工委和闽海纵队正式成立。并宣读了两个组织机构的人员名单。

福长平工委书记陈世明，副书记吴秉瑜，委员林中长、张纬荣、陈振华、郑杰、林正光、施修袋、洪通今。下属平潭工委，书记吴秉瑜，委员林中长、陈维梁；福清工委，书记陈振华，委员林正光、施修袋、何本善、丁敬礼、邱子芳、陈羽生；福长平学委，书记张纬荣，委员詹益群、陈孝义。

闽海纵队司令员兼政委曾焕乾，政治处主任吴秉瑜，下属 4 个支队和一个独立团，林中长、林正光、施修袋、洪通今四人分别担任各支队的支队长兼政委，郑杰为独立团团长兼政委。

同时，还成立了一个精干的警卫队，以浑身是胆、武艺高强的陈书琴为警卫队长，因"码头事件"从平潭撤到灵石山的原"紫电队"

队员，皆为警卫队战士。

闽海纵队司令部制作一面鲜红的队旗，并由陈羽生负责雕刻关防大印和长戳。

在驻扎灵石山据点的日子里，曾焕乾和他的战友们一边策划福清龙（田）高（山）武装暴动，一边进行规范化的军事训练。

这天，军训内容是近战时的拳击技术，由曾焕乾亲自担任教练，教了一天也练了一天。到了夜晚，举行比武，主要是拳术比赛，驻在据点里的闽海纵队30多名指战员全体参加。由曾焕乾指定旗鼓相当的二人为一对，一对一对地出台比赛。

最精彩的一对是陈书琴和曾焕乾。他两人拳技不凡，都是武术高手，陈书琴体壮力大，如猛虎下山，步步呼啸着攻来；曾焕乾似猿猴攀树，掌掌轻轻地还击。臂来腿往，你跃我飞，他俩打得扑朔迷离，大家看得眼花缭乱。整整打了72回合，居然不见高低，难分胜负。

不过，这只是大家这样说。其实，曾焕乾、陈书琴两人自己心知肚明，凭勇力，曾焕乾绝不是陈书琴的对手；论武术，陈书琴比曾焕乾还是略逊一筹。陈书琴那如钢似铁的拳头每每挥来，一到曾焕乾那柔软的手掌就化成了泥土齑粉。

这日回到茅草房，曾焕乾擦擦汗水，正想挑灯夜读，却见洪通今进来报告："林维梁已经来到西山尾陈吓标家，可否带他上来见您？"

"噢！"曾焕乾不置可否地轻点一下头，心中想道，林维梁奉自己之命潜伏平潭，负责在上层人士中活动，为我党获取情报。除了吴秉瑜、林中长两人外，大家都不知道他的真实身份。现在据点里的平潭同志很多，为了不让太多人知道林维梁的特殊身份，还是不让他上山来为好。于是，他站起来对洪通今道："还是我们一起下去到吓标家与林维梁相见。"

两人正想走，曾焕乾突然对洪通今说；"你去请陈世民来，我有事对他说。"洪通今答应着走了。须臾，陈世民进来，曾焕乾对他说："我要到福州汇报工作，何时回来难说。我不在期间，这据点就交给你负责，你有事要多同林中长他们商量。"

　　见陈世民边听边点头，曾焕乾便对洪通今说："那我们一起下去，先到陈吓标家。"

　　陈吓标家在西山尾，堪称灵石山据点的"门户"。不过，"门户"之外还有一个其作用近似于"岗哨"的秘密联络站，设在地处半山腰的园尾村里。欲到据点的人，首先必须到"岗哨"对暗号。对上了暗号，才派员带你到"门户"。进了"门户"之后，还得请示领导同意，方可进据点。

　　这些"规则"，林维梁自然清楚。所以他在"门户"里耐心等待，等待有人带他上据点同曾焕乾会面。

　　然而，许久过去了，就是不见有人来带他上山。心想，难道组织上对我不信任，心存怀疑？一种被冷落的感觉顿时袭上他的心头。

　　林维梁正在胡思乱想之际，曾焕乾风风火火地推门进来，笑着说："让你久等了，真对不起。一路上，没有被东张妹抢去当女婿吧？"

　　"你都说些什么呀？"林维梁也笑着说。曾焕乾的一句道歉词，又接一句幽默话，林维梁听了很舒服，心中那么一点委屈感便随之烟消云散了。

　　"快说说，你获取的最新情报吧！"曾焕乾坐下来说。

　　"林荫要赠送枪支给你，已经派林达仁、许延衡两人为代表出来请你回去领枪……"

　　"哈哈哈，林荫要赠枪给我？这不是黄鼠狼给鸡拜年吗？"未等林维梁说完，曾焕乾便忍不住大笑着插话。

"吴秉瑜知道林荫没安好心，特派我在林达仁、许廷衡之先赶到这里向你通气，提醒你别上林荫的当，千万不能回平潭。"

"林荫这一招，乃是和尚头上的虱子，明摆着的，他骗得了谁呢？"曾焕乾接着沉吟道，"不过，林荫不是一盏省油的灯，他为何有此一计呢？你不妨细细道来。"于是，林维梁说了事情的大概。

原来，"码头劫案"证实是紫电队干的之后，手下特务成群的林荫，进一步查出了紫电队背后有共产党在领导。曾焕乾的真实身份，他也探得一清二楚。

这位坚持以共产党为敌的国民党县长林荫，妄图捕杀共产党要员曾焕乾以邀功。但是，曾焕乾不在平潭活动，他想抓却鞭长莫及，便想出一计：以赠枪给曾焕乾为名，诱骗他回来领枪时逮捕他。然而，由谁去诱骗曾焕乾回来呢？林荫物色的第一人选是曾焕乾的堂兄曾焕魁，但曾焕魁却以找不到曾焕乾为借口来搪塞，林荫对他也无可奈何。所以又物色林达仁、许廷衡二人。林荫认为，此两人平时与曾焕乾有来往，且很友好，一定能够把曾焕乾"请"回来，然后杀之……

听了林维梁的叙述，曾焕乾道："我不会上林荫的当，请吴秉瑜他们放心。但林达仁我还是要见的，只是在接见的地点上稍加注意就行了。"

当晚，曾焕乾、林维梁、洪通今三人在陈吓标家的一张竹床上同盖一条被过夜。次晨，曾焕乾、洪通今一起送林维梁下山。

曾焕乾从林维梁的汇报中得知林达仁已经到了福清。他落脚之处，曾焕乾是知道的。反之，曾焕乾在东张的一个小村联络点，林达仁作为党员骨干也是知道的。因之，曾焕乾立即封闭这个东张的小村联络点，绝不能让现在作为林荫代表的林达仁知道他的行踪。林达仁赶到这个已经关闭了的东张小村联络点，什么人都联系不上。可是，他却被曾焕乾派人请到福清的梨万村来。曾焕乾想听一听林荫的鬼主意。为保密起见，他嘱咐带林达仁来梨万村的同志，要将林达仁的眼睛蒙上才带进村来。曾焕乾单独一人与林达仁在村里一座房子的楼上谈判。

说是谈判，实际上成为曾焕乾对林达仁的工作部署，叫他回去同紫电队党员念克谦等打通关系，搞好团结，共同协助吴秉瑜开展平潭的地下革命斗争，进一步打好基础，迎接新的革命高潮的到来。

最后，曾焕乾问："林荫派你和许廷衡二人为代表同我谈判，为什么只剩下你一个人呢？"林达仁苦笑道："为了你的安全，他被我甩开了！"

"此话怎讲？"曾焕乾不解。

林达仁答道："许廷衡为人过于轻浮，我怕你的联络点被他知道，会给我们党带来不必要的麻烦，所以提出分头去找你，以便甩开他。不料，他却爽快地道：'我也有此意。'所以，两个人分开，只剩下我一个人。"

听林达仁这样说，曾焕乾心中颇为感动。他随即写了一封信给吴秉瑜，托林达仁转交。林达仁走后，曾焕乾命洪通今回灵石山据点，他自己则回福州汇报工作，并准备第二次去台湾。

无功而返的林达仁向林荫汇报后，就被林荫抓了起来。经过几阵严刑拷打，林达仁承认自己受曾焕乾蒙骗加入了中共地下党组织，表示悔过自新。不过，他没有出卖一个同志。

然而，出卖革命同志的叛徒还是有的。在曾焕乾回福州汇报工作的第三天，就有一个令人震惊的坏消息传到灵石山头据点。

这就是福清县工委书记陈振华和另一位地下党员林维榕被捕叛变了。他们经不起敌人的严刑拷打，贪生怕死，背叛了自己入党时的誓言，出卖了吴秉瑜、翁绳金等革命同志，还给敌人提供了灵石山据点的一些机密，成为可耻的叛徒。和他们同时被捕的还有福清县工委委员丁敬礼同志，他铁骨铮铮，坚贞不屈，任凭敌人严刑拷打，就是守口如瓶，没有暴露任何地下革命的秘密，后在莆田县西门英勇就义。他是一位顶天立地的平潭英雄。

福长平工委书记陈世明获悉陈振华等被捕叛变后，不禁大吃一惊，一时不知如何是好，便想回福州向上级汇报。他临走时见到福长平工委委员施修莪，就命他临时负责山头据点的工作。陈世明回福州后就没有再回灵石山据点。

临危受命的施修莪立即同林中长、林正光、洪通今等在山头的其他福长平工委委员商量应变措施。林中长说："由于叛徒告密，国民党福清县政府已经获得灵石山革命据点的有关情况，他们一定会派大批兵力前来围剿，我们必须立即作好突围准备工作。"

林中长的话音刚落，就见陈吓标气喘吁吁地跑上山来报告，说国民党福长平三县总指挥胡季宽派吴守师带兵前来围剿灵石山据点，已发现有大批国民党兵在灵石山下集结，很快就会攻上山来。施修莪听后说："洪通今，由你通知大家集合开会，请林中长对大家讲突围计划。"

因郑杰、张纬荣去台湾，吴秉瑜等留在平潭，此时，守在灵石山头据点的只有林中长、林正光、施修莪、洪通今、陈书琴、陈孝仁、林祖耀、陈宜福、洪成昌、邱子芳、王孝桐、林吉安等12位党员骨干。

这12位党员骨干个个都是对党赤胆忠心、铁骨铮铮的革命硬汉，他们在陈阿炎、陈吓标父子和林友喜等革命群众的掩护下，根据林中长的建议，采取"化整为零，分散转移"的办法，经过两天两夜与敌人艰苦作战和巧妙周旋，终于在4月15日下午突出了重围，脱离了险境，全部撤到曾焕乾事先安排的福州北郊大王山集中。集中时，大家推举林中长为 12 人的临时负责人。

第十一回　大王山迎接名将军

　　大王山，层峦叠嶂，岭高林密天暗早，刚到傍晚五点半，就已经伸手不见五指了。

　　这是 1947 年 5 月 15 日傍晚，林中长独自坐在一个大宅院的大门口等待着下山的同志回来报告消息。在等待中，他回想着 4 月 15 日从灵石山撤退到大王山这一个月来的事。

　　林中长等 12 位同志来到大王山的头半个月，是隐蔽在大王山山坳的一个早已废弃的破庙里，其条件十分恶劣，经费缺少，食物匮乏，靠上山挖竹笋充饥，吃多了竹笋整天流口水。破庙里蚊子多，伸手可抓一大把，好几个同志都得了打摆子病（疟疾）。时不时有国民党宪兵前来搜山，故白天怕冒烟不敢做饭，只好在夜晚升火，日子过得十分艰难。不过，半个月之后，他们依靠当地群众，住进了一个开明乡绅的大宅院里，才取得了存身立足之地，吃、住和开会学习的条件都有所改善。

　　接着，林中长派出精明得力的洪通今同志当地下交通员，前往闽浙赣区党委驻地，将他们从灵石山转移到大王山的情况向区党委做了

082

具体汇报。区党委获知他们的行踪和情况后，立即派遣康金树同志带领 6 位武装人员到大王山与林中长等人会合，并分配给林中长他们一项极其重要的任务。

这个重要的任务，就是谨慎布置、周密安排、确保安全、万无一失地秘密迎接党中央从苏北派来福建任闽浙赣区党委常委兼军事部长的一代名将阮英平同志。

阮英平，又名阮玉斋，福安县下白石乡顶头村（今改名为英平村）人。1913 年生，1932 年加入中国共产党。1933 年 10 月，他 21 岁参加曾志组织的甘棠暴动，两战皆捷，显出了青年阮英平英勇善战的军事才能和不怕流血牺牲的英雄气概。1934 年，他任闽东特委委员兼宁德县委书记、独立营政委。1935 年任闽东军政委员会副主席兼军分区司令员，叶飞为主席兼政委。他和叶飞共同创建闽东革命根据地，一起组织领导了闽东苏区三年游击战争，与敌人进行了不屈不挠的斗争，使闽东根据地成为南方各省三年游击战争时期坚持较好的地区之一。1938 年 2 月，闽东红军改编为新四军第三支队第六团奔赴抗日前线，叶飞任团长，阮英平任副团长，从此驰骋大江南北，屡建战功。解放战争开始后，他任华东野战军第一纵队第一师政委，参加了苏中战役。1947 年 5 月，他奉命回福建领导游击战争，迎接大军南下解放福建……

"有机会迎接这样一位名将，实乃人生一大幸事。"林中长这样想着。

连日来，林中长和康金树等同志按照上级布置的行动路线，做出周密的部署，进行认真的准备，以确保安全地迎接阮英平同志入闽工作，不出任何纰漏。

由于那时通信设备缺乏，只知阮英平 5 月份从苏北来福建，但不知具体哪一天哪一刻到来。因此，每一日的白天黑夜都要安排人员轮流坚守在各个路口等候。可这一等就是 7 天过去，直到此刻还没见到阮英平的影子……

"中长，"林祖耀急匆匆地从外面进来报告，"来了！"

"啊？"林中长的思绪被林祖耀的突然呼唤拉了回来，他惊喜地问，"是阮首长来了吗？"

"是，一行 4 个人。"林祖耀颇为肯定地回答。

"不是。那 4 个人不像阮首长他们，可能是特务。"施修莪跟进来纠正说。

"不，不，那 4 个人不像特务，应该是土匪。"洪通今也跟进来，发表他自己的看法。

林中长说："通今，赶快请老康过来一起商量对策。"

"不用请，我已经来了。"康金树闻讯早就赶到，说，"老林，你先说说你的意见吧。"

林中长说；"那我们就到房间里谈。——通今，你去请正光、书琴一起来。"

到了房间之后，林中长说："到底是特务，还是土匪？现在还弄不清楚。但我们肩负着接应阮首长的重要任务，山头据点不能暴露。如果暴露了，被破坏了，那联络就中断了，势必影响到接应阮首长任务的完成。因此，我的意见是，请陈书琴同志带领老康手下的 6 位武装人员，不动声色地把他们控制住，然后进行审讯，就知道了。你们意见如何？"大家听后都表示赞同。

于是，陈书琴便带领 6 位武装人员，趁着天黑，悄悄地前往其驻扎地，将他们 4 个人一起抓捕。

抓捕回来之后，林中长将 4 个人分别关押在 4 个地方。然后，由林中长、林正光、施修莪、洪通今 4 位同志连夜分别对他们进行审讯。

　　审讯之后，林中长又召集大家汇报各自审讯的情况。汇报完后，大家发表意见，最后由林中长归纳大家的意见，他说："那 4 个疑犯的口供大体一致，都承认自己是抢劫过路行人财物的土匪，但都没有干过杀人放火、强奸民女等伤天害理的恶事。从他们交代的态度看，说的可能都是真话。看来，他们只是一般的经济土匪，不宜杀掉，但也不能轻易释放，等明天查问当地群众，看看有没有民愤后再说。"

　　次日，分头查问了当地群众，都说没有发现这 4 个土匪有入户行劫的事，当然也就没有民愤了。

　　因此，有的同志建议把他们放了，免得给他们提供本来就紧张的食物和住处。但林中长却担心放了会泄密，对山头据点不利，所以没有让他们走，而是把他们集中起来开会，向他们宣传我党的方针政策。

　　第三天傍晚，林中长等同志终于迎接到风尘仆仆的名将阮英平。待阮首长洗浴和吃饭之后，林中长向他汇报了抓到 4 个土匪的事，并说了自己为了保护据点和当地群众对这 4 个土匪的处理意见。阮英平听后说："很好，你们考虑得很周到，也完全符合我们共产党人解放全人类的理念，我同意。"

　　在请示了阮英平同志之后，林中长大胆地对 4 个土匪采取"教育、改造、释放"的策略，大力对他们宣传我党的政治主张和方针政策，深入细致地做他们的思想政治工作。还同他们"斩鸡头"结拜兄弟。并且交给他们任务，要求他们严格遵守革命纪律，保护好这一地区群众的生命财产安全。经过教育，这 4 个土匪的思想政治觉悟都有很大的提高，都很积极地完成所交给的任务。这样就化匪为友，扩大了革命的力量，巩固了大王山革命据点，使这里的地下革命斗争得以顺利进行。同时，还发展了两位青年参加游击队，增强了游击队的力量。

　　阮英平同志在大王山住一夜后，第二天上午就由康金树和陈书琴陪同，前往闽浙赣区党委驻地，向曾镜冰书记报到，研究工作。根据阮英平同志建议，曾镜冰同意他兼任闽东地委书记。

阮英平同志从区党委驻地前往闽东上任的途中，经过大王山据点时留下来小住3天。在这3天时间里，他满腔热情地对据点同志讲革命形势，讲他自己的精彩战斗故事，使大家深受教育。

经过几天的亲密相处，阮英平同志对林中长等12位原福长平工委的干部有了初步的了解。他临走时宣布一项组织决定，调陈书琴、陈孝仁、陈宣福、林祖耀、洪成昌、邱子芳、王孝桐、林吉安等8人随阮英平到闽东开展地下革命活动。留林中长和洪通今、施修莪、林正光等4人继续在大王山据点，开展城市和郊区工作。

在这年5月份完成了迎接名将阮英平的任务后，林中长在六七八共3个月的时间里，奉命连续筹办了3期党员培训班，简直马不停蹄。

第一期是6月下旬的龙山党员训练班。

此时，福建省的国民党顽固派妄图在城市逮捕一批共产党员和进步学生。为了粉碎敌人这一阴谋，闽浙赣区党委决定，把一批已经出头露面并引起敌人注意的党员同志转移到郊区山头集中办培训班，学习党的有关文件和革命理论。这样一方面可以进一步提高同志们的思想政治水平，另一方面也可以避开敌人的锋芒，以策安全。区城工部根据区党委这一决定，便安排6月下旬在龙山会议旧址举办党员培训班，命林中长和洪通今两人负责筹办。于是，林中长、洪通今两人便随带4支防身短枪前往闽侯桐口龙山村进行筹备工作。那时斗争环境恶劣，粮食昂贵，虽然筹集到一些粮食，但林中长和同志们节衣缩食，仍然用竹笋添饱，过着半饥半饱的艰难日子。幸好通过地下组织关系，得到地下党闽侯县委书记林克俊的大力支持，克服了许多筹备工作中的困难，使培训班得以顺利进行。当时奉命转移到山头学习的地下革命同志有 20 多人，都由庄征、李铁两领导亲自授课。学员们的革命自觉性和警惕性都很高，他们思想集中，学习认真，取得了很好的培训效果。特别是对蒋介石发动内战带来的革命艰巨性和复杂性的严峻形势，通过学习，有了更加深刻的认识。

第二期是 7 月中旬的战坂党员训练班。

龙山党员培训班结束后，林中长又接区党委通知，到闽侯战坂举办党员训练班。通过学习，学员们进一步提高了马列主义理论水平，提高了地下革命斗争的分析判断能力和应付情况复杂变化的能力。

第三期是 8 月上旬的高湖党员学习班。

战坂训练班学习结束后，林中长又奉命筹办高湖党员学习班。举办这次短期学习班，是当时闽浙赣区党委为了培养一批地下革命斗争骨干而采取的一项重要措施。这期学习班由李铁、林白两领导主持并讲课。学习的内容有：《目前形势和我们的任务》《唯物论》《革命人生观》，以及区党委"关于开展人民游击战争，配合全国总反攻"的指示文件等。为了做到绝对保密，参加学习的同志戴口罩、编号、不露面、不叫真名。学习结束后，学员们各回各的岗位去独立开展地下革命活动。

第十二回　高湖村保卫省会议

　　1947年10月上旬，中共闽浙赣省委（1947年9月底区党委改为省委）在福州市郊的高湖村隆重召开工作会议（史称"高湖会议"）。

　　这次"高湖会议"，是省委在庄征部长出事后召开的第二次研究城工部问题的会议。

　　上一次会议的时间是上个月最后一天，省委在庄征刚刚被处死时召开的，会议规模较小，会议分析了当时城工部的组织情况，认为庄征虽然成了叛徒，但尚未到死心塌地与我为敌的地步，所以做出"庄征个人有问题，城工部组织不会有问题"的结论，决定由李铁任省委城工部长，林白为副部长。

　　而这一次"高湖会议"规模较大，参加会议的有曾镜冰、苏华、李铁、林白、林汝楠、曾焕乾等领导同志。负责会议安全保卫工作的林中长和洪通今、郑荫敏等3人列席了会议。

　　主持这次会议并在会上作重要讲话的是省委书记曾镜冰。

　　曾镜冰，海南省琼山区良田园村人，1912年11月生，1927年15岁就投身伟大的革命事业，1931年19岁时入党，1938年6月年仅 26 岁就出任中共福建省委书记。在艰苦卓绝的 14 年抗战中，曾镜冰领导的福建党组织同日伪顽敌进行了不屈不挠的斗争，成为东南的一面不倒的旗帜。1945 年 4 月，在中国共产党第七次全国代表大会上，曾镜冰同志被选为中共中央候补委员。1946 年 3 月在延安，毛泽东、刘少奇、朱德、陈毅等中央领导亲切地接见了曾镜冰，对他领导的福建革命斗争给予充分的肯定和高度的评价。1946 年 11 月，改福建省委为闽浙赣区党委，曾镜冰任区党委书记。

曾镜冰同志上海美术专科学校毕业，他多才多艺，工书画，会唱歌、编剧本、写歌词，讲话幽默生动有趣。他在会上讲话之后还指挥大家歌唱一首由他亲自写词的《武夷颂》：

> 武夷山上，十年抗争，灿烂辉煌，
>
> 武夷山上，生长着一群抗日健儿，
>
> 他们驰骋在扬子江畔。
>
> 武夷山上，今天是青年学习的场合，
>
> 明天是他们作战的战场。
>
> 听啊！血花飞溅，
>
> 伟大的武夷山，万古流芳！

在曾镜冰书记指挥大家唱完《武夷颂》之后，省委候补委员、城工部部长李铁代表省委宣布这次会议的决定事项。

决定省委城工部所属在各地区的基层党组织均归各地委领导，城工部机关主要骨干人员调往各地，组建各地委城工部。

决定任命曾焕乾为中共闽北地委常委兼城工部部长，何友礼为中共闽西北地委城工部部长，简印泉为中共闽浙赣省委机关工委书记。

后来又任命陈德官（关平山）为中共闽东地委城工部部长，陆集圣为中共闽中地委城工部部长。

决定成立中共闽（清）古（田）林（森）罗（源）连（江）中心县委。任命省委城工部副部长林白为中心县委书记，杨华（翁绳金）、郑杰、徐兴祖、林克俊、陈云耕等为中心县委委员。

决定任命林中长为省委交通员，派往建瓯建立闽北交通联络站，并任该站总负责人，协助曾焕乾同志打开闽北地下革命斗争局面。任命洪通今为闽北地委交通员，随同曾焕乾一起到闽北地委工作。

李铁宣布决定后，会场上响起了一阵不冷不热的掌声。随之，曾镜冰书记宣布散会。

总的来说，这次会议是开得很成功的，也是很顺利的，没有出现任何意外。这同林中长同志负责的安全保卫工作做得周全扎实，是分不开的。然而，这次会议的气氛不大妙，可以说是严肃、紧张而沉闷。会场里好像弥漫着层层浓云密雾，压得大家喘不过气来。与会人员的脸上似乎都蒙上一抹冰霜，即使是唱歌、鼓掌、听曾镜冰讲笑话，也看不到谁的脸上有笑容。这是为什么呢？

平心而论，曾镜冰同志平易近人，看不出有大领导的架子。在会议结束之后，曾镜冰同志亲自到林中长的住处同他进行轻松的个别谈话。他向林中长介绍了闽北革命斗争情况，鼓励他调到闽北老苏区做地下革命工作，一定要努力做好，认真地完成党交给的各项任务。接着，曾镜冰同志当面表扬林中长，说："你负责这次会议的安全保卫工作，做得十分细致，非常到位，使省委领导在会议期间没有后顾之忧。"

林中长听后不免受宠若惊，赶忙谦然道："其实，我没做什么，这都是由于省委的正确领导和洪通今、郑荫敏等同志的共同努力。"

曾镜冰同志听后微微一笑，没做应答，只点一头就离开林中长的住处走了。

其实，林中长负责这次会议的安全保卫工作，不是没做什么，而是花了九牛二虎之力的。单从准备的时间来说，就整整用了一个月。

1947年8月上旬，林中长和洪通今两人在筹办完三期党训班之后，就奉命调到高湖地下据点工作。

高湖村位于福州南郊，是当时省委最可靠的地下活动据点之一。省委领导曾镜冰、苏华、庄征、李铁和曾焕乾等同志都经常在这里碰头开会和研究工作。这里更是林白同志经常来往和居住的重要据点之一。

林白，福州仓山区城门湖际村人，1911年生，1938年8月入党。1945年8月，他在高湖村开展"二五"减租活动，使百分九十以上群众得到实惠。1945年8月，他任闽江工委委员；1947年2月，任城工部委员；同年10月初，任城工部副部长。

今年8月上旬，组织上交给林中长和洪通今两人的主要任务，开头只是保护和照顾城工部领导林白同志。但前来报到时，林白同志却说："你们的主要任务是努力巩固高湖据点，加强对三叉街老梁家的地下联络点的联络交通工作，同时要随时掌握白湖亭伪乡公所查户口等方面的动态，及时把所了解和掌握的有关情况向省委报告。"林白同志接着还强调说，"高湖据点，也是闽浙赣区党委与华东地区地下党组织进行秘密联系的据点之一，所以巩固高湖据点，是一项十分重要的政治任务。你们一定要用生命来保证高湖据点的安全，务必做到不暴露，不被破坏。"

在此期间，林中长和洪通今在林白的领导下，除认真做好高湖据点的安全保卫之外，还做了其他几项具体工作：

一是接待前来高湖的省委地下交通员，为他传递信息和文件。省委交通员送来的"中共七大文件"到这里，就由林中长和洪通今两人负责抄写，并秘密分送到各地。二是移接中共福长平工委的组织关系与地下联络点。三是接通福长平学委书记张纬荣与陆集圣的秘密联络关系。四是接通郑杰、徐兴祖从台湾撤回福州后的联络关系。五是接通白露岭闽东地委同省委的联络关系。

1947年9月上旬，省委决定10月上旬在高湖召开城市工作会议。林白同志决定由林中长、洪通今、郑荫敏三人负责会务安排与安全保卫工作。林中长等三位同志对省委交给的任务，都是很认真负责地做的，特别对会议的安全保卫工作，作了周密的布置和细致的检查，及时采取有效的防患措施，保证了这次省委重要会议能够安全而顺利地进行……

曾镜冰书记前脚一离开林中长的住处，曾焕乾后脚就跟进来看望林中长，洪通今见曾焕乾走进林中长房间也就赶忙尾随进来。

于是，曾焕乾等三位平潭籍的战友就一起坐在林中长的房间里谈话。他们谈分别后的今后工作，也谈对这次会议沉闷气氛的看法。

这次会议之所以气氛沉闷，林中长、洪通今两人都知道是因为城工部部长庄征被秘密处死，大家不开心。但是，他们并不知道庄征被秘密处死的细节，所以就请曾焕乾同志对他们说说。

原来城工部委员孟起因"布案"案发被捕后，庄征千方百计组织营救。他向区党委提出营救孟起的3个方案：一是已知孟起关押的地点，用劫狱的办法；二是用钱买通看守人员，让孟起逃出来；三是用假自首办法，为了使敌人相信，可以考虑一二个牵涉不大的据点让敌人破坏。区党委主要领导人联想到庄征在"八二八"会议上的表现和平时的言行，怀疑庄征有严重的政治问题，进而主观并草率地对庄征做出3条结论：第一，庄征在"八二八"会议上大谈其城市工作的发展，锋芒毕露，居功自傲，想当区党委副书记，有个人野心。第二，庄征对自首政策有不正确的言论，说卢懋居同志坚持革命气节英勇牺牲是"小资产阶级发狂"；说海关布案是由特务王调勋办理，他已通过陈矩孙做王调勋的工作，不会有问题，说明他与特务有不正常关系。第三，孟起突然被捕，可能与庄征有关系；孟起被捕后，他又主张让敌人破坏一些组织，办理自首手续，这是一种叛变性的主张。于是，决定调庄征回区党委接受审查。但在通知时只说请庄征和李铁一起来区党委开会。

庄征接到区党委通知的那天，是9月29日，正值农历八月十五中秋节，他带着月饼和李铁一起来到区党委机关驻地林森县青口乡西台岭，两人有说有笑地走至机关门外，警卫人员只让李铁一人进去，当场即把庄征抓了起来。接着，由区党委主要领导人亲自审问，庄征也只交代他有严重个人主义，没有叛变投敌行为，所做的事都是为党的利益考虑，是积极为党工作的。后来不给他饭吃，在棚子外挨冻，庄征才写了一份口供，称：大特务、上饶集中营教育长张超1946年来福州时，他通过妻子杨瑞玉会见张超，张超交代一个任务，即长期埋伏，接受内线任务；通过陈矩孙与国民党省调查室主任王调勋订立了集体求生存合同，为了巩固王调勋在国民党方面的地位，因而出卖了孟起。

区党委主要领导人对庄征的口供作了分析后认为：庄征贪生怕死，一方面做革命的事，一方面又在特务那里备案，订立集体求生存合同，脚踩两只船是有可能的，所以庄征的口供是可信的。既然口供可信，便有了"自首做特务"和"订立集体求生存"这两条"内奸反革命罪"的"证据"。

于是，省委便以环境紧张为由，未经请示中央，前后仅几天时间便把庄征秘密处死了……

"原来如此？！"林中长等三人听了都不禁唏嘘叹息。

接着，曾焕乾对林中长等同志道："革命不容易，革命的前途是光明的，但道路却是曲折的。在当前复杂的地下革命环境里，作为党员，我们只能听省委的。"

林中长等对庄征被处死的事虽然还有疑问，但听曾焕乾这样说，也就不好再说什么了。

第十三回　通地线交站有功劳

省委高湖会议结束后，作为驻闽北的省委交通员，林中长要做的第一件事，就是向省委总政治交通苏华同志报到，接受她的领导，听取她的指示，执行她布置的任务。

苏华是林中长崇拜的老革命家之一，她那不凡的传奇人生，林中长刚刚听闻时忍不住潸然泪下。

苏华，女，原名黄德馥，1908年3月生于莆田荻芦山区的一个贫寒家庭里，从小当童养媳。1930年因反对包办婚姻而开始革命生涯，1931年7月入党，1938年任中共莆田中心县委书记，1939年7月任中共福建省委委员，长期负责福建省地下党机要交通工作。在党的地下斗争战线上出生入死，屡建奇功。她时而布衣荆钗扮成村妇，活跃在广大山区农村；时而旗袍革履扮成贵妇，周旋在熙熙攘攘的城市街头；时而护送省委领导往返于游击区和国统区；时而运送军需物资到游击根据地。作为省委总政治交通，她无数次翻山越岭从闽北山区到闽中根据地。谁也说不清这位纤秀的女性到底经历了多少关系到地下党和游击队生死存亡的秘密行动。1937年前后，她因工作调动

095

不得已把刚生 11 天的儿子托付给家徒四壁的老乡抚养，但仅 8 个月就传来幼儿夭折的噩耗；也就在此时，她那担任闽中特委书记的丈夫王于洁因叛徒出卖而英勇就义，头被割下挂在福州西门的一棵树上。她忍受了常人难以忍受的丧子丧夫之巨痛而咬紧牙关继续战斗……

林中长和苏华的秘密联络时间和地址，是约在周六下午 3 点在福州西门的一个理发店里。

这天是 1947 年 10 月 18 日（农历九月初五），刚好是星期六。下午 3 点正，林中长一走进这家理发店，就被一个身穿白服装面戴白口罩的理发员引进，按坐在一张空着的理发椅上。

"我不是来理发，我是来找我阿姐的。"林中长说着欲站起来。

"你给我坐好，别动。"面戴白口罩的理发员不由分说，一手按住林中长的肩膀，一手帮他披上白大褂，说，"你头发这么长，不理发，怎么见你阿姐？"

"那好吧。"林中长见理发员已经咔嚓咔嚓地动手剪了，且觉得自己头发委实很长，太过邋遢，见领导不礼貌，便同意了。

理完发后，付了理发费，林中长对理发员说："请你带我见我阿姐，可以吗？"理发员说："可以，但你的阿姐要在楼上见你。你跟我来吧。"林中长说声谢谢就跟着理发员走到楼上去。

可是到了楼上，却不见一个人影，只有一张桌子和两张凳子躲在宽敞的一角。此时，林中长不禁吃了一惊，心想莫非他走错了店，误入敌特之"虎窝"？他正想逃离"虎窝"时，却听理发员笑着说："别紧张，我就是你要找的阿姐。"

"啊？"林中长看到脱下口罩的理发员，惊叫道，"阿姐，苏同志，真的是您？"

"我们在高湖会议上见过多次，难道你觉得我不像苏华？"

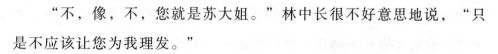

"不，像，不，您就是苏大姐。"林中长很不好意思地说，"只是不应该让您为我理发。"

"有什么不应该？我都为街上行乞的苦孩子理过发呢，何况你这位英俊的后生哥？"苏华引林中长坐下后，接着说，"现在我们谈工作吧！"

"好的。"林中长说。

苏华说："你的职务就是省委交通员，省委派你这位交通员前往建瓯成立并领导闽北地下交通站，负责建立一条从福州，经南平、建瓯、建阳至崇安的地下交通线，加强对沿途联络据点的建设，保证省地委领导同志和其他地下革命同志在这一条地下航线上安全通行，不出险情。你觉得你能完成省委交给你的这个重要任务吗？"

"能，我能。"林中长说，"请阿姐相信我，我会很好地完成这个任务的。"

"我相信。"苏华拿出一个小本本，说，"闽北地下交通线已有相当的基础，已经建立了南平、建瓯、建阳、水吉、浦城、崇安等6个联络据点。现在我把这6个据点都交给你领导。其具体地址和联络暗号我都写在这个本本上。还有，原来属于我单线联系的庄明丛、卫洪星、王念祖、蔡平、朱宗汉、邵廷梧、唐松、朱昭等9位党员和一个开汽车的地下革命同志老辜，共10人，现我也移交给你联系，这些同志的名字和联络方式，我也写在这个本本上。现在我把这个本本移交给你，你要收好。"

"是，我明白。"林中长接过小本本后就告别苏华离开理发店。

次日，他就到仓山湾边码头乘船经南平赴建瓯据点上任。

过了半年之后的1948年4月18日（农历三月初十），星期天。

这日上午10时许，在建瓯据点里的林中长，为了让省委苏华和闽北地委知道闽北交通站6个月来的工作情况，他正关着门埋头写"闽北交通站工作情况报告"，忽闻"笃笃笃"一阵敲门声，使他停下手中笔，收起文稿放进抽屉，然后站起来过去开门。

门一开，林中长不禁惊喜地叫道："啊！真的是你？"

"不然是谁？"来者笑着反问。

"通今，我昨晚才梦见你，你今天就来了，你快坐。"林中长倒一杯水给洪通今后问，"通今，你今天是专程来我这里带郑杰上山是吗？"

"是，但也不全是。"洪通今咕咕咕喝几口水后说，"昨天，我奉命到南平山头省委机关办要事；今天，我回程路过建瓯，顺便带郑杰上山，同时向你传达地委王文波和曾焕乾两位领导对闽北交通站的几点指示。"

"这好极了。我们做地下工作的，最怕的事就是听不到上级的声音。"林中长急于知道地委指示的内容，便催道，"通今，地委领导有何指示？你快说吧。"

洪通今说："闽北地委王、曾两领导对你林中长同志的指示是：一要在建瓯坚持下来，积极发展党的组织。二要尽快围绕武夷山地区建立交通网点，在任何情况下都要保持省委和地委的联络畅通，不许中断。三要建立两条地下交通线，一条是沿闽江经南平、建瓯、建阳、崇安到武夷山；一条是从海上经上海、浙江、江西到武夷山。这两条地下交通线都要保证往来于省地委之间的领导和同志们的安全通行。"洪通今说到这里停了一下又说，"曾焕乾同志打算建立闽北城市工作委员会，由你出任书记，以加强党对闽北地区城市工作的领导。过两个月他自己就会下来找你。"

"是吗？我有半年多没见到曾焕乾了，真想念他。"林中长接着问，"他有没有叫你了解这半年来闽北交通站的工作情况？"

"当然有。"洪通今说，"你可以不可以现在就对我说说？"

"可以。"林中长答应着便拿出他刚才写的"6个月来闽北交通站工作情况报告"文稿，边讲边读起来。

6个月来，闽北交通站的工作情况大体是：

其一，完成两回省委交办的文件运送任务。头一回是从福州运送省委《228文件》到浦城庄明丛据点转闽北地委；第二回是从福州运送《党章报告》《土地法大纲》和整风24种文件到建瓯据点，转发到闽北各地。

其二，参加3次福州经济斗争。林中长到建瓯闽北交通站工作这半年期间，经常来往出入于福州，同张纬荣、吴兆英等同志一道，响应省委关于"筹集革命经费支援山区游击队"的号召，积极参加闽古林罗连五县中心县委军事部长刘文耀组织的福州经济斗争。当时轰动全省的红色"七大劫案"，林中长亲自参加了其中的3次。头一次是仓山尚园。尚园位于仓前山程埔头马厂街38号，有3户巨富居住。那日夜晚8时，林中长等10位身带驳壳枪和手电筒的地下党员，在刘文耀的指挥下，来到尚园门前，佯称是仓山调查户口的警察，高呼开门。门开后，众地下党员蜂拥入室，扭亮室内的电灯，把各户人集中起来。半个小时之后，众地下党员到楼下集合，把各人所征收的财物，运送到省委指定的一个山头据点缴交。第二次是黄山林王氏家。那日夜晚10点，林中长和张纬荣两人，跟随刘文耀部长，持枪直入林森县黄山乡林王氏家，征收银圆200多元。第三次是三保杉木行。林中长和张纬荣、吴兆英、杨清琪等4位平潭籍地下党员，根据刘文耀的布置，冒着生命危险，潜入戒备森严的福州义洲三保杉木行，征收到一批黄金、白银和金圆券等财物。从这几次的经济斗争中，表现了林中长等地下共产党员忠诚于党、出生入死的献身精神，解决了闽浙赣党组织当时开展游击战争迫切需要经费的问题，也在一定程度上打击了国民党在福州地区的反动统治。

第三，发展党的组织。去年10月，苏华转来9位地下党员，由于分布面太广，党的力量不足，所以，去年11月通过福州市委调来原福长平工委的马玉銮、陈贞扬、严子云、郑熙玉、张锡九、林智纯等6位党员干部。去年10月，林中长一到建瓯，就着手在有条件的单位发展新党员，其中，建阳师范蔡平根据林中长的指示发展了余天保、姚洁进、李藻、杨华平、江新泉、黄春达、郑家承等7名党员，建立了建阳师范党支部，蔡平为支部书记。

第四，扩大交通据点。林中长来闽北不到一个月就接通了省委苏华移交来的6个老交通据点，这半年来又陆续建立了9个新的交通据点，现新旧据点合计达15个，遍布闽浙赣边区的15个县市，其中有福建的福州、南平、建瓯、建阳、水吉、浦城、崇安、松溪；浙江的江山；江西的上饶、河口、广丰、横峰、铅山、南昌。另外，在林中长的策划下，建师支部在党员家乡：浦城县石陂村、水北街、南浦镇，崇安县的白水，建阳县的童游、水南，松溪县的大埠、竹贤等建立8个地下联络站，接待地下党员和游击队员20多人次。

第五，建成两条地下交通线。一条叫闽江线，那是一条沿闽江经南平、建瓯、建阳、崇安到武夷山的地下交通线；一条叫海上线，这是一条从海上经上海、浙江、江西到武夷山的地下交通线。建立这后一条海上地下交通线很不容易，困难重重，需在省外建据点，后来，林中长想起何可澎的父亲在上海经商，就请何可澎负责建立上海交通据点。有了这个上海据点，这条海上线就成了。这次郑杰奉闽北地委调令从福州东岭来闽北，就是从海上这条地下交通线来的，很安全……

洪通今听后称赞道："闽北交通站在你林中长同志的主持下，仅仅6个月，就做了这么多的事，特别是建立了地下交通线，不无功劳，当获嘉奖。"洪通今赞完后说，"你有书面稿子，就交我带回地委送给王、曾二领导阅吧，可以吗？"

"当然可以。"林中长把稿子交给洪通今后说，"现在你就跟我到郑杰的临时住处带他走，他在这里等你来接已有一周了。"

洪通今点一下头就跟着林中长走。一走到郑杰的临时住处，洪通今就催郑杰马上跟他走。但是，当郑杰拿了行装准备跨出大门随洪通今一起上山时，却突然冒出一位省委交通员，说他是奉命请洪通今跟他一起到省委驻地有事。作为闽北地委交通员，洪通今对这位省委交通员当然十分熟悉，自然没有疑虑。他把为王文波买的3包中药寄在郑杰处后，就要跟着省委交通员一起走，但郑杰在接中药时却拉着他的手问："你何时再来接我？"洪通今说："我想明天就会回来接你的。"郑杰又问："万一你有更重要的事忙没时间来接我呢？"

"那你就到南平据点同我联络。不过，你放心，我顶多两天就会来这里接你。"洪通今说着同郑杰和林中长招招手告别后便快步随省委交通员而去。

然而，洪通今这一走，过了整整一个月还不见他来接郑杰。郑杰自然急了，就按照洪通今说的前往南平据点同他联络。可是，到了南平据点，根本没有洪通今的信息，郑杰只好返回建瓯在林中长的据点里落脚，一边协助林中长开展工作，一边等待洪通今来接他上闽北地委机关山头。

林中长和郑杰都是平潭大福人，既是老乡亲，又是老战友，两人在一起从事革命工作配合得十分默契，本来是很开心的，但是，两人都有所等待，心里难免惴惴。郑杰等洪通今来接他上山；林中长等洪通今来传递信息，同时等曾焕乾下来找他商量成立闽北城市工委的事。

林中长和郑杰两人等到6月底，已经两个多月了，什么也没有等到，自然都焦急万分，怎么也坐不住，便开始分头行动。

郑杰于6月底的一天再次到南平据点，仍然不见洪通今的踪影。紧接着，他到福州去，四处找人接头，但都没有结果。他便前往闽中找老领导陈亨源接关系，却不获应允。在此走投无路的情况下，郑杰只好回到建瓯，同林中长结合在一起，携手领导闽北城市的地下革命斗争了。

不过，此时的林中长也无法同上级取得联系。就在6月底的一个周六下午3点，林中长到达福州西门理发店找代号为阿姐的苏华同志联系。可是，理发店里的人却诡笑道："我们店里只有阿哥，没有阿姐。"最终没有见到苏华。这样，闽北交通站便同省地委断联了。

同上级断联的林中长，其处境非常困难。但困难对革命者来说似乎是家常便饭，越是困难越能显示出革命者的英雄本色。在困难的处境面前，林中长没有惊慌失措，没有灰心丧气，而是更加冷静地思考，更加勇敢地面对。

1948年7月初，林中长同郑杰一起研究如何面对时说："我们共产党员要像种子，撒在哪里就应该在哪里生根、发芽、茁壮成长。革命靠自觉，革命工作无须上级督促，革命工作不能坐等上级布置指示，应该积极主动地去干。在当前同上级失联处于孤立的状态下，我想成立'中共闽北城市临时工作委员会'（简称闽北城市临时工委、城临委、临委），以便于对闽北城市地下革命斗争的统一领导。不知你以为如何？"郑杰听后表示完全赞同。于是，两人就着手成立前的各项筹备工作。经过半年的努力，成立的条件成熟了。

第十四回　迎大军临委做贡献

　　1949 年 1 月 8 日晚上，建瓯县城法院路 4 号的据点大厅里灯火明亮，18 名党员代表满怀激情地坐在这里举行会议，宣告"中共闽北城市临时工作委员会"正式成立。

　　会议由马玉銮主持，她宣布选举结果，林中长任书记，郑杰任副书记，马玉銮、陈贞扬、庄明丛为委员。

　　林中长在会上讲话时说明了成立闽北城市临时工作委员会的几个方面缘由。他说：

　　"我们成立闽北城市临时工委，一是遵照地委领导曾焕乾的指示。去年 4 月他就说'要成立闽北城市工作委员会，以加强党对闽北城市工作的领导'。我们现在加上'临时'二字，是因为未经上级批准，等来日上级批准了，再把'临时'二字去掉。

　　"我们成立闽北城市临时工委，二是适应解放战争形势发展的需要。当前人民解放战争形势大好，从 1948 年 9 月至现在的 1949 年 1 月，历时 142 天的辽沈、淮海、平津三大战役取得了伟大胜利，一共歼灭（含起义、投降）的国民党军达 154 万多人，国民党赖以维持其反动统治的主要军事力量基本上被消灭。三大战役的胜利，奠定了人民解放战争在全国胜利的基础。现在，东北、华北和长江以北广大地区已经解放，我人民解放军总数达400万人，而国民党军则下降到200万人。我人民解放大军即将发起渡江战役。这样，南下占领南京，结束国民党政府在大陆的统治，解放全中国，便指日可待。全国人民胜利的曙光就在前头。为了接应南下解放大军，我们必须成立城临委，以加强党的集中统一领导。

"我们成立闽北城市临时工委，三是从眼下闽北地下斗争的具体情况出发。省委'828指示'中说，'一切从人民利益出发，一切从具体情况出发'。我们眼下的具体情况就是与上级失去了联系，处于孤立状态。在这种孤立的状态下，我们要坚持地下革命斗争，就必须成立城临委，加强党的统一领导，发展壮大党的组织。"

郑杰在会上讲话时强调道："我们城临委今后的主要任务就是，坚持地下斗争，努力扩党练干，加强调查研究，广泛宣传发动，为迎接南下解放大军做贡献。"

会议最后宣布一个决定，为了便于迎接南下解放大军，闽北城临委机关驻地从建瓯搬迁到浙江省江山县。江山县位于闽浙赣三省交界处，是浙江省的西南部门户。城临委书记委员除陈贞扬一人留守建瓯外，其他4人都去江山工作。

会议结束后，各个党代表回去认真传达贯彻。

从此，在以林中长为书记的城临委领导下，闽北城市的地下革命斗争开展得既扎实又快速，在迎接南下解放大军中做出了贡献。

第一，发展党的组织，壮大党的战斗力量。

在林中长的强有力领导下，闽北城临委先后建立了机关（书记林正纪）、建师（书记蔡平）、上饶（负责人邵廷梧）、沿山（书记肖领民）、崇安（书记朱宗汉）、建瓯（书记陈贞扬）等6个党支部和南昌（组长秦慧民）、建师（组长王守谦）、崇安（组长林智纯）等3个独立党小组，党员从20余人增加到80余人，遍布闽浙赣3省15个县市（闽之福州、南平、建瓯、建阳、水吉、浦城、崇安、松溪，浙的江山，赣之上饶、汉口、广丰、横峰、铅山，南昌）。

第二，发动罢课学潮，打击国民党反动政府。

建阳师范学校（简称建师），在当时闽北地区是一所很有影响的最高学府，而且该校党的力量也最强。因此，临委书记林中长选择建师作为发动罢课闹学潮的重点。林中长曾经在福清县中和黄花岗中学读书时就领导过学生运动，对组织罢课斗争很有经验，他亲自到建师同蔡平等党支部成员具体研究发动学生闹罢课的事。他说："闹罢课要有一个能激起学生义愤的理由，不知你们能不能找到这样一个理由？"蔡平说："能，建师总务处大肆克扣学生的大米和菜金，把学生每天供应1斤16两的大米，克扣了1两，菜金也被克扣了十分之一，同学们对此很有意见，都说吃不饱，菜很差。"林中长说："这个理由很好，可以同全国学生开展的反饥饿、反迫害爱国民主运动联系起来，我们必须加以充分的利用。"林中长又说，"罢课要准备充分，步骤稳妥。党支部首先要做好学生会理事长魏树芳的思想工作，由他主持召开学生会理事会议，做出全校罢课的决定；然后，召开全校学生大会，宣布罢课决定，这样做就会得到全体同学的拥护。"于是，在林中长的精心指导下，1949年2月，建师党支部领导全校学生开展一场连续两周的反饥饿、反迫害的罢课斗争，取得了完全的胜利。在罢课期间，全校选出10位学生代表由蔡平、魏树芳带领到设在建阳的闽北专署"请愿"，逼着国民党政府答应学生提出的要求。同时，印制传单寄发给全省各个中学；抄写标语张贴大街小巷，说明罢课理由，争取社会支持，从而打击了敌人，锻炼了干部，团结了广大学生。此时，上饶中学的罢课学潮在上饶党支部的领导下也开展得非常成功。

第三，开展护厂护校斗争，确保公共财产安全转到人民手中。

上饶电信局是横贯东西、连接闽赣的重要通信枢纽，有6台载波机及其附属设备。国民党当局探知我解放大军即将南下入境，便准备拆机搬迁潜逃，导致局里人心惶惶。在该局任技术员的我地下党员林美柯同志心想，如果局里的电讯设备被拆除迁走，那我解放大军解放的只是一座没有电讯联络的"聋"城，所以绝对不能让他们的阴谋得逞。而要做到一点，就必须做好局里职工的思想工作，把他们团结起来，共同阻止敌人的拆迁企图。于是，林美柯在上饶党支部的领导下，为粉碎敌人拆机搬迁阴谋做了大量工作。他用大量的事实在职工中揭穿国民党长期以来散布的"共产共妻"的谎言，大讲共产党是为人民谋利益的党，使职工们明白只有跟着共产党走，国家才有希望，人民才有前途。职工们认识提高了，都踊跃地跟着林美柯一起轮流看护电讯设备，不让当局派工动手拆除。但是，垂死挣扎的国民党电信当局，居然调来宪兵驻在局里，妄图用武力强行拆迁。这时，奉林中长之命负责上饶片的林正光同志召集上饶党支部负责人邵廷梧和林英柯一起研究，决定采取向敌人主动进攻的策略，即以闽浙赣边区游击纵队司令部的名义，给电信国民党当局写"敦促信"，敦促他们"认清形势，保证电信设备安全移交给人民，争取立功赎罪，如果胆敢拆迁和破坏，定将严惩不贷"。电信当局官员们读了"敦促信"之后，迫于当前战争形势，慑于共产党和人民群众的威力，无不惶惶不可终日，岂敢拆迁破坏？不几天，南京解放的消息就传到上饶，驻扎在电信局的宪兵队匆匆撤走，电信当局的官员们纷纷潜逃。由于上饶地下党的努力，上饶电信局及其所有的电信设备于1949年5月完好无损地移交给南下解放大军。还有，上饶火车站、建阳修配厂、建阳师范等单位，都在所属地下党支部的领导下，认真做好保护工作，才没有被不甘心失败的敌人毁坏，使这些单位的公共财产都能安全地移交给南下解放大军。

第四，组建游击队，迎接南下解放大军。

这年3月的一天，林中长对郑杰说："为了更好地迎接南下解放大军，我想请你负责组建一支游击队。可请高展同志担任游击队长，你当政委。我负责地方党务，就不在游击队里任职了。你以为如何？"郑杰说："我也有此意。不过我想，我们城临委机关目前驻江山，江山已有一支100多人的浙西南游击队，我们倒不如同他们联合，组成闽浙边游击队。"林中长当之说："你想得很周到，我赞成，就这么办吧！"1949年5月，闽浙边游击队发展到500多人，为迎接人民解放军进军闽北做出了很大的贡献，被第二野战军改编为"中国人民解放军闽浙边浦（城）江（山）衢（州）游击支队"，任命高展为支队长，郑杰为政委。

第五，开展政策宣传，确保南下解放大军顺利接管地方政权。

由于闽北城临委与上级失去联系，听不到上级的指示，收不到上级的文件，这给他们开展宣传带来很大困难。为了能够听到党中央的声音，知道当前党的政策和解放战争形势，林中长心里想，如果有一台收音机那就好了。但是，凭当时的环境条件，怎么能够解决这个收音机的问题呢？林中长一时犯了难。也许是天意，正当林中长为此苦恼之际，上饶党支部突然送来一台收音机，说是上饶电信局技工党员张厚卿同志装配的，收听效果不错。林中长喜之不禁，忙接过打开试听，果然声音清晰响亮，能够收到延安广播电台的新闻广播。有了这台能够收到延安信息的收音机，闽北城临委如虎添翼，宣传工作便得心应手起来。他们收听了《中国人民解放军布告》《三大纪律八项注意》等文件，全文记录下来，抄写成大字报，广为张贴，从而彻底粉碎了国民党在临逃离时企图制造混乱局面的阴谋。当南下解放大军来临时，凡有我地下党活动工作过的地方，无不当天解放次日商店就正常营业，街上秩序井然，广大市民群众喜气洋洋，放声歌唱："解放区的天是明朗的天，解放区的人民好喜欢……"

第十五回　崇安遇险临险不惊

闽北城临委成立后，林中长的主要精力都用在到各县党组织检查指导工作上。临委机关里的日常工作，设在建瓯时交给陈贞扬负责，迁往江山后交给马玉銮主办。陈贞扬担任建瓯党支部书记，被安置在建瓯源真小学，以小教为掩护，领导全县地下革命斗争。马玉銮和林正纪被安排在江山的一个文具店里，分别以店老板和店员身份为掩护，开展地下革命斗争活动。

1949 年 4 月 4 日早饭后，林中长对马玉銮说："大姐，我今天要去崇安县党支部检查指导工作，临委机关的事就交给你了。"

"没问题，你放心去吧。"马玉銮说，"一路上要注意安全，牢记'小心能使万年船'。"

"是，大姐。"林中长比马玉銮小 4 岁，入党也比她迟几个月，她是正牌大学毕业生，又是老领导曾焕乾的夫人，所以，林中长虽然现在是她的上级，但对她十分敬重。他接着问，"大姐，您还有什么吩咐？"

"闽北地委机关设在武夷山，你如果有可能就到地委机关走一趟，看看他现在的情况，我有一年没收到他的信了。"马玉銮说时眼中似有泪花闪烁。

"好的，我一定到地委机关走一趟，拜见老领导曾焕乾部长。"林中长说后就同马玉銮挥挥手告别，开始了他的这一回崇安之行。

崇安县党支部有党员36人，占闽北城临委党员的41%，是临委属下最大的一个支部，曾焕乾早就决定成立以朱宗汉为书记的崇安县委，但因其他条件不够成熟，一直没有正式成立，只是以支部代县委工作。作为崇安县党组织的上级党委书记，林中长不能不来崇安县对他们的工作进行检查指导。

崇安县（今武夷山市）位于福建西北部，闽赣两省交界处，东连浦城，西临光泽，南接建阳，北与江西省沿山县毗邻。境内东、西、北部皆被武夷山脉形成的群山环抱着，峰峦叠嶂，风光无限，最高处的武夷山脉主峰黄冈山海拔2158米。武夷山是一座宝山，其森林覆盖率高达80%，有动物5110种，植物3728种，名胜古迹众多，气候温和适人，是中国著名的旅游和避暑胜地，为世界文化和自然双遗产之地。

然而，那日傍晚时分独自走在武夷山腰的林中长，却无心观赏眼前那千姿百态的绮丽风景，即使仿佛仙境般的天游峰和九曲溪也不能让他驻足流连。他心中装满了党和人民的大事，那一腔心肠中有全国即将解放的喜悦，也有与上级失联的惆怅，哪有游山玩水的闲情逸致？

天渐渐暗下来，林中长大步流星走在林间的幽幽曲径上。突然，一声惊天动地的呼啸传来，紧接着是一阵刺骨的阴风刮至，这使林中长不禁打了一个寒战。再接着，闻到了一股异常的腥味，林中长意识到吃人的老虎正朝着自己飞驰而来。此时，他难免有些心慌，但没有意乱，他镇静地想着如何应对。忽然记起吴秉瑜对他讲的不怕虎的故事，使他相信老虎吃人乃出于自卫，只有自己从容不迫，态度自若，不被老虎误会为对它生命构成威胁，自然就平安无事。于是，他装作没看见老虎，漫步躲进大树后面休憩。果然，目不斜视的老虎缓缓地往前走自己的路，并没有回头惊扰躲在树后"休憩"的林中长。不过，当老虎同他擦肩而过之后，林中长不免觉得后怕，后怕得连内衣都有点湿了。他的内心深处总觉得那只老虎还会返回来找他麻烦，所以，他不由得加快了往前走的脚步。

然而，欲速则不达，由于天太黑，步伐太大，不慎脚下一滑，他掉进了路旁深不可测的池塘里。林中长从小在海水中泡大，身在深水里不游自浮，本来是不怕落水的，但是，池塘水面上密布着杂乱无章的管茅、藤蔓如蛇似网般缠绕着他的躯体和头脸，使他一时无法脱身爬上岸来。在此四处无人的暗夜里，如果是不会游泳的一般人，自然是溺死无疑。林中长通水性倒不至于沉没，但遇到如此险情，也不免有点胆战心惊，但他意志顽强，努力地排除着，最后还是摆脱了藤蔓的纠缠而爬上岸来，又一次有惊无险。上岸后，他抖一抖身上的水，躲在树旁脱下湿衣服把它拧干再拧干后复穿上，便继续往崇安县城方向快步而去。

当时潜伏在崇安县国民党政府里的平潭籍地下党员有张锡九、严子云、郑熙玉、林智纯等4人。那是1948年夏天通过林智纯和国民党崇安县长陈亚夫的亲戚关系而打入崇安县政府有关部门的。

林中长走到崇安县城东门时已是万籁俱寂的深夜11时。他本想直接到党支部书记朱宗汉的住处朱百万家，但朱百万家位于县城的西门外，穿着湿漉漉衣服的林中长委实走累了，便先到东门林智纯宿舍。林智纯见到像落汤鸡似的林中长破门而入，不禁吓了一跳，忙招呼他洗浴、更衣、吃饭，并抽空通知张锡九、严子云、郑熙玉三人过来相见。都说"老乡见老乡，两眼泪汪汪"，而在地下斗争环境下的老乡战友久别重逢，那激动的样款简直就是欣喜若狂了。

激动过后，林中长问："你们在崇安，靠近地委机关，知道曾焕乾部长的情况吗？"大家都回答说不知道。林中长又问："你们有没有上武夷山地委机关找曾部长？"郑熙玉说："今年春天，我到武夷山地委机关找曾焕乾，刚好碰到地委书记王文波，问他曾部长现在何处？我有事向他报告。可王书记却说他也不知道曾部长现在何处，有事对他报告就行了。"林中长不信，说："连王书记都不知道，这不可能。我这次来受马大姐之托，是一定要到武夷山地委机关找曾部长的。"张锡九说："听朱宗汉说，地委机关搬走了，不在原武夷山驻地，究竟搬到何处，谁也不知道。"林中长长叹一声道："那我这一次又辜负马大姐的重托了。"

林智纯说："那是没办法的事，你就不要自责了。"

接着，张锡九向林中长汇报道："1949年3月29日，崇安党支部书记朱宗汉在武夷山天心岩主持召开党支部扩大会议，参加的有36名地下党员和7名非党革命群众，合计43人。会议决定一周后的4月5日，集中所有力量解放崇安县。明天就是4月5日举事日子，你今天来得巧，刚好可以看到我地下党游击队拿下崇安城。"林智纯接着说："陈平，你真是'及时雨'，你来了可以帮助朱宗汉指挥战斗。"陈平是林中长地下革命时的化名。严子云、郑熙玉也很兴奋地附和道："是呀，是呀，你来得很巧！"

但是，林中长听了却决绝地摇摇头，说："你们这是'左倾'盲动主义，必须立即制止。"接着林中长对他们细说了必须立即制止的理由，这4位老乡战友听了无不心服口服。严子云说："陈平，我们几个都听你的，这好办。但解铃还须系铃人，明天5日举事的决定，是根据崇安县突击大队的大队长兼政委朱宗汉和副大队长邓崇贵两位领导的极力主张做出的，你要取消这个决定，必须做好他俩的思想工作，由他们宣布取消举事为妥。"林中长说："你说的很对，我们这就去找朱宗汉他们。"

此时已是4月5日凌晨3点。副大队长邓崇贵已经把崇安县突击大队的100多名队员集合在大队部操场，并做了出发前的简约训话，只等面对队伍站在一旁的大队长朱宗汉下令出发。

见林中长在张锡九等人的簇拥下雄赳赳气昂昂地来到现场，朱宗汉且惊且喜地说："陈平书记，您来得正好，真可谓'说曹操，曹操到'，我刚才还和邓副大队长说，这场具有历史意义的战斗，如果有你陈书记在场指挥，那么，解放崇安城就是'十指抓田螺，十拿九稳'了。"林中长正色道："朱宗汉同志，我们找一个地方说话。"

朱宗汉答应着带林中长到一个房间里关着门两个人谈话。林中长在谈话中严肃批评朱宗汉同志犯了"左倾"盲动主义错误，明确指示要立即停止行动。朱宗汉开头思想不大通，说："形势对我们有利，我们的力量已经足够控制在崇安的国民党反动派，连姓周的国民党军事科长都向我们表示要弃暗投明。现在队伍已经集中，箭在弦上不得不发。"林中长说："你只看崇安一处，没看到周边邻县。敌人放在浦城、建阳、上饶一带的正规军还有3000人以上的兵力，他们不甘心失败，必然会做垂死的挣扎。你这里一动，他们就会与当地反动势力勾结在一起，来个内外夹攻，你这100多人往那里跑？'天快亮了，还拉一床尿？'你怎么能干这样的傻事呢！？"朱宗汉听后说："我坚决按上级指示办事，立即宣布停止这一行动，继续隐蔽，以待时机。"林中长笑道："你是曾焕乾最看好的党员骨干之一，也是他1948年2月亲自任命的崇安突击大队长，我相信你有这个分辨是非的能力。"

朱宗汉说："谢上级领导对我信任。我这就出去执行您的命令，立即解散已经集合的队伍。"

然而，在朱宗汉向集合的队伍宣布停止举事后，副大队长邓崇贵却对朱宗汉说："我怀疑陈平是国民党特务，应该立即把他捉拿枪决。然后，我们带队伍上山，同王文波的游击支队会合。"朱宗汉说："你说陈平书记是特务，有什么证据？"邓崇贵说："他长国民党军的志气，灭我突击队的威风，反对我们解放崇安，这就是十足的证据。"朱宗汉说："这怎么能够证明他就是国民党特务呢？你没有证据就认定上级领导是国民党特务，这是很危险的。"邓崇贵听后不置可否，便悻悻地走了。

"看来，邓崇贵思想没通，他一脸都写着杀气。"张锡九窥听了两位大队长的对话后对林中长做了汇报，并建议道，"你在崇安有危险，陈平，你还是立即离开这里，免遭糊涂的邓崇贵杀害。"

林中长笑道："你多虑了，邓崇贵出身贫苦，本质不错，他一时糊涂，可以对他启发教育，何至于怕他杀害而逃避？"后来，林中长亲自找邓崇贵谈话，使他改变了对林中长的看法，收起了对林中长的杀心，他也想通了，认识到不急于进行举事是正确的。

林中长这次崇安之行，使崇安县突击大队避免了一场无谓的牺牲，保存了革命实力，让他们后来发挥了重要作用。

1949年5月6日，朱宗汉接到闽北城临委马玉銮的通知，立即带领崇安县突击大队100多名队员，向逃跑中的国民党警察局警兵发起追击，活捉警察局长李尊贤，俘虏警兵40余人，缴获机枪2挺、短枪2支、长枪40多支。他们乘胜回县城占领警察局，控制了整个崇安县城。5月9日，中国人民解放军二野在崇安突击队的配合下解放了崇安县全境。当他们取得胜利的时候，没有忘记曾焕乾和林中长对他们的切实帮助。这是后话。

1949年4月15日，林中长从崇安县一回到浙南江山城临委机关，就对马玉銮说了找不到曾焕乾的缘由。马玉銮听后深感遗憾，不过这也是她预料之中的事，因为她早就有个预感，曾焕乾可能出事遇难了。但她是一位内心坚强的女性，没有流露出伤心难过的情绪。

这日，郑杰也从福州回来。他对林中长说了一个骇人听闻的消息，使林中长难以置信。郑杰说："我在福州东门看到闽中游击司令部布告，说城工部是特务组织，林白是特务头子，要抓捕归案。"林中长听后说："这不可能，我不相信。"郑杰说："我也不相信，但是白纸黑字，明明贴在福州大街小巷的显眼墙壁上，而且布告的落款还写着闽中游击司令部负责人陈亨源的大名，并盖有司令部关防大印。看来，此布告真的是闽中党的布告，但布告里说的'城工部是特务组织'，这究竟是真是假？还要再了解。"

林中长说："你说的没错。这是一件天大的事，作为城工部党员骨干，我们必须了解清楚。因此，我想亲自往福州走一趟，向张纬荣他们查问这究竟是怎么一回事？同时争取同省委接上关系。"郑杰说："好，你去福州问情况，接关系；我留江山抓游击队，迎接南下解放大军。我们俩分头行动。"

第十六回　北山拘押死里逃生

1949 年 4 月 17 日夜晚，林中长从浙南江山回到了福州。他在道山路大营巷 21 号据点林永华家住了一宿。

次日，从一大早开始，林中长就马不停蹄地相继到其他几个联络点找张纬荣，但都不见他的踪影。下午 3 点，从仓前山回程的林中长跨上了福寿桥头，住了步怅然回顾，消瘦的脸泛上一丝苦笑。从幽僻山谷乍回这烟花市井，真有恍若隔世之感。

"啊，这不是林中长吗？你不是随曾焕乾上山到闽北吗？今天怎么一个人在这里？"背后突然有人说道。

林中长回头看时，不禁一喜，道："啊！钱溥源同志，见到你真是高兴。你是张纬荣直接领导的城工部党员，你应该知道他现在的住处，对吗？"钱溥源想了想方笑着答道："这……当然，我知道他目前在福清。"林中长接着问："他在福清哪个据点？我想去找他。"钱溥源道："他在福清北西亭漈头据点。我也想找他，我们一起去，好吗？"林中长喜出望外，回答说："好极了。"

然而，这日傍晚 7 点，到了福清北西亭漈头据点时，林中长并没有见到张纬荣，连带他前来的钱溥源一眨眼也就不见了，却见到一个干部模样的壮年人进来对他喝声"你被捕了"就命两个便衣大汉将林中长绑成一颗米粽子。

林中长一头露水，高声对壮年人喊道："你是谁？为何把我绑起来？我是中共闽北城临委书记林中长，你却无端绑我，莫非你是国民党特务么？我抗议！"那壮年人悠悠道："我不是国民党特务，我是抓国民党特务的正统共产党。你问我是谁？我可以告诉你，我就是中共闽中地委委员兼福清县委书记俞洪庆。今天我奉闽中党之命抓捕的就是你这位'派上山的城工部骨干'林中长。你已经供认不讳，又是千里迢迢自投罗网，有什么好抗议的？"

"喔，原来你是闽中党的！我早就听说你们闽中党对我们城工部有成见。你说我自投罗网，这不是自欺欺人吗？难道不是你们派钱溥源把我诱骗到这里来的吗？"林中长进而理直气壮地说，"共产党人光明磊落，你们为何用这种下三烂的手段把我骗到这里来？据我所知，'派上山的城工部骨干'个个都是接受了马克思主义真理的革命知识分子，凭什么应该让你们抓捕？这是那一级党委的命令？"

"这是闽浙赣省委的命令。"俞洪庆道，"看来你没听过省委文件传达，对城工部的事真的一点都不知道。我不妨对你说说。"

原来，城工部被闽浙赣省委打成"红旗特务组织"。省委认定城工部负责人是叛徒反革命分子，城工部组织已为叛徒内奸所控制，虽然不是城工部每个人都有问题，但一时难以分清是非。为了安全着想，解散城工部组织，停止城工部党员党籍，不许他们再以党的名义进行活动。要求闽浙赣省委所属的其他各级党组织都要与城工部组织和党员割断联系，立即执行。省委城工部长李铁早在今年4月初就被省委处死，闽北地委常委兼城工部长曾焕乾也于今年5月初死于武夷山下……

林中长听了俞洪庆说的城工部事，犹如晴天霹雳，他怎么也不能接受这个残酷的事实，他所参加的共产党城工部怎么会是"红旗特务组织"呢？他所崇拜的领导李铁、曾焕乾怎么可能是叛徒、内奸、特务、反革命分子呢？顿时他头昏耳鸣，不知所措。但他突然记起曾焕乾说过的"处变不惊，才是共产党人的英雄本色"这句话，很快就从容地镇静下来。他质问俞洪庆："既然不是城工部每个人都有问题，为什么冤枉党的好干部？"

"因为一时难以分清是非，为了安全着想呗。"俞洪庆回答后，接着说，"你一时想不通，我可以理解。不瞒你说，我也不是很理解。我拘押你，审讯你，都是奉省、地委之命，并非我个人的本意。你有什么要求可以对我说，但你要配合我，你要坦白交代你所犯的一切罪行，你不能抗拒，更不能逃跑。"

林中长说："我是一个为了建立新中国和实现共产主义事业而奋斗的共产党员，我只有功绩，没有罪行。从1946年2月我入党宣誓那一刻开始，我就把自己的生命交给党安排。党今天'为了安全着想'，我也无悔无恨，我别无选择，我只能服从，所以我绝对不会逃跑。"俞洪庆听后不禁动容，顺口说："这我相信。"林中长忙道："你既然相信我不会逃跑，那你们为何把我捆绑得这样结实？结实得使我都喘不过气来，你说这有必要吗？"

"是没有多大必要。"俞洪庆当即下令道，"松绑！"

随着俞洪庆的一声令下，林中长身上的麻绳便被那两个负责看管的游击队员解开了。

林中长甩一甩发麻的两只手臂，说："老俞，刚才你说我有什么要求都可以对你说，那我的要求就是给我一支笔和一叠纸，我要写入

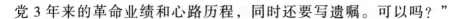

党 3 年来的革命业绩和心路历程，同时还要写遗嘱。可以吗？"

"这当然可以。"俞洪庆说着就走了，把林中长一人扔在厅堂里。

刹那间进来一个背着驳克枪的青年人，他自报家门道："我是中共福清北区区委书记陈义德，我奉县委俞洪庆书记之命，率领两名游击队员对你进行武装监护。"

林中长笑道："你放心，我是不会逃跑的。"

陈义德说："根据俞洪庆书记的指示，现在对你采取的措施是，夜间武装押送到山上草棚住宿，白天押送下来在漈头村据点受审。你有何意见？"

"事到如今，我还能有何意见？你们尽管来。不过，在死之前，饭还是要吃的。你看现在已经三更半夜了，我从早上到现在一口饭都没吃，一口水也没喝。"

陈义德说："我这里有一块光饼，先给你和着热汤充饥，等会到山上再烧一块番薯给你添饱。"

"夜间武装押送到山上草棚住宿，白天押送下来在漈头村据点受审"的日子过了半个月。林中长写的"坦白交代"和"遗书"都交给俞洪庆书记转送给闽中地委。

俞洪庆书记认为林中长不像特务，所以，他请求闽中地委对林中长手下留情。同时，他决定把林中长安排在北山基点村监护。

在北山基点村监护，和当地群众同吃同住同劳动。当地群众视林中长如亲人，生活上给予很好的照顾。

到了 1949 年 7 月 1 日，从香港传到福清北山的信息说："中共中央及华东局指示，福建城工部即使有问题，广大学生党员还是向往革命的，滥杀者是会犯错误的。"这样，林中长心中便有了数，俞洪庆也就大胆地解除了对林中长的监护。

119

1949 年 7 月 18 日，刚好是林中长被拘押在福清北山游击区 3 个月。这日上午，俞洪庆对林中长说："闽中地委决定创办一份名为《火花报》的报纸，但是缺乏参考资料。我想请你回福州搜集一些进步书刊送到长乐闽中地委的一个据点。你看有没有问题？"林中长说："当然没有问题，但不知你派谁押送我到福州？"俞洪庆说："我已经请示了闽中地委陈亨源，他同意解除对你的拘审。你已经自由了，无须派人陪你同行。"

"这是真的吗？"林中长不敢相信。

"当然，林中长，我的好同志。"俞洪庆紧握着林中长的手激动地说。

"谢谢，俞洪庆同志。"林中长喜极而泣。他终于死里逃生，解除了身上的重负，获得了人身自由，这怎能不欣喜得热泪盈眶呢？

当天下午，林中长就来到了福州道山路大营巷 21 号据点林永华家。他对林永华和她的妈妈郑淑贞诉说了拘押北山 3 个月死里逃生的惊险。郑淑贞很喜欢林中长，她爱他就像疼自己的亲生儿子。她煮了一大缸太平面给他压惊。

次日，林永华姐弟就把他们家中珍藏的进步书刊伪装妥当，跟随林中长一起送到长乐的一个据点，然后由该据点负责转送到闽中党机关，为他们创办《火花报》提供参考资料。

第十七回　智取情报支持解放

　　1949 年 7 月 19 日下午，林中长完成了为闽中《火花报》提供参考资料的任务后回到了北山基点村。

　　林中长坐在自己这段常住的屋子里，他想，他的拘审已经解除，应该立马回原单位闽北城临委。这次离开 3 个月之久委实怪想念闽北的战友们。他的突然失踪也必然让战友们牵肠挂肚。再说，这次来榕以为很快就回去，故该随身携带的小纪念册等珍贵物品都放在江山临委的宿舍里。因此，他决定马上同俞洪庆告别回闽北。

　　正当林中长准备出门向俞洪庆告别时，俞洪庆却破门而入，道："昨天下午闽中地委任命你为闽中游击纵队第三大队支前民工运输队（民运队）副队长。可是，今天上午解放军 28 军 82 师先头部队侦察营就已经来到了我们北山。所以，闽中地委又命令你配合 82 师侦察营搞情报工作，为解放平潭获取必要的敌方情报。现在，你就跟我一起到侦察营接受任务。走！"

　　"好的，这就走。"林中长知道这是一级党组织的命令，无须征求他本人意见。作为党员，他只能无条件服从。再说，命令他所做的事又是他自己梦寐以求的家乡平潭解放，林中长当然欣然受命，那一瞬间回闽北的想法也就随之丢到爪哇国去了。

林中长随俞洪庆到82师先头部队侦察营接受任务时，侦察营长对林中长说："在毛主席、党中央的正确领导和指挥下，我人民解放军取得了渡江战役的伟大胜利，强大的南下大军所向披靡。三野第十兵团在叶飞司令员的指挥下，直奔福建，闽北、闽东都已解放，福州、长乐、福清也将解放。接着就是解放平潭了。平潭是个孤悬的岛县。1949年7月3日，国民党73军军部率15师占据平潭，分兵驻守周围各岛屿及主岛主要澳口，并强征民工、建材修建工事和抢修军用公路，企图长期固守。蒋介石派他最亲信的干将陈诚来平潭对国民党官兵鼓气，要他们同海岛共存亡。因此，解放平潭的战斗就显得更加复杂而艰巨。但是，平潭获得解放是肯定无疑的。而你们的情报任务，就是配合我人民解放军82师侦察营，组织人力秘密潜入平潭，搜集敌73军等残部在败退平潭后的布防情况，向我解放军82师师部提供，作为师部具体部署解放平潭战役的依据。这个任务紧迫、艰巨而又光荣。因此，你们要勇敢而机智地完成这个光荣的政治任务。林中长同志，你有何想法？"

"我很高兴接受这个光荣而艰巨的任务。"林中长说。

林中长到侦察营接受具体谍报任务回到住处已是晚上。第二日早上，他就赶赴长乐，同在这里的原平潭游击支队副队长、现民运队长吴兆英同志商议。经两人分析研究之后，决定派勇敢机智的王昌镐同志当林中长的谍报助手，潜回平潭进行搜集敌人情报的工作。

7月21日，林中长携王昌镐来到福清高山，找到驻扎在这里的福清南区地下党组织。他们派地下党员王明灿协助林中长开展谍报工作。

7月22日，王明灿找到一条小渔船，让王昌镐夜间乘船潜入平潭。但是，在福清小山东至平潭娘宫的海面上，有一艘国民党军舰专门扼守巡视，每当夜间就打着特亮的探照灯监视海面，使王昌镐连续两个夜晚想乘船潜入平潭均未成功。"未成功不等于不会成功。"王昌镐对林中长这样说后要求再让他试一次。林中长当然支持，还派了4名会游泳的游击队员协助他渡海。所以到了第三天（7月24日）的深夜，王昌镐便带领4个游击队员悄悄乘小渔船摸索着向平潭岛方向行驶。但是，当他们驶到离娘宫澳岸只有200多米时，小渔船又被敌人发现，还遭到了敌人机枪的猛烈扫射。在此万分危急之际，王昌镐下令弃船跳海躲避。多数人都潜游回小山东上岸，唯独吴章英因水性不佳只好用双手拽住船尾舵板随小渔船漂流，待到漂离敌人的火力射程之外时，他才上船摇橹驶回小山东。

连续三夜无功而回，林中长和王昌镐两人都不免感到焦急。正当他们焦急之际，平潭北厝加田下村林武彩等5名渔民开一艘渔船到福清北坑卖鱼。遇见这些来自平潭的渔民，林中长心中一热便同他们亲切地交谈起来。从交谈中。林中长获知敌人对该船进出的渔民人数有登记核对，规定不许多一个，也不许少一个，但没有留下船上渔民的相片以便回港时进行对照辨认。

这样，林中长就想到可以采用"偷梁换柱"之计，留下一位渔民，让王昌镐扮成渔民顶替潜回平潭。经林中长做了思想工作之后，船长林武彩表示同意，但5个渔民中没有一个人愿意留下来让王昌镐顶替自己。他们说出的理由，一是会影响自己的打鱼收入，二是怕家中父母老婆不放心。林中长听后表示理解，但他果断地对渔民们说："谁留下来谁就会得到优厚的经济补偿。"他此话一说，就有一位未婚青年渔民主动表示愿意留下来，当即就和王昌镐交换了着装衣服。于是，就在这天（7月26日）晚上，扮成渔民的王昌镐就随带林中长写的"搜集敌情提纲"搭乘林武彩的渔船潜回平潭。从偏僻的加田下澳安全上岸后，王昌镐遵照林中长的嘱咐，秘密与大福村地下党接上关系。他向地下党员林性品和林中长的胞兄林中英、胞弟林中祥等人传达林中长的指示，发给他们"搜集敌情提纲"，布置他们分头完成林中长交办的搜集敌军情报的任务。这些同志都很听林中长的话，他们无不积极地进行搜集情报的工作。他们按照"搜集敌情提纲"，搜集到大量的国民党守军的布防情报，还绘制了多张地图，三次派林正树、林性森、林心文等青年突破敌人的重重封锁，驾小舟送情报到福清交给林中长。林中长当即整理转报给82师首长。

1949年8月16日，福清解放；8月17日，福州解放。连江、长乐也已先后解放。驻连江、福清的国民党74军军部率51师和73军的238师逃到平潭，编入73军，总兵力近一万人。但大势所趋，大兵压境，死守平潭的万名国民党军官兵惶惶不可终日。不过，他们仍然要做垂死挣扎。敌73军的军事情报机关，还派出多批情报人员前往福清等地搜集我人民解放军的情报。

8月25日，加田下林武彩的渔船被敌73军派往娘宫澳口，要他们运送情报员陈清到福清刺探我军军情。林武彩本想逃避这趟赔本的苦差事，但王昌镐得知后便对他动员说："这是实施'瓮中捉鳖'的好机会，应该乐意接受，将计就计行事。"林武彩开头听不大懂，经王昌镐对他详细说明后才明白过来。他让王昌镐再次化装为船上渔民，配合他把陈清从娘宫运送到福清高山我平潭游击队驻地。林中长亲自对这位敌情报员陈清进行审讯，揭穿他妄图刺探我军情报的真相，并对他进行政策攻心，使他理屈词穷，低头认罪，如实交代了他所了解的国民党军在平潭的布防情况。

王昌镐潜回平潭后，根据林中长的指示，还同坚持在平潭敌后斗争的游击队员高纯立接上关系，布置他秘密搜集敌军的情报。高纯立平时就采取请喝酒和结拜兄弟等有效手段，套取了敌军少校情报组长孔祥信对他的信任。1949年8月29日，高纯立利用孔祥信要潜入福清了解我军情报的机会，同苏澳镇土库村地下党员高名祥联手，共同策划把孔祥信秘密运到我游击队驻地。孔祥信没有防备，以为真的是送他去福清，便随着高纯立行动，但是，高纯立、高名祥却把他运送到大扁岛，交给当时驻在这个小岛的平潭游击队高名峰同志。然后，转押到福清北西亭北山林中长暂住处。高纯立把设计赚敌情报组长孔祥信的经过向林中长汇报后，林中长安排高纯立身穿灰色的游击队服装腰佩短枪去见孔祥信。孔祥信见高纯立如此装束方恍然大悟，知道自己中计被捕，吓得痛哭流涕。在林中长的政策攻心下，孔祥信放下疑虑，详细交代了敌73军在平潭全县的布防情况。

1949年9月初，林中长到福清大邱与解放军82师谍报组商议，决定密遣家在平潭大福的游击队员林心文，回大福村通知林中英设法了解敌军在潭南沿岸的具体布防情况。这日，林心文奉命驾驶小舢板摇到草屿岛海面，混入正在摇夏缯（夏季捕鱼）的大福渔船群之中。次日深夜两点时分，他摇着小舢板与当地的渔船一起回到芬尾一岐澳岸边。等到天亮时，林心文伪装成拔地瓜藤的农民，把地瓜藤缠在腰间走回来。他先到下湖澳将林中长写的纸条交给林中英，并对他传达林中长要他设法了解敌军在潭南沿岸的具体布防情况的指示。林中英立即派其弟林中祥到东限洋，派林文耀到吉钓岛，派林性生到江斗门和渔塘澳等地，通过亲戚关系了解到各村沿岸的敌人布防情况。下午，派出的三人都完成了调查任务回来向林中英汇报。林中英汇总了从各村了解到的敌人设防情况。但是，如何把这汇总的"敌人设防情况"送到林中长手中呢？林中英一时犯了难。他想了好长一会儿，突然一个妙计从心中跳出。他马上跑到钱便澳找红色保长林义宁商量，请他利用驻敌欲派人前往福清了解我军情况的机会，说服驻敌派遣大福村的人前去。因为传说福清"共"军很厉害，一见平潭人就暴打勿论。而大福人他们不打，因为"共"军头目林中长是大福人。果然，驻敌听信林义宁的话，同意派4个大福村人前往福清了解"共"军情况，并发给每人一面进出澳口专用的小旗。这样，林中英就派出大福村的林性品（地下党员、武工队长）、林正树、林心文、林性生等4人，暗揣情报，驾驶着小渔船前往福清大邱，向林中长递送由林中英汇总的"敌人设防情况"。送情报到福清的林性品等4人都被解放军82师留下来做向导，参加渡海解放平潭的战斗。

林中长由于对搜集敌73军在平潭布防的情报，高度重视，认真策划，周密安排，行动迅速，卓有成效，按时完成了此次危险性很大、情况复杂的搜集情报的艰巨任务，为我大军渡海解放平潭提供了可靠的情报资料与信息，做出了重大贡献，得到了解放军82师首长的肯定、赞扬和嘉奖。在林中长领导下从事情报工作的王昌镐、高纯立等同志，也获得了师部的嘉奖。

福州战役胜利结束后，人民解放军28军奉命解放平潭。9月11日，28军各部分别进入福清的大邱、万安、八尺岛和长乐的松下待命。9月12日晚，28军245、252、347团各以部分兵力分别向海坛的卫星岛大练、小练、草屿、塘屿进攻。9月13日，3个团联合发起对海坛岛总攻。林中长作为渡海解放平潭的向导，随军从平潭南部渔塘澳登陆。登陆后随军参加解放县城的激烈战斗。

9月16日，我英勇善战的人民解放军在平潭游击支队的配合和人民群众的支持下，攻克潭城，宣告平潭解放。是役，共歼灭国民党73军8132人，其中毙伤125人，俘虏7734人，投降273人；缴获迫击炮35门，各种枪2767支，汽艇3艘，及大量军需物资。从此，平潭县人民开始了自己当家做主的新纪元。

第十八回　力筹物资支援驻军

　　1949 年 9 月 17 日，平潭县解放的第二天，县人民政府还没有宣布成立，但准备担任县长的南下老干部宋秋成就已经随解放大军进岛到任了。

　　这日上午，随军到县城的林中长根据通知来到设在江子口原"县丞公廨"的县政府县长室。他一进门，县长宋秋成就问："你就是林中长同志，对吗？"林中长点点头，答道："对，我就是林中长。"宋秋成笑问："你今年多大了？"林中长答道："26 岁。"宋秋成笑笑说："好一个年轻干部。我一进岛就听说，你是平潭地方干部中最能干的一位，在智取敌人情报配合大军解放平潭，功勋卓著。现在平潭刚刚解放，工作千头万绪，面临的困难自然很大。我想把我县当前最困难的一项工作任务分配你负责完成。不知你愿意不愿意承担这项工作？"林中长说："我不怕困难，自从参加革命以来，凡组织分配的工作，我都愿意承担。但不知县长分配给我的是什么工作？"宋秋成正想回答，却听县委通讯员站在门口呼唤："宋县长，李政委（即县委书记李俞平）请您现刻就过去一下。"

刚解放时，称县委书记为政委，区委书记为指导员。

"知道了。"宋秋成答应后，对林中长说，"小林，你在这里等我一会儿，我马上就回来。"

"最困难的工作？会是什么工作呢？"林中长独自坐在县长室里想着这个宋县长欲答未答的问题。但只一瞬间，他就想到是筹集军需物资和粮食支援军队的"支前"工作了。

平潭是一个孤悬在泱泱台湾海峡之上的岛县，由126个岛屿和702个礁石组成，陆地总面积371平方千米，总人口近10万人。陆地上荒山、沙丘多，园地少。而园地中多数为只能种植番薯（地瓜）等杂粮的贫瘠砂园，能够种植水稻的水田少如凤毛麟角，所以，平潭自古以来就是一个有名的缺粮县。岛上的主粮和农副产品，大部分靠大陆运进，但在此之前，海坛岛又被国民党73军占据，水陆交通中断，该进的粮食、副食品无法正常运进来。此时，又正处青黄不接之际，青青的番薯藤还在砂园里慢慢生长，尚未到收成期。因此，岛上的粮食和副食品非常紧缺，全县10万张嘴根本就无法填饱，可又骤增万余国民党军，本来就紧缺的岛上粮食、副食品就更加紧缺了。

现在，解放平潭的战斗刚刚结束，为了巩固海防，岛上必须有足够的人民解放军留守。这些留守军队的粮食、副食品和其他军需物资的供应必须充分保证，一点都不能有所怠慢。因此，当前最困难的工作，自然就是筹集军需物资和粮食、支援本县驻军和前线部队的"支前"工作了……

"小林，让你等久了。"宋秋成进来说，"平潭刚刚解放，百废待兴，困难重重，我这个北方人县长深感力不从心。幸好，有你们这批本地年轻干部在各条战线冲锋陷阵，为县委、县政府排忧解难，我就不担心完不成上级交付给我的任务了。"

"宋县长，分配我做什么工作？您还没有对我说呢！"林中长虽然已经猜到是支前工作，但未经领导之口说出，当然还不能肯定。

　　宋秋成说："分配给你的眼前工作，总的说就是负责全县的支前工作。具体说，第一，要解决驻岛部队的粮食、副食品和其他军需物资的供应问题，特别要保证他们在半个月之内不缺粮食和副食品。第二，要组织船只把近万名俘虏转移到大陆，以减轻岛上的供应压力。第三，要发动群众，提供船只，支援解放金门。"宋县长说到这里停了片刻后，又接着说，"当前，敌人还封锁着我们的领海、领空，航运尚未正常，要维持半个月的驻军粮食，任务十分艰巨，困难肯定不小，但我们共产党人是不怕困难的人，你说是吗？"

　　"是的。"林中长有感而发道，"困难是共产党人的家常便饭，是革命工作的常态。"

　　"什么？'困难是革命工作的常态'，说得好极了，简直是至理名言。"宋秋成接着说，"我们不怕困难，藐视困难，但又不能轻视困难，忽视困难。当下，支前是我们县的中心任务，为了让你更好地完成这个很困难的支前工作任务，我给你一个临时的干部调度权，你要谁帮你一起干，只要你开口，照给不误。"

　　"谢谢宋县长支持。"林中长说，"我请徐兴租、吴聿静、林奇峰、王祥和、施修義、陈孝义等人帮我一起干。"

　　"没问题，我叫马秘书通知他们向你报到。你的临时办公室和住处，马秘书也会为你安排。"宋秋成说，"我还有急事，我们今天的谈话就先到这里。"

　　根据马秘书通知，徐兴租、吴聿静、王祥和、林奇峰、施修義、陈孝义等6人都于下午1点来到林中长临时办公室，参加由林中长主持召开的支前会议。林中长在支前会议上传达了宋县长的支前工作指示，并请与会同志一起讨论如何完成这个艰巨的支前任务。在大家充分发表意见的基础上，林中长宣布分工，林中长抓全面兼芬尾，徐兴祖协助抓全面兼潭城，陈孝义抓北厝，王祥和抓流水，吴聿静抓苏澳，林奇峰抓中楼，施修莪抓潭东。

支前会议于下午 3 点结束之后，大家便立即行动。他们分别下到各自负责的地带，召开村民大会，发动群众有钱出钱、有物出物、有力出力，筹集粮食、物资，支援人民解放军。同时，在各个村庄醒目的地方张贴"万众一心，战胜困难，支援前线，巩固海岛"等标语，造成一个全民支前的浓浓氛围，开展一场有声有色的"支前"运动。

林中长在支前会议结束后即动身回芬尾大福村发动群众支前。这是他从 1947 年 4 月离家后第一次回到家乡。背井离乡整整两年半了，林中长走在村道上既亲切又陌生。但他下午 5 点回到大福村时，没有先回家看望日夜思念他的母亲，而是先到林氏祠堂找林中英、林中节，布置他们于当天晚上召开大福村群众大会，发动广大群众开展一场声势浩大的支前运动。

在当天晚上召开的大福村群众大会上，林中长亲自上台讲话，号召村民有钱出钱，有物出物，有力出力，支持人民解放军，彻底铲除残余国民党反动派，保卫已经取得的胜利果实。

大福村群众大会散会后，已是夜间 11 点。此时，林中长才回家看望阔别两年半的母亲陈阿姐。

陈阿姐这年刚刚 50 岁，其夫林义典已经过世 3 年了。失夫之痛，加上离子之忧，使她过早地满头银发，两眼昏花，一脸皱纹，显得有点老态龙钟。她知道林中长今夜要回家，傍晚就煮好的一碗太平面，热了又热好几遍。当林中长站在她的面前，叫声"依奶"时，她不禁喜极而泣，颤声道："你真的是我的阿命吗？我以为这一世再也见不到你了。"

"依奶说哪里话？我这不是好好的吗？"林中长道，"不过，自古忠孝难两全，儿子不孝，让依奶在家受苦了。"

"有你哥和你弟照顾，苦倒没什么，就是日夜为你担惊受怕的，睡不安稳，食没口味。"陈阿姐笑道，"不过，现在天下太平了，你也回来了，正是苦尽甘来，不说这些了。你也饿了，该吃东西了。"

"二哥，您快吃吧！"一位少妇端出一碗刚刚热过的太平面放在餐桌上笑着说。

"你是……"林中长不认识这位少妇。

"她是你弟弟中祥的媳妇，名叫任云娥，是去年8月才过门的，已经有了身孕。"陈阿姐忙指着少妇对林中长作介绍，接着说，"可是，你这个做哥哥的倒还没有娶媳妇呢。"

"二弟，你回来了，我们全家都挂念你。"林中英媳妇连爱梅闻讯过来相见。

"谢大嫂挂念。"林中长停下筷子说。

"二弟你快吃，我们自家人，边吃边说。"连爱梅接着问，"二弟今年26了，有对象了吗？"

"革命工作忙，哪里顾得上这个。"林中长边吃边说。

"说的也是。不过，现在解放了，你也26岁了，也该找一个照顾你了。"连爱梅说，"我过垅娘家有个堂妹，今年23岁，卫生学校毕业，现在县卫生院当护士，同二弟很般配。我想介绍给二弟，不知二弟意下如何？"

"谢谢大嫂好意。不过，此事我有自己的主意，不用大嫂操心，就免了吧。"此时，林中长已经吃完面，说着就站起来上二楼自己的房间里休息。

次日，林中长又到芬尾钱便澳、渔庄等其他村庄发动群众捐钱捐物支援驻岛解放军。

由于受林中长的影响，大福村在支前工作中始终一马当先。1949年8月，平潭游击支队70多人集结在福清高山沿海一带，待命当向导带领大军解放平潭。但是，这70多位游击队员的粮草有困难，林中长便通知林中英设法筹措。林中英接到通知后，便派林心文等人趁夜间秘密开船运出本村所储藏的黄瓜鱼鲞和鳗鱼干数十担到涵江发售，将所得货款购买大米3000多斤、柴10000斤，转运至福清大邱交给林中长、徐兴祖，及时解决了平潭游击支队的给养问题。1949年9月16日拂晓，我军一登陆平潭，大福村就送出了第一批粮食、鱼鲞、鱼干和毛猪到部队。9月19日，林中英、林中节又集中鱼鲞、鱼干20多担和毛猪4头，动员40多位青壮村民，有的挑鱼鲞、鱼干，有的抬生猪，浩浩荡荡，送到县城五福庙交给林中长、徐兴祖接收后转送给驻岛部队。由于岛内粮草紧缺，大福村群众在林中英、林中节的发动下，筹集了一大笔资金，安排"腾云利"号等3艘船开往莆田涵江购买一批大米和木柴，运回平潭城关码头，献给驻岛部队。

平潭人民群众心向中国共产党，热爱人民子弟兵。他们为了支前，节衣缩食，轰轰烈烈地送番薯片、送鱼干、送柴火，涌现出一批支前先进单位和支前积极分子。因为当时县区政府尚未成立，没有公章，部分粮食由林中长打白条向群众先借，以后抵作公粮，从而得到群众的大力支持，解决了当时十分紧张的军需粮食的问题，很好地完成了支前任务，促进中华人民共和国成立初期平潭社会的稳定，得到了上级的肯定与好评。

第十九回　思恩师就义潭城街

1949 年 9 月 23 日，平潭县委书记李俞平主持召开南下干部和地方干部会师大会，宣布成立平潭县人民政府，县长宋秋成，副县长高飞。

同时决定平潭行政区划设 1 个镇（潭城镇）和一区（区公所驻地后旺久）、二区（区公所驻地北厝）、三区（区公所驻地苏澳）等 3 个区。

林中长被任命为二区区长。二区管辖潭南的北厝、敖东、塘草屿等地方。

1949 年 10 月 1 日，中华人民共和国成立。下午三时，平潭县党、政、军和各界人民群众代表在潭城中正堂前大操场召开隆重的庆祝大会，林中长携二区干部前往县城参加。

晚上 7 点，宋秋成县长主持召开各区镇长、各科局长会议，布置动员船只 30 多艘、船工 400 多人，支援解放金门。

晚上 10 点会议结束，林中长等区长们都被安排在县政府的几间客房里住下。忙了一整天，林中长觉得有点累，便上床准备睡觉。但他躺在床上，却思绪万千，翻来覆去，总是睡不着觉。

平潭终于解放了，中华人民共和国终于建立了。作为一个死里逃生的幸存中共城工部党员，林中长此时的内心可谓悲喜交集。喜的是完成了打败国民党、建立中华人民共和国的伟大历史任务；悲的是许多战友"出师未捷身先死"，看不到胜利后的明媚阳光。特别是他的恩师林慕曾被国民党残杀和他的引路人曾焕乾被自己人冤杀，使他伤心难过，肝肠寸断，无法忘怀。在此深夜就寝之际，曾焕乾、林慕曾两人的音容笑貌总是在他的脑海中轮番出现。

林中长知道，指引他走上革命道路的曾焕乾、林慕曾这两位引路人都已经见马克思去了，其中曾焕乾遇难的事，他在北山被拘时倒听过，但林慕曾究竟是怎样牺牲的却不清楚。所以他想问问信息灵通的徐兴祖。徐兴祖现任三区区长，就住在隔壁客房里。此时，睡不着的林中长便起床，欲到隔壁叫醒徐兴祖。仿佛有心灵感应，林中长一打开房门，就见徐兴祖站在门口。他不禁惊问："你怎么还没有睡？"徐兴祖说："你不是也还没有睡吗？"林中长把徐兴祖引进房间后说："我睡不着。"徐兴祖说："在这举国欢腾的中华人民共和国建立的夜晚，谁能睡得着啊？"林中长满含深情地说："如果曾焕乾、周裕藩、林慕曾三位革命先驱能参加今天的庆祝大会，该有多好哇！"徐兴祖道："谁说不是呀？我也正为此睡不着，所以要过来同你说说他们牺牲的事。"林中长忙说："谢谢你，老七兄！小弟正想问您呢！"

老七是徐兴祖参加地下革命的代号，他1917年11月生，比林中长大6岁。

于是，一个愿讲，一个爱听，两人促膝而谈，居然没有一点睡意，一直谈个通宵。

徐兴祖谈的是林慕曾和周裕藩的牺牲经过。

话说闽中沿海突击队于1942年9月在长乐江田正式成立，中共闽南特委任命林慕曾为闽中沿海突击队队长，周裕藩为政治委员，王韬为副队长，后来又增加任命郑杰、卓文兰为副队长，徐兴祖负责突击队的后勤给养。

　　闽中沿海突击队有队员100多人，长短枪70多支。他们以莆田乌丘岛为基地，活动于闽江口至乌丘海域。他们以抗日为己任，在海面同敌伪军打了多个大胜战。其中，1943年2月，在塘屿海面全歼了日伪军郑德民部的一个分队30多人，缴获长短枪20多支，狠煞了日伪军在这个海域有恃无恐、横行霸道的反动气焰，受到了闽中特委的嘉奖，当地人民称誉闽中沿海突击队"是一支英勇善战的抗日队伍"。队长林慕曾以精确的枪法多次在海面上重创日伪军，而闻名遐迩。

　　1943年8月，成立中共福长平海口特区委员会，周裕藩任特委书记。1944年10月，林慕曾经周裕藩介绍加入中国共产党，并被闽中特委任命为福长平海口特委委员兼中共平潭县委书记。

　　1945年1月中旬，周裕藩、林慕曾奉闽中特委之命，负责恢复已经分散活动10个月的"闽中沿海突击队"，并带领刚刚集中的骨干队员10人，从长乐壶井开往长乐东洛岛活动；同时护送集结在壶井运年货的多艘平潭商船安全出港。不料商船中竟有坏人向平潭国民党当局告密，反共的平潭县长林荫闻讯惊恐万状，立即派遣国民党平潭自卫队的两个分队，乘坐两只大帆船进剿东洛岛，妄图一举歼灭我游击武装。但他们哪知我突击队员个个英勇善战，神枪手队长林慕曾更是弹无虚发，只一枪便击破了敌人的一艘帆船。破船随着狂风恶浪碰击岸礁，顿时粉身碎骨，船上敌人纷纷跳岸保命。另一艘敌帆船见势不妙，不战而逃。这场反击战，由于周裕藩、林慕曾指挥正确，加上驻岛闽中武工队的紧密配合，前后只有一个小时，便以少胜多，取得了可喜可贺的战果。来犯的敌分队长谭龙彪和4名班长及其队员合计20余人全部放下武器，当了我们的俘虏，同时缴获机枪1挺，长短枪10多支，手榴弹和其他弹药好几箱。

周裕藩、林慕曾都是文武兼备的指挥员。他们知道这些国民党俘虏的反动本质，特别是其中死跟林荫作恶的军官，是不会服输的。因此必须提高警惕，严格管理，加强防患和教育。他们要求突击队员务必做到枪不离身，随时准备战斗。但是，东洛岛只是一个小小的岛礁，打斗起来根本没有回旋余地，一旦这些俘虏不甘心失败而群起反抗暴动，人数不足俘虏一半的我们10位突击队指战员，就很难制服他们。于是，周裕藩、林慕曾决定对这20多名俘虏做分别的处理。

对于敌分队长谭龙彪和4个班长以及所缴获的武器弹药，由武工队和突击队员王其珠于当天傍晚就运送出岛交给闽中司令部。对于余下的10多名士兵俘虏则集中起来进行强化教育，等待去平潭的商船经过，遣送他们回平潭老家。

当过教员的周裕藩、林慕曾有理论有口才，他们向俘虏兵讲解共产党的政治主张和阶级斗争学说，俘虏们听了无不鼓掌表示拥护。这难免给周裕藩、林慕曾产生些许错觉，以为国民党下层士兵都是来自贫苦百姓，只要加以启发教育，便可提高他们的阶级觉悟，成为我们的战士。因此，多少有些放松警惕，没有及时采取更加有效的防患措施。他俩根据我党优待俘虏的政策，没有将他们捆绑羁押，还安排他们食宿。由于岛上常住人员极少，没有像样的房屋建筑，只有一座两层的渔寮和一个在澳口的炮楼，只好安排他们住在和突击队员同一座的渔寮里。

其实，这些俘虏兵都是林荫的嫡系自卫队员，大多数是林荫的心腹亲信，同林荫个人都有千丝万缕的关系，都得到林荫的小恩小惠，不无对其忠心耿耿，根本不同于一般从各地底层群众中抓来的壮丁，不可能经过一两次和风细雨的思想教育就能改变其政治立场。结果，他们乘我不备，在暗中勾结岛上渔霸陈乌哥，发起了一场有预谋的复仇暴动。

那是1945年2月1日中午，周裕藩、林慕曾和周述銮、林秋桂等4人到山上瞭望有无平潭来往的船只经过之后回来，正要把俘虏分散开进行监管，不料渔霸陈乌哥却热情地拉着他们到餐厅吃海鲜煮米粉，说是为了慰劳答谢劳苦功高的闽中沿海突击队。当周裕藩、林慕曾等4人走进餐厅（兼厨房）时，已坐在那里等候的10多个俘虏站起来热烈鼓掌，再次表示感谢突击队对他们的不杀之恩。在吃米粉时，陈乌哥还殷勤地分送香烟。周裕藩虽然烟瘾很大，但见陈乌哥有点异常，没有接烟，而是边吃边思考如何应变。林慕曾已经吃饱了，他接过香烟想抽，但摸一下身上口袋里没有火柴，忽见灶中有炭火，便走至灶口伏下头取火点烟。他正想站起来美美地抽一口香烟，缓解这几天的疲惫，突然一个从背后袭来的铁拳将他击昏倒地。

几乎是同时，还在吃米粉的周裕藩也被一个暗拳猛击。被猛击的他并没有昏迷倒下，而是拔出手枪准备反击，但由于子弹来不及上膛，只好徒手与敌搏斗。敌号兵陈维雄看到周裕藩越斗越勇，连连击倒几个顽敌，就从背后搬起松木长椅向他头部飞砸过来，使他头破血流，趔趄倒地。狠毒的陈维雄见倒地的周裕藩正顽强地跃起，便向他打出两发罪恶的子弹，导致25岁的海坛革命先驱周裕藩同志壮烈牺牲。

周述銮、林秋桂见状早已拔出手枪，但都还来不及把子弹推上膛，就遭到袭击。他们只好赤手空拳与10多名眼红的俘虏兵拼死搏斗。由于寡不敌众，他们二人都被击成重伤跌倒在地，再也无法爬起来反抗。后来，他俩和被击昏未醒的队长林慕曾都被早有分工的3组俘虏捆绑得结实。守卫在澳口的其他5位突击队员，不知厨房里发生俘虏暴动之事，没有防备，来不及反抗，也相继被擒拿。

这8位反胜为败的突击队同志成了俘虏的俘虏，像8只待宰的羔羊，被绑着吊起来挂在渔寮的高高横梁上，整整苦熬了4个昼夜。2月5日，这8位反胜为败的同志被押回平潭，投入国民党潭城大牢。

经过几番严刑拷打，林慕曾等8位革命者始终坚贞不屈，没有一个低头向国民党反动派投降。恼羞成怒的反动县长林荫竟然对林慕曾、李增喜、洪剑生等3位平潭籍共产党员采取斩首示众的残酷极刑。

2月7日凌晨，林慕曾得知自己将要被杀害，他从容挥笔写完3封遗信，一封给闽中党领导，一封给战友徐兴祖，一封给妻儿亲属，并嘱咐同狱的同志出狱后为之转交。然后又挥笔写下一对挽词：

> 杀首足千秋，黄炎民族应有恨；
> 伤心唯一事，白发老母更何依。

临刑前，林慕曾还将身上大衣脱下送给难友御寒，并鼓励同志们继续战斗，随后昂首挺胸走向潭城街刑场，唱着《国际歌》，英勇就义，年仅31岁……

林中长听到这里，忍不住骂道："林荫尽管抗日有功，但他滥杀共产党员和革命志士，其名字将永远钉在历史的耻辱柱上。"

第二十回　善宣传处理大刀会

1950年2月17日（农历庚寅年正月初一）。正当平潭全县人民兴高采烈地欢度中华人民共和国成立后第一个春节的时候，1000余名平潭大刀会信徒，却举行反革命武装暴动，妄图颠覆我中国共产党领导的人民民主政权。

这日凌晨4时，1021名大刀会会徒身穿黑衣，头戴黑帽，腹挂红兜肚，手举大刀、长矛，怀揣"符水"，分三路，向我解放军驻地进发。第一路会徒503名在头目林厚彬、钱文彬的带领下从韩厝楼出发包围县城驻军245团团部参谋处和中正堂步兵连；第二路会徒228人从苏澳出发进攻官井驻军营部；第三路会徒290人从昆湖出发进攻后田驻军炮营。

三路会徒伪装向解放军拜年，驻军官兵开头不明真相，毫无防备，甚至还鼓掌表示欢迎他们进营"拜年"。

发现来者不善后，各部驻军如梦初醒奋起反击。县城驻军在被暴徒杀死多人后，团参谋长曹文章亲自指挥反击，号称"刀枪不入"的头目林厚彬首先被击毙，另一头目钱文彬也中弹负伤逃跑，多名暴徒相继中弹倒地，余者纷纷离散逃命。官井驻军，在被砍死一名哨兵后，立即组织反击，毙、伤暴徒11人，俘虏100多人。后田驻军因机炮无法近战，当场被砍死10人、伤20人。连长立即下令反击，毙、伤暴徒32人，其余会徒四散逃亡。

真是螳臂挡车不自量力，一场平潭大刀会的骚乱当天上午就平息了，共击毙大刀会暴徒76人，击伤47人，俘虏230多人。但我人民解放军也牺牲了15人，受伤34人。

这日下午2时，中共平潭县委召开紧急会议，研究布置平息大刀会暴动之后的善后工作。

县委书记韩陵甫主持会议并讲话。他在讲话中通报了平潭大刀会暴动的发生和平息情况之后，对大刀会的性质和组织概况作了简要的介绍。他说："大刀会是反动会道门'同善社'的武装组织，它不是宗教，也无教义，但有信仰，就是相信通过吃符、念咒、做法等迷信活动就能'刀枪不入'。这是大刀会的一种精神武器，具有极大的煽惑力，易为大刀会信徒所接受。1949年夏，福建军统特务头子王调勋秘密布置大刀会闽东会首陈友昌，利用大刀会进行反共反人民政权的活动。陈友昌潜入平潭，与林超心联系，在平潭岛广泛发展大刀会组织。1949年冬，成立了平潭大刀会总司令部，设司令、总监、外交、指挥、副指挥等职，下设5个大队，会员达1000多人。"

县长宋秋成在会上讲话时说："我们要做好暴动平息后的善后工作，要召开追悼大会，公葬牺牲的同志；要通过多种形式进行广泛的宣传，要大力做好分化瓦解工作，要镇压其首犯，法办其骨干，教育团结被胁从者，彻底取缔大刀会组织，迅速稳定平潭社会秩序。"

二区区长林中长参加了这个紧急会议。会后，县委书记韩灵甫亲自找林中长个别谈话，宣布调动他担任一区区长，命他次日（正月初二）上午到一区驻地后旺久村上任，务必做好大刀会暴动平息后的宣传教育、分化瓦解工作。

　　韩陵甫说的调动理由是，一区是反动会道门活动的重灾区，大刀会会员主要分布在一区的韩厝楼、至凤、昆湖、君山顶等地，三区只苏澳一处，而二区尚未发现有大刀会活动的迹象。所以，大刀会暴动平息后的教育、分化瓦解工作，一区的任务最重，难度最大，危险性也最高，必须由一位不怕困难、不怕牺牲、精明能干的本地年轻干部来担任一区区长，而林中长正是这样一位干部。因此，县委把他从二区调到一区。虽然都是区长，平级调动，但林中长肩膀上的担子加重了。这也说明县委对林中长的特别信任和器重。

　　韩陵甫谈完调动缘由之后接着说："平潭大刀会暴动虽然平息了，被我击毙、击伤和俘虏的暴徒共350多人，却还有670多名会徒散落在乡村群众之中。这些会徒的绝大多数都是上当受骗的，一旦发现自己上当受骗，就会觉悟过来，脱离其反动组织。因此，县委决定，在被我俘虏的230人中，除极个别头头外，其余全部释放。击伤的47人，一律给予免费治疗。对被击毙的会徒家属要进行教育和抚慰，困难的给予救济。但大刀会的首领和个别骨干，由于他们反共、反人民政权的立场，是不会甘心失败的，他们还会死灰复燃，伺机反扑。你这次临危受命，出任一区区长，到大刀会暴徒密集的乡村中去工作，必须提高警惕，严防歹徒暗算。"韩陵甫说完送林中长一把精致的短枪，给他防身。林中长接过短枪，激动地说："谢谢韩政委，我是不会让您失望的。"

　　1950年2月18日（农历正月初二）上午10时，林中长就来到离县城8里的一区区公所驻地后旺久村。

　　那年，因对敌斗争紧张，春节全县干部不放假。由于平潭刚解放，干部缺乏，一区区公所里只有5个公务员。见新区长林中长到来，区委组织委员宋祥春（南下干部，山东人，后任区委书记，离休前任县人大主任）主持召开全体人员会议，表示对林区长的热烈欢迎。林中长在会上向大家传达了县委紧急会议精神，说了做好宣传教育、分化瓦解大刀会徒工作的打算。林中长办事雷厉风行，说干就干，他当天下午就由区文书陪同，进驻韩厝楼村。

韩厝楼村和后旺久村毗邻，有500多户，2500多人，是全县大刀会会员最多的一个村庄。参加这次暴动的会员就有500余人，其中被击毙身亡的近50人，因此，它是这次分化瓦解工作的重点中之重点。

林中长步进韩厝楼村，觉得全村没有一点新春佳节的欢乐气息，却笼罩着一层死气沉沉的浓重氛围，时不时传来的女人唱哀歌似的凄惨哭丧声，更增添村上死一般的沉寂。然而，在沉寂之中，林中长仿佛看到了从阴暗的角落里射出来的敌视眼神，似乎闻到了空中流溢下来的血腥气味。这让已有8年革命斗争经验的林中长警惕起来。突然，一柄匕首嗖一声向林中长投来，他急速侧身一躲，匕首从他耳边飞过。他忙掏出手枪往匕首飞来的方向追去，却不见了凶手的踪影。

"林区长，群众会通知了，但只来300多人。"区文书说。这位区文书也是平潭本地人，原为岚华初中学生。

"能来300多人就不错，这就开始吧！"林中长随区文书走进设在庄氏祠堂里的会场。

"各位父老乡亲，今天在这里开群众会，请新来的一区林区长给大家做报告，请大家鼓掌欢迎。"主持会议的区文书带头鼓掌，但会场里居然没有一个人响应。

林中长站起来向区文书抬一下手，示意他停止鼓掌后便用平潭话作起报告来。因为那时平潭群众几乎都是文盲，不会听普通话，所以林中长用平潭本地话做报告。这也是平潭本地干部做群众工作的优势。如果是北方干部做报告，必须有本地人当翻译。

林中长在这天的报告中，第一，他介绍了大年初一大刀会暴动和被平息的情况。

第二，他揭穿大刀会的反动本质和骗人手段。他说："因为大刀会被国民党反动派所利用，居然杀害我人民解放军，妄图颠覆我人民的政权，所以说大刀会是反动的组织。大刀会是靠骗人来发展其组织的。那么，大刀会是怎么骗人的呢？大刀会法师说，'通过吃符、念咒、做法等活动就能刀枪不入'。这完全是骗人的鬼话嘛！如果说真的能'刀枪不入'，那为什么法师林厚彬本人就被解放军一枪打死了呢？而另一个法师钱文彬也中弹负伤逃跑。这次大刀会暴动，合计击毙暴徒 76 人、伤 47 人。这些被打死和打伤的大刀会暴徒都是念了咒语、吃了符水的。这次大刀会暴动，人民子弟兵也牺牲 15 人，负伤 34 人。这当然是一件非常不幸的事。但是，这次血的教训，使我们老百姓觉醒过来，认清大刀会的反动而又骗人的本质，同他们划清界限，彻底取缔大刀会组织，让大刀会成为人人喊打的过街老鼠。"

第三，他宣传党的"首恶必办，胁从不问"的政策。他说："参加大刀会的会员，绝大多数都是受蒙蔽的好人，只要觉悟过来，认识大刀会的反共、反人民政权的反动本质，主动向政府坦白交代所做过的坏事，缴交所保存的法衣、法帽和大刀、长矛，彻底退出大刀会组织，人民政府就不追究他了，就没事了。否则，就要受到法律的处罚。在这次暴动中受伤的会徒一律给予免费治疗。被击毙的会徒家属，有困难的给予救济。"

在初二下午的群众会之后，林中长又多次来韩厝楼村，分片分组召开中小型的群众座谈会，反复细致地对群众进行宣传教育、启发诱导工作。继韩厝楼村之后，林中长又带领区干部先后到昆湖、至凤、君山顶等有大刀会活动的村庄做宣传教育、分化瓦解工作。

通过深入细致的宣传教育，参加暴动的大刀会会员及其亲属，认清了形势，消除了顾虑，无不幡然悔悟，自觉地向人民政府坦白交代，缴交法衣、法帽、大刀、长矛。

1950 年 9 月 28 日，平潭县召开宣判大会，依法判处大刀会首犯吴国柏死刑。至 1953 年 3 月底，共逮捕大刀会骨干 7 人，管制 14 人，缴获法衣、法帽共 906 套，大刀、长矛共 526 把。从此，大刀会在平潭彻底灭迹，成为人们的一个记忆。

第二十一回　勇战斗清剿海上匪

中华人民共和国成立初期，盘踞在马祖岛的国民党特务机关，出于颠覆人民新政权、配合蒋介石"反攻大陆"的需要，搜罗福建沿海的股匪 21 股 594 人，并以封官许愿、利诱欺骗的手段，煽动数批群众下海为匪，成立一个号称"福建省海上保安反共突击队司令部"的海上土匪组织，公开对抗共产党领导的人民民主政权。他们不但在海上袭击我运输船只，而且还经常派出武装匪兵侵犯东庠、小庠、塘屿、草屿等平潭前沿小岛，肆意抓捕渔民，抢劫掳掠，散发传单，扰乱社会，无恶不作，造成小岛群众人心惶惶，日夜不宁。

塘屿、草屿两个小岛属于平潭二区管辖。1949 年 9 月至 1950 年 2 月，林中长在担任二区区长期间，就多次亲自带领区分队武装驾船前往塘、草两岛，剿灭来犯的国民党匪兵，收缴他们的枪支、弹药和船只，取得重大的战果，从而稳定了中华人民共和国成立初期的社会和民心，为建立小岛基层人民政权打下良好的基础。

东庠、小庠两个小岛归属一区管辖，林中长于 1950 年 2 月到一区上任后，获知这个情况，心中焦急难安，但因处理"大刀会"事正忙，腾不出手来。1950 年 5 月，在基本做好对"大刀会"会徒的宣传教育、分化瓦解工作之后，林中长的工作重点便转移到带领民兵清剿海上土匪的战斗上来。

为了清剿敢于来犯的海上土匪，林中长首先布置渔区各村成立武装民兵队伍，并狠抓民兵队伍的军事培训，要求各个民兵队伍务必做到"召之能来，来之能战，战之能胜"。他同时在大岛的重要澳口设立岗哨，在各艘渔船建立情报耳目，随时掌握海上土匪的活动情况，及时组织武装民兵队伍给予清剿。

在此基础上，林中长不避风浪，不怕牺牲，多次亲自带领武装民兵开船奔赴东庠、小庠两座小岛，清剿来岛骚扰的海上土匪残兵，取得一次又一次的胜利。

1950 年 8 月 20 日，林中长亲自带领以何先意为队长的君山武装民兵 10 人开船前往东庠岛剿匪，在三区伯塘民兵的密切配合下，经过激烈的战斗，取得重大的胜利，共捕获匪徒 23 名，缴获步枪 93 支，手枪 8 支，轻机枪 1 挺，子弹 5000 多发。

这是平潭继今年 7 月 21 日二区敖东民兵配合区分队围剿袭扰吉钓岛的匪徒，当场击毙匪副大队长林起栋，并伤匪 1 名，俘匪 2 名之后的又一次民兵剿匪的胜利，也是平潭民兵在剿匪中取得最辉煌战果的一次，不但震撼全岛，而且轰动全省。

8 月 22 日中午，林中长带领参战的君山民兵从东庠岛凯旋回到流水澳口上岸时，受到了一区干部和流水群众的热烈鼓掌迎接。他们同林中长和何先意等英雄民兵一一握手，表示慰劳。

在握手的人群中，有位年轻的女干部同林中长握手特别有劲。这位女干部就是一区妇联会主任林永华。

林永华出生于 1928 年 12 月 8 日，如今已是 23 岁的未婚女干部了。

她于 1948 年年底在福州家事女子职业学校高中毕业后，就立志跟着中国共产党干革命。1949 年 2 月，经郑杰、林正光两同志介绍，她光荣地加入中国共产党，并入伍，成为女职业革命家。1949 年 2 月至 1949 年 8 月 17 日福州解放，她先后在长乐联开小学、南平樟湖坂小学以小教为掩护从事地下革命斗争。1950 年 3 月，她调到平潭县担任二区妇联会干事；同年 7 月，她被提拔为一区妇联会副主任，不久就荣升为一区妇联会主任。

在这次东庠剿匪战斗中，林中长身先士卒，勇敢擒敌，不慎腿部受伤。不过只是皮肉之伤，并无大碍。但林永华却关怀备至，林中长回后旺久区公所后，她一定要查看他腿上的伤口，并且亲自为他换药，使林中长十分感动。此时正是夜晚，室内又无其他人，林中长动情地问："永华，你为何对我这么好？"林永华正色道："区长，您误会了，我对革命同志都是这样的。"

"是吗？"林中长单刀直入地问，"永华，今年春天，你刚来平潭报到时，我就对你提出一个要求。你对我的这个要求考虑得怎么样了？"

"你对我提出一个要求？"林永华故作惊讶，"是什么要求呀？我怎么不记得了，你不妨再说说看。"

"你真的不记得了？"林中长知道，女孩子都喜欢矜持，便说，"这个要求吗？就是请你同我建立恋爱关系。你允许吗？"

"喔，你说的是这个呀！"林永华笑笑说，"我……已经写信给我母亲了，可是她老人家还没有回信。"

"永华同志，你我都是革命者，婚姻大事是你我两人之间的事。难道还要像旧社会那样，要奉父母之命，媒妁之言吗？"林中长对她有些不理解。

"我是妇女主任，难道不知道婚姻要自主，不能由父母包办吗？"

林永华说，"但是，我的妈妈与众不同，她是革命妈妈。我父亲早逝，她拉扯我们姐弟长大成人不容易。我征求一下她对未来女婿的意见，有何不可以？你难道对自己没有信心？"

林永华一席话说得林中长顿时哑口无言。不过，他那一流的口才，敏捷的才思，怎么会无言以对？只一瞬间，林中长便笑笑道："永华，你说的不无道理。作为儿女，我们都应该尊重老人家。不过，我想知道，你本人是否愿意？"

"我……"林永华欲说又止，红着脸说，"我不知道。"

林中长说："但我知道。"林永华惊问："你怎么知道？"林中长说："我从你的眼睛中读出你愿意一辈子跟我同甘共苦。"林永华听后不置可否，一溜烟跑走了。

1950年12月，林中长又亲自带领以周玉顺为队长的流水武装民兵10多名，随驻岛部队前往东庠岛搜剿散匪。由于林中长指挥正确，又打了一次大胜仗。共俘匪10多名，还收缴一批枪支弹药。

队长周玉顺在这次剿匪战斗中勇敢擒敌，被评为全国民兵模范。1952年9月出席在北京召开的全国民兵模范会议，同年10月1日参加国庆观礼活动。这是后话。

1951年元旦，林永华主动告诉林中长，她妈妈来信说，她老人家早就喜欢上林中长，完全同意林中长当她的未来女婿，还希望他们俩早日成婚。林中长听后说，这是他预料之内的事，不过，两人结婚要经县委审查批准。

1951年2月15日（农历正月初十），一股海匪5人前来侵犯东庠岛澳底村。林中长获悉后亲自带领周香弟等10多位流水武装民兵开船前去清剿。但是，狡猾的残匪闻信后立即逃遁，使林中长带领的民兵队伍上岛后扑了个空，只好无功而回。过了5天之后，这股5名残匪又来东犀岛澳底村捣乱，林中长闻讯后再次亲率流水民兵20人前去剿灭。然而，又扑了一个空。

从两次清剿扑空的教训中，林中长悟出了敌人是有意同我们玩"拉锯战"诡计。面对敌人的这个"拉锯战"诡计，林中长想了想，便想出了一个破敌计策。

这个破敌计策是什么呢？林中长对乡队长周香弟耳语一阵。周香弟听后大喜，便集合队伍退兵，大张旗鼓地开船返回流水村。过了3天之后，这股5名残匪第3次前来袭扰澳底村，他们妄图大捞老百姓的油水而回。正当荷枪实弹的残匪们在澳底村耀武扬威、抢夺掳掠的时候，突然从村民中跳出来10个武装民兵，将他们抓捕正着，并缴获了他们的武器。匪首王阿彬武艺了得，抓而复逃，而林中长手快，一枪便击伤其左脚，使他无法逃脱，束手就擒。

原来，林中长的破敌计策是，兵分两路，一路10人由周香弟带领退兵，大张旗鼓地开船回流水村；另一路10人由林中长率领，潜伏在澳底村群众之中，伺机而动。

这5名残匪都押送到县里收监，其中匪首王阿彬脚伤治愈之后在县城召开公审大会，给予镇压。

同年3月间，林中长还两次亲率以何先意为乡队长的20多位君山乡武装民兵，开船分别前往东犀的湖边村和小犀的砂美村清剿残匪。头一次就击溃和瓦解陈一猫的土匪大队，第2次则擒获了猫铁仔等7名残匪。

1952年初，林中长在东犀、小犀两岛各组建一支强有力的武装民兵队伍，林中长分别对他们进行严格的培训，使他们能够独立地应对前来侵犯骚扰的海上土匪。

面对国民党海上匪的不断袭扰捣乱，林中长还采取军事清剿和政治瓦解相结合的办法对待。他根据当时的对敌斗争形势，大胆地组织流水民兵郑振盛、方宝琳等 6 人进行海上宣传活动。郑振盛、方宝琳他们按照林中长的布置，在风高天黑的夜晚，悄悄地用木帆船把密封在竹筒中的对敌宣传印刷品运送到接近敌占岛附近的海面上，让它随风漂流到马祖列岛，让敌军拣拾阅读。这些宣传品，对海上土匪起到一定的教育和瓦解作用。而每次前去施放宣传品的船只都安全地返回。

从此，占据在马祖岛的国民党海上土匪不敢再来东庠、小庠两个小岛袭扰。

第二十二回　实事求是划分成分

　　1951 年 4 月 1 日，平潭县委召开县区两级干部会议，布置全县有计划、有步骤地开展土地改革运动。县委书记韩陵甫主持会议并讲话。他在讲话中说了开展这场"土地改革"运动的重大意义："中国自古以来就是一个以农业生产为主的国家。中华人民共和国成立前，维持封建土地制度，占农村人口不到 5% 的地主富农，占有 50% 的土地。他们凭借占有的土地，残酷地剥削和压迫农民。而占农村人口 90% 的贫农、雇农、中农，却只有 20% 至 30% 的土地。他们终年辛勤劳动，受尽剥削，不得温饱，其生活十分悲惨。这种封建土地制度严重阻碍农村经济和中国社会的发展。中华人民共和国成立后，占全国 3 亿多人口的新解放区还没有进行土地改革，广大农民迫切要求进行土地改革，获得土地……"

　　林中长出席这次会议。他在开会时心想，自从 1950 年 2 月他到一区当区长以来，除了做好宣传教育、瓦解大刀会信徒和清剿国民党海上土匪这两大项工作外，他还组织区干部深入农村和渔区宣传党的各项方针政策，教育发动贫苦渔农民起来当家做主人，成立农（渔）

民协会。在农（渔）会的领导下，开展了减租反霸和镇压反革命分子的斗争，取得了各项工作的重大胜利，培养和锻炼了乡村基层工作骨干和积极分子，这就为这次开展土地改革运动打下了坚实的基础。

会后，林中长被县委书记韩陵甫留下来个别谈话，布置给他一个高难度而又高水准的工作。

原来，平潭是一个四面环海、三面临敌的岛县，中华人民共和国成立时全岛人口将近 10 万人，分散居住在 1 个海坛大岛和 12 个小岛上。他们中的绝大多数都是祖祖辈辈以打鱼为生的渔民。所以，平潭是全省最大的渔区县。在这场轰轰烈烈的土地改革运动中，渔区县究竟应该怎样开展"土改"？这在全国都没有现成的经验。因为，在 1950 年 6 月 30 日颁布的《中华人民共和国土地改革法》中，就没有渔区阶级成分划分的明确标准和具体规定。

于是，福建省委和闽侯地委都明确要求平潭县委书记韩陵甫，在当前土地改革运动中，要亲自动手，进行调查研究，从渔区实际情况出发，制订出一个"渔区阶级成分的划分标准"方案和开展渔区土改运动的方针政策。这是平潭土地改革运动中出现的新情况和新问题，也是一项高难度和高水准的重大任务，必须坚决认真地完成。

囿于当时海防前线恶劣的对敌斗争环境，作为年已半百、体质虚弱的县委书记，韩陵甫本人不可能亲自深入到渔村中进行调查研究工作，他必须派出手下最得力的干部来完成这项高难度、高水准的渔区阶级成分划分标准的调查和制订工作。

那么，派谁呢？知人识才的县委书记韩陵甫，首先想到的就是一区区长林中长。他认为，林中长政治水平和政策水准都比较高，而且是本地人，对平潭渔区的基本情况较为熟悉，是能够完成这项高难度和高水准的重大任务的。

林中长当然没有让他所尊敬的韩政委失望。他接受县委书记韩陵甫交给他的这项重大任务后，便于1951年4月5日带领工作队，先后深入君山、流水两个有代表性的渔村进行调查研究工作。

进村前，林中长对工作队员强调说："我们的调查工作必须深入细致，必须掌握第一手资料，必须亲自耳闻目见。这样的调查所得的材料才是真实可信的。当然，这样的调查也是艰苦的花时间的，你们要有吃苦耐劳精神。"

林中长最初调查的是君山行政村柳厝底自然村。

柳厝底，俗称游厝底，位于君山插云峰北麓，东接君山后村，西邻潭水行政村的砂地底村。该村依山傍海，坐北朝南，面向群峦叠嶂的巍峨君山，背靠东海岸上一座酷似鲤鱼、可以挡北风防海浪的稳固沙丘。一条潺潺流淌的山溪仿佛一只巨龙从插云峰的胸腹中悄悄钻出，蜿蜒而下，穿村而过，匆匆入海。那流经村中似长龙的小溪之上，有一株单木成林的双根古榕犹如一位慈祥的老者，两腿踩在小溪的两岸边，飘拂其千缕美髯，欢迎南来北往的过客。据说，那古榕已有500高龄。寄居树上的喜鹊、金丝、花雀、莺哥、布谷、飞燕等四季鸟儿常年鸣唱不停，委实是一个风景优美、风水看好的小村庄。但村庄的村前屋后只有榕树、苦楝、黑松、相思树，不见有一株翠柳，也无一人姓柳，除却一户游姓的外，全村都姓冯。据《冯氏宗谱》记载，500多年前的大明永乐年间，国明公携妻从闽南某县的竹子巷搬迁到此地，繁衍生息至今。所以，该村的正名"柳厝底"和俗名"游厝底"均"名不副实"。

柳厝底村并不大，全村只有25座大小不同、新旧有异的石头房屋。多为单层的平房，双层楼很少，三层以上绝无，住着200余口、40户人家。

柳厝底村有山有海，亦渔亦农，但主要靠海，其祖祖辈辈皆以捕鱼为主，耕园为副。这因为，山无一垅可插水稻的水田，只有80余亩可以种植番薯（地瓜）和豆、麦等杂粮的山园，平均每人4分地，每年所产的番薯等杂粮只够全村人吃半年左右，还有半年左右的口粮要靠卖鱼的钱到外地购进番薯片、番薯米（新鲜番薯经刨片或刨丝后晒干而成）来解决。当然，也购买一些大米，那是过年、过节吃的，平时没有人舍得吃。

柳厝底全村40户，其中以捕鱼为主的渔民36户，因会晕船专门务农的2户，靠阉猪手艺谋生的1户，经商做海上运输生意的1户。

由于海上捕捞作业的特点，自古以来，他们的渔业生产都是合伙的集体生产，单个人是无法开船出海捕鱼的。柳厝底村的集体捕鱼方式有两种。

一是围缯，叫摇缯。分夏、冬两季在就近海域生产，分别叫摇夏缯（捕巴浪鱼）和摇冬缯（捕带鱼）。其生产工具是一张大网（缯）和两艘小船，这种小船称舢板。舢板（小船）中的一艘较大，叫古头，需6人操作；另一艘较小，叫排仔，需3人操作，合计9个渔民结成一组，由负责在古头上掌舵的老大当头，组织出海生产。购买船和网的资金由9人平均分摊出资，收入也按出资并出工的9人平分。没听说技术高的老大和力气大的橹头有补贴，这多少有绝对平均主义之嫌，但老祖宗传下的一直如此，并不计较。这样，全村36个渔民便分成4组（4对船）进行生产。因为是以组为核算单位，每组的产量不可能一样，收入分配当然也不会一样。不过，那时渔业资源丰富，各组的产量相差不会很多。

二是放廉（小渔网），在春季到牛山渔场生产，以捕黄花鱼为主，兼有鲨鱼、白力鱼、梭子蟹等。生产工具是一艘大船（叫海山鼠）和

155

20多张小渔网（叫廉）。一艘大船需6人操作，故邀约6人为一组（船），由6人平均投资和平分收入。全村36个渔民重新自由组合，分为6组、开6艘海山鼠，在各自的舵手（老大）指挥下出海生产。

林中长和他所带领工作组，在柳厝底村进行调查研究整整7天。在这7天中，不但开了3次不同对象的座谈会，而且还挨家挨户进行调查了解，甚至还深入到山头、田间、澳口、渔船进行观察了解，真正做到对该村的情况了如指掌。

林中长从调查中发现，在柳厝底村的40户人家中，贫富程度虽有不同，但没有一户是依靠土地出租和雇工剥削的地主、富农，也没有一户是靠卖苦力、让别人剥削的雇农和长工，除个别户体弱多病、土地较少，生活特别困难，可评为贫农或贫渔之外，基本上都是相当于中农的渔民阶层。他们的特点是自有生产工具、自己参加劳动，没有剥削别人，也没有被别人剥削。当然，中华人民共和国成立前，他们的生活还比较困难，那是因为国民党腐败政府名目繁多的苛捐杂税压在他们的头上，还有就是不可抗拒的自然灾害。

林中长接着带领工作队到相邻的君山后村调查。该村的面积比柳厝底大一倍，户数、人口、土地等都比柳厝底多一倍。全村冯姓居多，何、李两姓也有许多户。经8天调查，对该村的情况基本上了然于胸。该村有两户靠土地出租和雇长工剥削的地主。

后半个月，林中长带工作队到流水村调查。这是一个有数百户人家的大村，也是一个以渔为主的典型渔村。1952年6月设立的六区，其区公所就设在这个名叫流水的大村庄里。

经过一个多月席不暇暖的努力，林中长和他带领的工作队终于完成了对两个重点渔村的全面调查工作。根据调查的材料，林中长进行了梳理分析，然后从平潭渔区的实际出发，实事求是地提出了"渔区阶级成分划分的标准"和"渔区土改的方针政策"两个方案，上报给县委书记韩陵甫。

关于"渔区阶级成分划分的标准"问题，林中长提出的方案是：

1.渔资（渔业资本家）：占有船只、渔网、海滩等渔业生产资料，自己不劳动，靠雇工或出租生产资料进行剥削者。

2.小渔业者：占有较多的生产资料，自己有劳动，但也有雇工为之劳动者。

3.渔民：用自己的生产资料进行渔业生产，没有剥削别人，也没有被别人剥削者。

4.渔工：没有生产资料，靠出卖苦力为生者。

关于"渔区土改的方针政策"问题，林中长提出的方案是：

依靠渔工和渔民中的积极分子，团结广大渔民群众，没收渔业资本家的多余生产资料（即除留让其养家糊口劳动所必须的部分之外的生产资料），发展渔业生产。

这后一个方案，是林中长参照毛主席和党中央先后定的土地改革总路线经过思考而起草的。

毛主席于1948年4月1日提出土地改革的总路线是："依靠贫农，团结中农，有步骤、有分别地消灭封建剥削制度，发展农业生产。"

党中央于1950年1月规定新解放区土地改革的总路线和总政策是："依靠贫农、雇农，团结中农，中立富农，有步骤地、有分别地消灭封建剥削制度，发展农业生产。"

韩陵甫审阅了林中长交来的两个方案，感到非常满意。他立即召开县委常委会议研究通过，然后以中共平潭县委的名义，上报给省、地委审批。省、地委很快就批复下来。省委在批复中对平潭制订的渔区成分划分标准和渔区土改方针政策表示肯定和赞赏，说是"为福建省渔区土改提供了宝贵的经验"，并批转给各地、县，参照执行。

经批复后，林中长提出的渔区阶级成分划分的标准，便在全县渔区轰轰烈烈而又扎扎实实地推行起来，使平潭渔区土改运动得以顺利进行。

林中长为渔区阶级成分的正确划分做出了独特的贡献。

土改之后，闽侯地委书记程少康亲自带领工作队深入平潭渔区进行土整复查工作。通过对流水、君山一带的实地调查，程少康充分肯定平潭渔区阶级成分划分标准的正确性。根据实际情况，为了缩小打击面，程少康采纳林中长的建议，取消了"小渔业者"这个成分，把渔区阶级成分定得更加完善，促使渔区土改运动健康开展，达到了既解放了生产力，又调动广大渔民生产积极性的目的，为加强对敌斗争、巩固海防打下了更加可靠的基础。

1951年底，在平潭县扩干会之后，林中长和林永华经县委批准结婚。从此，这对革命夫妻在同一个战壕里，风雨同舟，同甘共苦，相濡以沫52个春秋，生儿育女，无悔无恨，为祖国、为党、为人民贡献一切。

第二十三回　正确对待平反冤案

1956 年 6 月 28 日，《福建日报》刊登一则消息："1956 年 6 月 27 日，在中共福建省第一次代表大会上严正宣布：经中共中央批准，对福建城工部组织予以公开平反，认定城工部组织是中共组织，恢复城工部党员的党籍；对被错误处理的城工部党员给予平反，恢复名誉；对被错杀的人员，予以昭雪，追认其为烈士，其家属为烈属，得到人民政府的抚恤和照顾。"

原城工部地下党平潭县工委书记、现平潭中学校长吴秉瑜看到《福建日报》刊登的这一则激动人心的喜讯，是第三天的事。因为那时平潭交通不便，福州进岛的报纸都要隔两天才能收到。吴秉瑜看完报纸满怀喜悦，兴冲冲地拿着这份报纸跑去找原城工部地下党员、现该校教员李登熙、何可澎，让他们两位看了也欢喜欢喜。其实，李登熙和何可澎都已经看过这天报纸。他们两人还陪同刚从省里开会回来的林部长来找吴秉瑜。

林部长就是林中长。1952 年 6 月，平潭行政区划进行局部调整，一区区长林中长改任六区区长。六区是由一区划出来的君山、流水、

159

东庠等 8 乡 56 村组成的新区。鉴于中华人民共和国成立三年来，林中长工作表现突出，贡献巨大，经"三反运动"严格审查证明，他对党赤胆忠诚，政治历史清楚，经济没有问题，平潭县委于 1952 年 10 月为他办理了重新入党手续。1954 年 4 月，林中长离开六区调到县委宣传部工作，随后担任平潭县委常委兼宣传部长。

林中长的爱人林永华从 1950 年 3 月调到平潭以来，始终战斗在渔农村基层第一线，担任工作队长，参加土改、镇反、三反、五反和合作化运动，立场坚定，刻苦耐劳，积极负责，表现突出，提任为县委党校校长，并被选为县委委员和省党代表，光荣出席 6 月 27 日召开的中国共产党福建省第一次代表大会，亲聆省委常委兼组织部长侯振亚代表省委所做的《关于原闽浙赣区（省）委错误处理城工部事件的审查报告》。

林中长因有公事于 6 月 27 日出差福州，当天晚上顺便到省党代会的代表住处看望夫人林永华。林永华对他传达了城工部平反的细节，还让他自己阅读那份有关城工部平反的省委文件。

平反城工部冤案，是关系到全省 2000 多位城工部党员前途和命运的大事。了解城工部平反的经过和具体情况，每一个城工部党员都是迫不及待。李登熙、何可澎见林中长从福州回来，便请他来学校向他俩和吴秉瑜传达城工部平反的事。林中长自然也乐意对他们传达。

从省委的文件中看出，福建的城工部案件确实是一个骇人听闻的大冤案。1954 年 2 月 12 日，经中共中央批准，省委成立了审查城工部问题委员会，下设办公室，有 46 名干部参加审查工作。在审查过程中，委员会始终贯彻实事求是的精神，在一年时间里，共收集 1300 多件、1000 余万字的材料和证据，再经过反复对照、核实和分析研究，终于水落石出，真相大白，对逐个问题做出组织结论。

第一个问题，孟起夫妇被捕不是庄征出卖的。

　　当时，闽浙赣游击部队给养发生困难，急需筹集大量经费。1947年7月初，闽浙赣区党委城工部长庄征、副部长李铁和委员孟起接到在福州海关任秘书兼仓库保管的地下党员陈文湘的报告，说福州海关扣留一批走私货物，计有270余匹棉布和棉纱、颜料等，价值200两黄金，尚无人认领。庄征等城工部领导人认为这是解决游击战争所急需经费的好机会，遂决定用冒领的办法"变"出这批物资。经过周密策划后，由党员骨干陆集圣等4位化装成大商人，分别于7月11、13、14日持仿制的海关查私科放行单，前往福州海关仓库将这批物资全部冒领出来，并迅速转移到福州港头、螺洲等地分散保存，少量布匹放在孟起家里。

　　此举称为"布变"。杀庄征的起因是"布变"事件暴露造成孟起夫妇被捕，主要罪名"庄征是出卖孟起的内奸"，其依据是孟起被捕后庄征曾提出"让孟起自首出狱"。当时，庄征在严刑拷打下供认出卖孟起夫妇等假口供，因而被处决。这是造成城工部大冤案的祸源。

　　经调阅当时海关和敌伪档案，审讯孟起家的女佣六嫂和她的姘头、土匪陈炳正，以及执行抓捕孟起的国民党便衣特务林依可等有关人员，证实孟起夫妇被捕并不是庄征出卖的，而是六嫂向陈炳正泄露了孟起家藏了很多布匹的消息，引起国民党特务的注意，特务通过陈炳正引诱六嫂出来告密做内应，进行突击搜查，结果查到未及转移的布匹和党内文件，因而孟起夫妇即遭逮捕。

　　第二个问题，阮英平被杀害不是城工部党员陈书琴所为。

　　这是直接造成城工部冤案的导火线，也是个关键问题。阮英平是中央和华东局派来的名将，担任闽浙赣区党委常委、军事部长兼

161

闽东地委书记。1948年1月，阮英平带警卫员陈书琴化装成卖南草商人从闽东天湖山出发，准备经福州赴南（平）古（田）（建）瓯地区向省委汇报工作。27日，两人来到宁德九曲岭溪尾楼一带，阮英平因胃病发作暂歇下来，警卫员陈书琴想去小溪对面的小山村找点食物给他吃。走到半路，恰遇敌人巡逻搜山，他立即折回歇脚处，却不见了阮英平。一连三天，陈书琴独自在山上寻找，终不见阮英平的踪影。以后他就赶来福州向苏华、李铁汇报情况。李铁即令陈书琴返回宁德找地委副书记阮伯祺（城工部党员），要他派游击队一同去找，但仍未找到。闽浙赣省委领导得知阮英平失踪后，就怀疑是警卫员陈书琴所谋害。而陈书琴是李铁派去当阮英平警卫员的城工部党员，进而就怀疑李铁有问题，后又把城工部党员上山后发生的闽北游击队遭伏击、闽西北游击纵队长沈宗文被捕、闽清县委受破坏等几个事件联系起来，都说是城工部上山人员所为，便认定城工部长李铁是特务，城工部组织已被国民党特务所控制，是"红旗特务组织"，把李铁抓起来审讯。李铁在多次酷刑威逼之下，只好曲认了，还编造"加入国民党国防文化出版社福建分社"的特务组织，从而将李铁公审后处决，接着杀害大批城工部骨干，造成骇人听闻的一大冤案。

经查实，1948年1月，阮英平与随行警卫员陈书琴失散后，发现敌人搜山，独身一人跑到只有3户人家的狮峰坪范起洪家的山楼里借宿。因阮英平身上带有作为活动经费的一些金条，睡觉时被坏分子周玉库发现。周玉库起了谋财害命之心，与范起洪、范妹仔串通，骗说要护送阮英平去福州，于第3天将阮英平杀死在北洋炭山途中，劫走他身上所携带的金条、手枪和印章。后被国民党保安团查获，从死者的私章知道他是共产党名将阮英平，范起洪等受到国民党当局奖赏。中华人民共和国成立后，根据当地群众检举，县公安局先后将范起洪、周玉库、范妹仔扣押审讯，凶犯均供认了谋财杀害阮英平的犯罪事实。1951年，三凶犯在当地被公审镇压。因此，得出调查结论，阮英平并非城工部党员陈书琴所谋害，而是被坏分子范起洪等人谋财害命所杀。

至于李铁招供加入"国民党国防文化出版社福建分社"的特务组织，后来又翻供的问题，经查实，国民党特务组织中并没有国防文化出版社这样一个组织。

第三个问题，城工部骨干上山后发生的几件事，当时都认定是城工部所为，经查明全是冤枉的。

一是闽北游击队遭敌伏击事件，不是闽北城工部通敌所致，而是由于闽北游击队长罗天喜在已经暴露目标的情况下，不注意调查敌情，轻敌麻痹，强要游击队走大路而遭敌人伏击的。

二是闽西北游击纵队长沈宗文被捕事件，也同城工部党员无关，而是沈宗文缺乏警惕性，私自离开部队与当地保长女儿相会，被当地保长饶冬生引敌人捕去，后即叛变。

三是闽清县委受破坏事件，也不是城工部人员干的，而是闽清地下党组织内部不纯，被混进来的坏分子、叛徒黄吓八勾结敌人前来包围所致，此案在镇反时经群众告发已将凶手逮捕归案。

这样，就件件水落石出，真相大白了。

1955年1月22日，中共福建省委向党中央提出了《关于审查城工部问题的结论及组织处理的意见》的报告。省委报告认为，原闽浙赣区（省）党委认定城工部为国民党特务所控制的组织是捕风捉影、缺乏事实根据的，特别是轻率地决定对城工部组织的领导干部及大批党员采取"逼供信"和严刑拷打的手段加以杀害是完全错误的，其错误给予党的损失是极其严重的，应该予以平反。省委报告认为，虽然城工部事件的发生存在着客观原因（如国民党白色恐怖统治、环境困难等），但是，城工部事件的错误不是不可避免的，而是完全可以避免的。所以发生这一事件完全是由于当时闽浙赣区（省）党委主观错误所造成的，领导思想存在右倾情绪，他们过分地夸大了敌人特务的力量，过低地估计了我们党的力量。城工部事件是福建党的历史上一次血的教训。请求中共中央批准，对过去闽浙赣区（省）党委处理城工部问题的案件予以彻底平反。省委在报告中对城工部党员提出6条组织处理意见。其中提到，要把审查结论向全党公布，对城工部党员应普遍的公开的摘除所谓特务和红旗组织的政治帽子，解除他们的政治包袱，并对他们在使用、提拔、待遇等方面不适当和不合理的状况加以改变。

1956年6月13日，中共中央下文批准福建省委《关于审查城工部问题的结论及组织处理的意见》的报告。1956年6月22日，省委把中央批示和省委意见印发全省各地市县委、省委各部委、省直各党组、各直属党委贯彻执行。1956年6月27日，在中共福建省第一次代表大会上，由省委常委、组织部长侯振亚代表省委作《关于闽浙赣区（省）党委错误处理城工部案件的审查报告》。

1956年6月28日在《福建日报》上公开发表城工部平反消息，至此，城工部大冤案终于彻底翻了过来，千古奇冤终于得到平反昭雪，各项政策也将逐步得到了落实……

听了林中长部长的传达，吴秉瑜、李登熙、何可澎等三位老战友无不欣喜、激动而感慨。作为他们现在的上级领导，林中长部长语重心长地说："由于党中央英明和省委领导正确，城工部冤案终于平反了，曾焕乾等死难同志终于可以昭雪了，广大城工部党员的党籍终于可以恢复了，我的党龄也可以从 1946 年 2 月算起了。但是，革命不容易，我们幸存的同志，一定要顾全大局，正确对待，无悔无恨，加倍努力为党为人民为共产主义事业忘我地工作。"

吴秉瑜、李登熙、何可澎三位听林中长这样说，都点头称是。

林中长说的"各项政策也将逐步得到了落实"没错。1956 年 8 月 16 日，省委组织部召开了全省处理城工部问题会议，贯彻中央和省委处理城工部组织问题的精神，部署全省上下全面开展对城工部的党员党籍和干部问题的调查处理。经过 9 个多月的调查摸底和细致工作，到 1957 年 4 月，对城工部党员党籍问题的处理基本结束，已恢复党籍的共有 1276 人。1982 年又陆续落实一批未恢复的城工部党员党籍。对城工部干部的提拔、使用问题，省委组织部专门下发文件，得到妥善处理。对于被错杀的城工部人员，给予平反昭雪，恢复名誉，并追认为烈士，同时做好善后工作，其家属定为烈属。据统计，全省城工部人员 2000 余人，其中革命烈士 136 人（因城工部问题被杀的 117 人，在战斗中牺牲的 19 人）。各级政府还对城工部烈属进行了抚恤。

第二十四回　劳武结合击沉敌艇

1959年2月1日（农历戊戌年十二月廿四），将近年关，牛山渔场冬缯大发海。每回潮起潮落的一水，每对渔船都可以捕捞到30担左右的带鱼，无不满载而归。

这日傍晚，平潭县委常委兼宣传部长林中长刚刚从办公椅站起来，准备走出办公室，却听案头电话铃响了。他忙拿起话筒接听，知道是县对敌办老周打来的密电，说："据可靠情报，明天2月2日，台湾防卫部门'情报局马祖闽北工作处行动队海上区队'所属的炮艇将从马祖出航，企图对我闽江口至海坛岛之间的海上运输和渔业生产进行袭扰破坏。"

林中长接了对敌办的这个机密电话后，赶忙挂通流水分社（1958年8月成立平潭县人民公社，下设潭城、流水、苏澳、敖东4个分社）党委书记高诚春的电话，对他传达情报的内容，并对他指示道："你要立即布置流水大队的两艘武装护渔船，充分做好明天出海作业的战斗准备。你还要提醒他们记住我平时教他们的基本战略战术。"

在电话里听到高诚春的"明白，照办"表态之后，林中长方放下话筒，改拨驻岛海军司令部的电话，对他们互通对敌斗争的最新情报。然后，林中长才回家吃晚饭。晚饭一吃完，他就来到办公室，打电话给高诚春，检查他对流水大队两艘武装护渔船的战备布置情况。

其实，高诚春是一位很称职的党委书记。他接到林中长的电话后，立即召集方宝琳、郑振盛、郑琴肯、方光耀、周香弟、郑文明、周莲弟、蔡海贯、郑阿曲、郑紫孙、方阿兴、林弟阿、郑十一弟、潘友养、方一弟仔、潘茂仁、林喜弟、周祖发、方玉发等19名在两艘武装护渔船上当班的民兵到流水大队部开会。高诚春对他们传达了情报内容之后说："林中长部长要你们记住他平时教你们的战略战术。我想问方宝琳同志，林部长教你们的战略战术是什么？"方宝琳回答道："林部长教导我们说，对国民党匪船作战，要采取'诱敌深入'的战术。具体说就是，当敌人摸不清我们的武力情况时，要引诱敌船往内靠，靠到我们海岸开炮的火力圈内，给予狠狠打击；当无法引诱敌船往内靠时，也不要随便开枪暴露自己，要等到靠近时才集中火力猛攻，一网打尽；当我们打不过时，要设法拖住敌人，给我海军创造歼敌条件。"高诚春听后说："方宝琳是复员军人，有作战经验，这次出战，仍然由他担任流水武装护渔船队的总指挥。你们一定要记住林部长平时对你们说的这些战略战术。作为分社党委书记，我要求大家，如果发生战斗，要当光荣的烈士，不要当可耻的俘虏。"会后，大家就把武器弹药和通信设备装上船后出海，准备明天在海上进行战斗。

听了高诚春的汇报，林中长才感到放心。此刻，时间还早，他就坐在办公室里，回想着7年前他在平潭六区推行"劳武结合"保护渔业生产的经过。

1952年夏，马祖岛国民党军残部虽然不敢悍然袭扰东痒、小痒两岛，但却经常派出敌舰在海上抓捕我六区出海的渔民。

东庠乡澳底村有艘渔船出海捕鱼，在渔场上被敌舰遇着，全船20多人全部被抓走，送到台湾岛当兵。紧接着，是君山乡张坪顶村的一艘渔船，在出海捕鱼时被敌舰遇上，许乌殿弟等6位渔民也被全部抓走，同样被送往台湾当兵。

消息传开，全区渔村人心惶惶，许多渔民因此都不敢到鱼群密集的远海捕鱼，甚至有胆小的渔民因害怕遇上敌舰被抓竟不敢出海。这样，就严重地妨碍了六区渔民的正常渔业生产。

面对国民党残军猖狂挑衅的严峻形势，作为爱民如子的区长，林中长连日来食不甘味，夜不能寐。他日夜思索着怎样才能解决这个问题。功夫不负有心人，终于一个念头陡地从林中长心中升起，我为何不派武装民兵出海保护渔民生产呢？

紧接着，林中长细想了"武装民兵护渔"的相关事项：一是要向驻军申请武器；二是要采取民办公助的办法，购买航速较快、吨位较大、便于打战的机帆船；三是要武装民兵不脱产，实行"劳武结合"，保护渔业生产。

林中长构想好了"武装民兵护渔"的有关事项之后，马上起草了一份《关于组织"劳武结合"保护渔业生产的报告》，送给平潭县委书记张子玉（山东邹平人，1952年6月接任调走的韩陵甫）。张子玉书记阅后立即批示同意实行。在得到县委领导的批准后，林中长立马组织六区一班人分头行动。

首先，林中长亲自到东庠找民兵队长郑家和商量，建议他带领所属12名民兵，组织1艘武装护渔船。在这艘护渔船的保护下，整个夏汛期，东庠渔业生产未受损失。

与此同时，林中长召开区领导会议研究，决定购买两艘机帆船放在流水村，以"劳武结合"的形式，进行护渔，以便随时袭击敢于来犯的国民党匪船。

林中长派流水村复员军人郑振盛同志前往福州鳌峰洲造船厂，督造两艘 12 吨位、14.4 匹马力的小型机帆船。

两艘护渔机帆船是平潭有史以来第一批机帆船。开回流水澳之后，林中长选拔 20 名武装民兵进行严格的军事培训，还举行两次军事演习，提高他们的实战能力，然后分派他们在两艘护渔船上当班，使他们在海上护渔遇到敌舰时能够参加战斗。

林中长给每艘护渔机帆船配备机关炮 1 挺、轻机枪 1 挺、长枪 5 支、汤姆生自动步枪 1 支，各种子弹和手榴弹 10 多箱。后来，还为这两艘护渔船配备电台和报话机，平时通报渔情，指挥生产；战时同驻岛海军和县对敌办通信联络，指挥战斗。

不久，这两艘流水武装护渔机帆船就为保护渔民生产做出了贡献。1953 年夏天，他们在海上先后打跑了 3 艘敌船。国民党残兵见我渔船配备有精良的武器，而且敢于主动地猛烈袭击他们，都以为是我人民解放军水兵师假扮为渔民出海捕鱼，所以他们不敢放胆骚扰我们的渔船，从而有效地保护了我渔民生产的安全。

1954 年 4 月，林中长调离六区到县委宣传部工作，随后，他任平潭县委常委兼宣传部长。但是，根据县委常委内部分工，林中长的主要工作依然是分管渔区工作。因此，他的脑子里日夜考虑的主要问题，就是如何采取有效措施，发展平潭渔业生产，增加渔民的经济收入，以改善和提高渔民的生活水平。

平潭土地改革后，废除了海上的封建剥削制度，广大渔民的生产积极性有了很大的提高，但由于台海局势处于紧张状态，该县渔船到牛山渔场捕鱼时，经常遭受国民党舰艇的驱逐炮击，甚至还牵走我渔船，把我方的渔民抓到台湾去，这就直接影响到平潭县渔业生产的更大发展。

面对台海对敌斗争的紧张局面，为了粉碎敌人以武力进行海上封锁破坏渔业生产的阴谋，林中长在深入调查研究的基础上，向县委提出了两项建议：

一是组织渔船转移浙江，开辟舟山渔场，扩大渔业生产。县委采纳了这个建议，于1954年8月，做出转移浙江舟山渔场捕鱼的部署，成立了"平潭县转移渔场指挥部"，坐镇舟山，统一领导和管理转移到舟山渔场进行渔业生产的渔船和人员。总指挥由一名县级领导干部轮流担任。林中长为第一年总指挥。当时全县各渔业区都根据县委分配的指标，积极组织渔民进行转移浙江生产。从1954年开始，每年都有近百艘平潭渔船转移到浙江舟山渔场生产，每年捕捞各种经济鱼类均达10万担以上，使全县年渔产量增加三分之一，在全省开启了渔民跨省区生产常态化的先河。这样既粉碎了敌人进行海上封锁的阴谋，又把渔业淡季的秋天变成旺季，达到了开辟新渔场，发展渔业生产，增加渔民经济收入的目的。

二是组织渔船"劳武结合"，保护渔业生产。针对台湾国民党舰艇经常在海面对我出海渔船进行骚扰破坏的情况，林中长向县委建议在每艘木帆船（俗称"海山鼠"船）上配备战斗武器并安装小型发动机，实行"劳武结合"，以确保渔业生产。县委同意这个建议，及时召开渔业生产会议，进行部署，发动广大渔民在每艘木帆船上安装小型发动机，配备必要的武器和联络设备，随时准备同来犯之敌人舰艇进行巧妙的周旋和武装斗争，以陷敌于人民战争之汪洋大海之中，从而取得了很好的效果……

林中长想到这里，竟和衣伏在办公桌上睡了过去。一觉醒来，天已大亮。他回家吃了早饭之后，便急忙赶到流水大队了解武装护渔船的战斗情况。

1959年2月2日凌晨，台湾防卫部门"情报局马祖闽北工作处行动队海上区队"所属63号炮艇从马祖出航，向牛山渔场进发。早上7时30分，敌63号炮艇发现我流水分社两艘护渔船在牛山渔场海面捕鱼，便在后面紧紧追赶。我两艘护渔船根据林中长"诱敌深入"的策略，立即往内潜驶，但因敌舰行速快，不久便被追赶上，遭到敌舰开枪猛烈射击，第一枪就把1号护渔船的中帆绳索打断了，接着打穿了1号护渔船上的一只油桶。舵手郑十一弟的右手食指中弹受伤，血流如注。紧接着，又有一颗子弹从他的胸前外衣横穿而过，幸亏没伤到肌肉内脏。但是，队员方玉发却中弹牺牲，形势非常严峻。在此万分危险之际，负责指挥的方宝琳高声发话道："今天我们不是立功，就是光荣。同志们，立即向敌人发起猛烈反击！"轻机枪手郑振盛首先射出一排子弹，紧接着机关炮、冲锋枪、长枪齐响，敌人没想到我们会反击，没有防备，他们都站在甲板上看我们被射击死伤和落帆的笑话，所以被我们的高火力打了个措手不及，当场死了11人。此时，敌人有所畏惧，开始转头逃遁，然而，敌人不甘心失败，没过多久又调头向我两艘护渔船射击，我们也给予猛烈反击。此时，方宝琳遵照"诱敌深入"之策，指挥两艘护渔船且战且退，一边反击，一边向内靠，把敌舰引诱到我们的海区内。与此同时，利用通信设备把遇上敌舰进行战斗的情况向县对敌办汇报。县对敌办立即向驻岛海军司令部报告。

上午9时31分，人民海军东海舰队第四中队3艘护卫艇闻讯出航进行拦截，中午13时27分，护卫群艇在海坛岛以东约13海里处发现敌63号炮艇，当接近至3000米时，我护卫群艇开始射击，连续攻击3次，敌63号炮艇中弹起火，弹药舱爆炸，13时50分沉没。

此战，俘虏国民党少校艇长高建武及以下官兵 12 人，击毙 11 人，狠狠地打击了敌艇骚扰破坏牛山渔场的嚣张气焰，首创了平潭渔业生产开展"劳武结合"进行武装斗争获得重大胜利的范例，为沿海渔区树立起一面发展渔业生产开展"劳武结合"取得对敌武装斗争胜利的旗帜。在敌 63 号炮艇遭到我民兵和海军的致命打击后，敌人怕我寓兵于渔船之中，不敢轻举妄动，大大抑制和打击了敌人放胆在牛山渔场进行骚扰破坏活动，大大有利于我县渔业生产的正常进行，有效地促进平潭渔业生产的发展。

击沉敌 63 号炮艇战斗胜利的消息传开后，平潭的海军舰队和流水民兵都获得中央的表彰。1959 年国庆节，方宝琳、郑振盛、郑琴肯等 3 位击沉敌 63 炮艇的英雄，由福州军区副司令员皮定均中将率领出席北京国庆 10 周年观礼，受到毛主席和刘少奇、周恩来、朱德、邓小平、陈毅等党和国家领导人的亲切接见。

第二十五回　移山填海围堵屿口

　　平潭海岛人多地少，粮食不能自给，但海岸线蜿蜒曲折，有许多可以围垦造田的滨海滩涂。为了扩大耕地面积，以白怀成为书记的中共平潭县委于 1958 年做出围堵竹屿口港区的重大决定。

　　竹屿口位于海坛岛中部西侧海岸，原为潭城港的出口，南岸为务里山，北岸为竹屿山，东连潭城港，西临海坛海峡。潭城港口小腹大，形似葫芦，海域面积 21.23 平方千米。

　　应平潭县人民政府的要求，福建省商业厅于当年冬天批准了竹屿口围垦工程项目，并决定投资 384.5 万元。1959 年，成立平潭县竹屿围垦工程总指挥部。当时强调书记挂帅，县委副书记杨玉鸿任总指挥；县委常委兼宣传部长林中长任副总指挥，负责工程现场的具体指挥。1960 年 3 月，平潭县委常委兼宣传部长林中长荣升为平潭县人民政府县长，他便历史地成为竹屿口围垦工程的实际总负责人。

　　"艰苦围堵竹屿港，为民造福千万代"。围堵竹屿口是平潭人民的夙愿。过去，国民党反动政府曾以围堵竹屿口为由压榨民脂民膏；帝国主义财团为牟取暴利也曾派专家前来勘察，但都因工程浩大艰难，而望洋兴叹作罢。

诚然，围堵竹屿口是高难度的浩大工程，是平潭有史以来的第一大工程，也是当时全国围海工程中港道最深的工程。虽说潭城港"口小"，那是同其"腹大"相对而言，其实它的"小口"长达 1192 米，水深 20 多米，且风大浪高潮急，仿佛豹嘴虎口，人若掉落其口中，就别想生还。而平潭是一座贫困的蕞尔小县，资金奇缺，设备极差，当时没有推土机、起重机，连一辆运载土石的汽车、拖拉机都没有，能完成这样巨大而艰难的围堵工程任务吗？当时，平潭县干部们的心中多少都打着这样的问号。

但林中长在 1959 年 12 月 25 日动工誓师大会上却坚定地对干部们回答说："能，我们一定能完成这个巨大而艰难的围堵工程任务。因为我们有中国共产党的坚强领导，有驻岛部队和人民群众的大力支持，有党员干部的模范带头，我们就能做出前人所做不到的大事。只要我们发扬坚持不息的'愚公移山'精神，发扬百折不回的'精卫填海'精神，不怕苦累，不怕牺牲，再大的围堵困难也会被我们克服。"

林中长是一位言行一致、身先士卒的领导者。自从 1959 年 12 月 25 日围堵工程破土动工之后，林中长不顾严寒酷暑，不避狂风暴雨，不管自己伤痛，始终同 4000 多名民工和 300 多位干部一道战斗在施工的第一线。他每天亲临施工现场指导，及时发现问题，解决问题，时不时还动手同工人一起参加施工劳动。

整个围堵屿口工程的施工劳动，是按照计划步骤进行的。千余米宽的竹屿峡口的中间有一块犹如南瓜般的瓜屿，它就像屿口中的舌头，把一个竹屿大口划分为东西两个小口。所以施工建堤时必须分 A 和 B 两线分别围堵。

A 线大堤工程从务里山至瓜屿西端，长 280 米，堤高平均 13 米，最高的堤高 16.7 米，堤底最深处负 7 米，堤顶宽度 9.5 米。工程于

1959年12月25日动工，1960年2月底顺利合龙，工期两个月。

B线大堤工程从瓜屿东端至竹屿山东侧，长912米，堤高平均21.2米，最高的堤高31米，堤底最深处负23米，堤顶平均宽度7.6米。工程于1960年2月底动工，7月14日合龙，工期近半年。合龙时，采用直径1.2米、长5米的圆柱形竹笼装石填堵。虽然每笼石重5吨多，但经不起潮水压力而于当日傍晚涨潮时发生决口，冲毁海堤152米，8月8日又遭12级强台风袭击，缺口继续扩大到200米。

B线大堤历经半年4000多工人和300多干部的日夜苦战，居然毁于一旦，许多带队的干部和民工都无法接受如此重大损失的事实，难免流露出一些畏难情绪。林中长耐心地对他们做思想工作，他说："失败是成功之母，成功是失败之子。失败既出，成功就在眼前了。"

但成功不会从天上掉下来。林中长亲自到省水利厅找厅长，请他派水利专家前来帮助解决围堵上的难题。省水利厅长被林中长的精神所感动，当即派了省内最高水平的7名水利专家来平潭，协同本县水利技术员一起研究，重新制订一个缜密可行的填堵方案。这个方案就是采取"浮桥船填石坠入海底"的办法填堵。林中长参与研究，认为此法可行，立即给予批准实行。他还亲临第一线指导采用"浮桥船填石坠入海底"的办法填堵缺口。

有次填堵缺口时，林中长站在海堤的最前端指挥，因脚下土石突然下陷，他随之掉落在潮水涌进来的深水潭之中，喝了几大口咸涩的海水。正当他将被凶猛的滚滚浪涛冲入大海里之际，站在他身旁的敖东公社党委副书记林金标见状大吃一惊，赶忙抓住他的左手臂，使劲地把他拉到岸上来。否则，后果将不堪设想。

林中长这次虽然免遭一劫，但他的脚部却受了重伤。因连日来不顾安危奋战在第一线上，林中长的胸部早已受过一次重伤。由于两伤叠加，他的身体已经十分虚弱。同志们都劝他回县治疗休息，但他却谢绝说："围堵竹屿口是平潭20多万人民的期望。国民党政府和外国洋人都想围堵，还派人勘测过，但都因工程浩大而退却，而我们已有前段A线堵口成功的初捷，足以证明共产党是没有不可战胜的困难。目前决胜在即，作为前线指挥员，我怎能离开工作岗位？就是拼了生命，我也要为围堵竹屿口的成功贡献自己的一切。"

1961年12月21日，林中长再度组织B线海堤堵口大会战，终于取得可喜可贺的B线堵口的成功。紧接着，林中长组织民工对AB两线大堤进行加高加厚的施工，砌大堤内外护坡，并建成两个排水闸门。

1962年10月12日，"竹屿口围垦工程"宣告竣工结束。整个工程从1959年12月25日动工至这日竣工，历时3年之久。总投资384.5万元，共动用运输船只416艘，征集固定民工4000多名，共投入100多万个劳动工日。平潭县直机关、标准砂厂、国营林场、县医院，以及驻岛陆海部队在此间经常组织人员参加义务劳动。海堤堵口合龙时，全县总动员，人数多达1.2万人。共填入土石192万立方米，建海堤全长1192米，围垦港区总面积21.23平方千米，除原小岛屿占地200公顷外，实有滩地1923公顷，开垦耕地1475.1公顷（22126.5亩），海水养殖面积186,7公顷（2800.5亩），保护竹屿港区沿岸5000多亩农田免除潮汛洪水灾害的威胁。

平潭竹屿口围垦工程，是平潭县人民在设备简陋的情况下，应用木帆船、人力车、箩筐、扁担等简陋工具取得成功的，创造了平潭县围海史上的奇迹，受到了全县20多万人民的热烈称赞。

然而，"有战斗就会有牺牲"。在这平潭县开天辟地的移山填海战斗中，死人的事是难以避免的。建在瓜屿的纪念碑上镌刻着为围堵

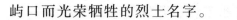

屿口而光荣牺牲的烈士名字。

平潭人民在热烈称赞竹屿围垦工程的伟大成绩时，没有忘记为围堵屿口而光荣牺牲的烈士，也没有忘记战斗在围垦工程第一线的指挥员林中长县长。

1960年6月20日，竹屿围垦工程第二开采中队，在领取炸药时，因违反操作规程，致炸药库爆炸，死12人，伤10人。林中长县长获悉后第一时间赶到现场处理善后之事。

1960年11月的一天夜里，为支援竹屿口围垦工程而住在标准砂厂堆砂仓库的林场工人，因用沙袋堆砌的砂墙倒塌，压死15人。林中长县长接到电话后，立即赶到堆砂仓库现场，连夜组织人员把死者运回林场场部，并请场里通知死难家属前来辨认。次日一早，林中长县长亲自到林场场部向死难工人表示哀悼，亲自向死难工人的家属表示慰问和道歉，并向他们详细说明发生事故的原委，耐心做他们的思想工作。同时，他和场长一起研究，妥善安排下葬和发放死难亲属的补偿费，得到了家属们的理解和拥护。一场意外事故在林中长县长的亲力亲为下妥善解决了。

两次事故发生后，林中长主持召开工地有关部门的安全会议。虽然在他之上还有县委副书记兼总指挥杨玉鸿，但他却把工程事故的领导责任揽在自己的身上，痛心疾首地在会上作检查，充分体现林中长县长胸怀坦荡、光明磊落、勇于责己、无私为民的高尚品质。林县长同大家一起总结事故的深刻教训，制订严格的工地安全措施制度，要求各级组织、各个岗位的负责人立下军令状，加强安全检查，坚决杜绝大小事故的发生。由于林县长对安全施工高度重视，并加强领导督促，后来工地上没有再发生任何重大事故……

平潭竹屿口围垦工程竣工之后，平潭县委、县政府还组织大堤闭气工程、引进 36 脚湖水冲淡盐碱地工程、开发海滩地工程等一系列后续工作，动员缺地社队 230 户、1317 人到海滩地移民落户。至 1995 年，潭城海滩地共有 7 个行政村、20 个自然村、1249 户，耕地面积 4648 亩，水产养殖场 2 个，小学 4 所，当年粮食产量 1411.8 吨，鱼产量 20 吨。

后来，林中长在一篇回忆文章中写道："每当漫步在竹屿海堤上，眺望那堤内苍翠树林掩映下的村庄、良田和养殖湖的时候，我总是心潮澎湃，感慨万千！我深感党领导的正确和群众力量的伟大，同时也为自己能够在围堵工程上尽一份绵薄之力而感到欣慰。"

正是"艰苦围堵竹屿港，为民造福千万代"。从 2011 年 8 月 9 日开始，平潭综合实验区管委会在围垦的海滩地上兴建"竹屿湖公园"，作为城市与自然的过渡地带。公园占地 6196 亩，其中水域 3298 亩，陆地 2898 亩。经过近 8 年的建造，如今，竹屿湖公园的面貌已经初步显现。站在大堤上俯瞰，那两个闸门宛若两位钢铁巨人严守着竹屿湖的临海大门。抬眼眺望湖内，目之所及无不青翠葱绿，湖水碧波荡漾，白鹭成群结队，环湖木栈道犹如五彩腰带。如果轻舟泛于湖间，那将是怎样的一种惬意？

竹屿湖将被建设成为平潭最大的现代化都市滨水生态公园，是世人游览、避暑、疗养的理想胜地。

第二十六回　深入前沿对敌斗争

1962 年 2 月 25 日，林中长根据闽侯地委的调令，只身来到螺洲古镇地委机关报到。地委书记温附山亲自找林中长谈话，宣布他担任"中共闽侯地委对敌斗争办公室"主任，并简要说明了调动他工作的理由。

当前台海局势紧张，台湾蒋介石妄图反攻大陆，猖狂派遣特务偷渡袭扰我沿海县市。作为福建海防前线，闽侯专区必须配备一个有丰富对敌斗争经验的县级主干担任地委对敌斗争办公室主任。同时，也是为了避免林中长夫妇的两地分居，因为他的夫人林永华已于 1961 年 8 月调到闽侯地委农工部当秘书。

林永华是一位能文能武的出类拔萃女干部。1959 年 12 月至 1961 年 7 月，她出任平潭县流水公社党委第一书记。她文化高，能力强，会吃苦，肯努力，既有丰富的基层领导工作经验，又能写一手很漂亮的文章。因此，她被地委领导看中，于 1961 年 8 月调来闽侯地委农村工作部当秘书。但她的家属小孩仍然留在平潭，没有随调跟来。

平潭县干部群众对林中长这次调动颇有微词。他们认为，本地干部当县长有更多的优势，但本地干部林中长当平潭县长仅仅两年，而且这两年他都驻扎在竹屿围垦工程的工地上，连县长的交椅是什么模样的都还没看清楚，就被闽侯地委调走了。说台海局势紧张，难道作为福建海防最前线，平潭县就不需要配备一个有丰富对敌斗争经验的县级主干当县长吗？如果说要照顾夫妻同地工作，那为何不把他的夫人林永华调回平潭任职呢？

林中长本人一向无条件服从组织分配，对自己担任什么职务，在什么地方工作，并不太在意。他关心的是自己该承担什么任务和怎样完成这个任务。温附山书记布置给林中长的任务有两项：一是领导全区对敌斗争，二是领导全区渔业生产。

这日晚上，林中长到林永华住的农工部单身宿舍就寝。他对她说了温附山书记布置给他的任务。林永华听后说："'对敌斗争'和'渔业生产'这两项工作，都是你这10多年来在平潭天天做的事，可谓是老本行，驾轻就熟呀。"林中长说："那只是一个平潭蕞尔小县的工作，如今是在有很多县的整个地区工作，要想很好地完成这两项工作任务，也不是容易的事。因此，我想等我的新工作打开局面之后，再把你母亲和4个小孩接来螺洲安顿。"林永华听后表示赞同。

闽侯专区于1956年5月撤销，又于1959年8月恢复。恢复之后，下辖闽侯、连江、长乐、福清、平潭、永泰、闽清等7个县，到了1963年8月，又加罗源、古田、屏南3个县，合计为10县，正是历史上的福州十邑。这十邑，除少数山区县外，绝大多数的县都是沿海，都有对敌斗争和渔业生产这两大任务。

对于怎样开展这两项工作，林中长是想了又想的。他认为，自己一个人的精力和时间都有限，一只手只能抓一只鳗，不可能同时抓两件事，更不可能一下子就跑完所有的县。即使都跑了，也只是走马观花，没有多少用处，倒不如深入一到两个重点村庄蹲点，解剖麻雀，然后总结经验，推广全区。

于是，林中长到闽侯地委对敌办上班 3 天之后，就带着一名地委对敌办的干部一起到连江县晓澳大队蹲点。

晓澳村位于连江县沿海突出部，三面环海，东临台湾海峡，与敌占马祖岛隔海相望，西与江南乡毗邻，南与琯头镇相连，北与东岱乡接壤，是全省海洋渔业重点村，有浅海面积 86307 亩，养殖面积 2500 亩，其中花蛤、缢蛏、紫菜产量列全县之冠。

在晓澳蹲点一个月之后的 1962 年 3 月 28 日，林中长在晓澳主持召开闽侯专区海防对敌斗争工作会议。会议除了传达上级有关文件和听取连江驻军情报部门的台海形势动态介绍之外，林中长在会上汇报了他这一个月来在晓澳蹲点所做的有关对敌斗争工作的事。

这一个月，林中长主持召开了两场晓澳社员群众大会，介绍台海对敌斗争的紧张形势，号召社员群众行动起来，开展反敌特小股袭扰、反敌特偷渡派遣的斗争。

这一个月，林中长指导连江县海防部举办 1 期为时 10 天的海防干部培训班，他 3 次亲临培训班讲课。有县本部和 17 个公社的海防对敌斗争干部共 20 多人参加。通过理论联系实际的培训，提高了海防干部对敌斗争的综合素质，使他们能够随时审察敌情变化情况，采取机动的斗争策略，以适应当时对敌斗争形势变化的需要。

这一个月，林中长建立海上对敌斗争"耳目"。为了及时掌握对敌斗争的动态信息，他在每艘渔船上选择一位政治上可靠的渔民担任不脱产情报员，作为可靠的海上"耳目"，随时观察和掌握敌人在海上的活动动态，向我海防部门反馈，使我们在对敌斗争中处于主动地位，能够及时采取有针对性的斗争对策，保护渔民生产的安全。

这一个月，林中长整顿了晓澳大队的武装民兵队伍，加强对他们的军事培训，还举行了一次海上实战演习，使他们一旦遇上敌特小股袭击和偷渡派遣特务能够予以反击，并取得胜利。

这一个月，林中长指导村上设立澳口观察台，安排民兵夜间轮流值班，密切注视海上动静。一旦有派遣的敌特夜间偷渡登陆，能够及时发现抓捕归案……

与会人员听了林中长主任的汇报后，都说连江晓澳的对敌斗争工作经验值得学习推广。

这次会议结束之后，闽侯地区的对敌斗争工作，经过各县海防部长和对敌办主任的认真传达贯彻，便更加深入细致地开展起来。

这次会议结束之后，林中长、林永华夫妇一起请假回平潭搬家，接9岁的长子林建力（1954年4月10日生）、8岁的长女林晓青（1955年9月15日生）、5岁的次女林东风（1958年5月21日生）、4岁的次子林跃力（1959年6月7日生）和看护他们的外婆郑淑贞等一家大小7人来螺洲安家落户。

安家落户之后，林中长又带着一名办里干部一起到长乐县樟港渔村蹲点。一蹲又是一个月方回螺洲地委开会。开会之后，他又到连江晓澳长住。林中长就是这样始终战斗在对敌斗争的第一线。

1963年春天，林中长深入平潭渔村蹲点，协助平潭县委具体抓对敌斗争工作。根据当时平潭对敌斗争的严峻局势，他向平潭县委和驻军提出建议，实行军民联防，发挥县党政机关、驻岛三军、公安、边防武警、县人民武装部队的各自优势，联合抓好平潭前线的对敌斗争工作。平潭县委和驻军采纳了林中长的建议，于这年3月成立了平潭县军民联防指挥部，开展反敌特小股武装袭击和渗透的斗争。

1965年12月，林中长在平潭召开闽侯专区海防对敌斗争工作会

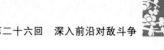

议，推广平潭县军民联防开展对敌斗争的经验。

平潭县委海防部长周其桐在会上汇报了近年来平潭加强军民联防，开展对敌斗争的简要情况。他说：

"由于台湾海峡局势紧张，平潭县委高度重视对敌斗争，不间断地进行备战动员。平潭县军民联防指挥部也不断地充实完善，下设10个联防区，33个联防点，参加联防的有驻军1个团，边防武装警察1个大队，民兵11个营53个连179个排。

"在反下海投敌方面，1963年3月，破获平潭县邮局会计、出纳下海投台1案5人，逮捕2人，教育释放3人。

"在反敌特偷渡派遣的斗争方面，自从中华人民共和国成立以来，平潭一直战果累累。从1949年9月至1950年12月，击毙海上匪徒13名，活抓匪徒149名。1958年8月1日，东庠岛武装民兵在海上俘获台湾国民党武装特务船1艘、击毙和俘虏武装特务各1名。1964年3月5日，海军护卫艇31大队第2中队，根据联防指挥部提供的情报，在平潭以北海面俘获妄图偷渡派遣大陆的台湾国民党当局"情报处马祖工作站"成功号特务船及胶舟各一艘，当场击毙国民党特工1人，抓获特务船长及特工5人。

"在保卫台湾海峡和平方面，1965年11月14日，海坛水警区副司令员指挥的8艘护卫艇和6艘鱼雷艇在崇武以东海面，与台湾国民党海军护航炮艇永昌号和大型猎潜舰永泰号激战1个多小时，击沉永昌号，重创永泰号，击毙国民党海军官兵82名，俘虏9人。平潭县交通船队东海101号客轮、平潭县海运公司的东海103号、东海105号货船参加支前运输，荣立集体三等功。"

接着，连江、长乐、福清、罗源等县的海防部和对敌办代表相继在会上发言，汇报他们所在县的对敌斗争情况。

平潭驻军首长到会介绍当前台海局势。

　　会议只开两天，林中长做会议小结，他代表地委对今后的对敌斗争工作提出了几点要求。

第二十七回　呕心沥血发展渔业

在 1962 年 2 月至 1970 年 6 月的 8 年又 4 个月的时间里，林中长都在闽侯专区机关工作，但他所担任的职务有所变化。

1962 年 2 月至 1967 年 3 月，任闽侯地委对敌办主任；

1967 年 3 月至 1968 年 5 月，任闽侯专区军管会农办主任；

1968 年 5 月至 1970 年 6 月，任闽侯专区革委会委员兼农林水组组长。

这就是说，林中长这 8 年多所担任职务的名称有所变化，但这些职务的职责都离不开领导全区渔业生产这项水产工作。

林中长心中明白，在闽侯专区属下的罗源、连江、闽侯、长乐、福清、平潭等沿海县，其渔业生产处于很重要的地位。作为专区水产职能部门的负责人，他必须加强对渔业生产的领导，抓好这项事关渔村民生的水产工作。

然而，怎样抓好水产工作，发展全区渔业生产呢？这是颇费思量的事。

在这 8 年多的时间里，林中长几乎跑遍了本地区沿海县的所有渔业社队，深入渔户、澳口、船头，同渔区干部和渔民群众交谈，进行调查研究，探讨切实可行的发展渔业生产方案。即使其间的1966年开始发生"十年动乱"，林中长被"立案审查"，有一年多时间常常挨"批斗"，承受着巨大的政治压力；即使其间的1968年发生11岁的爱女林东风不幸溺水夭亡，承受着难以忍受的丧失爱女之痛，林中长也没有放弃手中的水产工作，也没有放松对全区渔业生产的领导。

林中长对发展闽侯专区渔业生产的执着精神，真可谓殚精竭虑，呕心沥血。在这8年多时间中，林中长在发展渔业生产方面做出最显著的贡献有三项：

一是坚决改变捕捞方式，严禁"敲𩾌作业"，发展机帆船机围捕鱼。

1962年春，林中长调到闽侯地委工作后，发现闽侯、长乐、连江等几个沿海县有采用"敲𩾌作业"的古老捕捞方式捕鱼的现象，这令他深感不安。

敲𩾌作业是一种大型的渔业捕捞作业，由两张很大的长方形网身连接成兜形畚箕网，配有两艘大船和若干艘小船，每艘小船都备有特制的木板和木棒。作业时，放网形成一个大包围圈，小船分散在圈外，由一大船统一指挥各小船用木棒敲击木板发出巨大的响声，形成强声波震荡并致死水下大大小小的黄瓜鱼等石首科鱼类而捕获，一网产量有时可达几十吨。

由于该作业严重破坏水产资源，1963年国务院发出关于禁止敲𩾌作业的指示。但是，有敲𩾌作业传统习惯的许多渔民思想不通，坚决抵制，对执行"禁止敲𩾌作业"捕鱼的阻力很大，尽管国务院文件下达了，却一直禁而不止。

那么，应该如何排除阻力呢？林中长绞尽脑汁，想了又想，他分别向地委和专署领导提出一系列行之有效的禁止敲鼓作业的建议。

闽侯地委和专署领导根据林中长的建议，专门召开一次"严格禁止敲鼓作业"的县委书记和县长联席会议。

林中长在联席会议上发言时，强调指出："敲鼓捕鱼是'杀鸡取卵'的作业，是对子孙后代的一种犯罪，现在又有国务院的明令指示，我们是非禁止不可的。禁止了之后，大力发展机帆船机围捕鱼，照样可以捕到大宗鱼类。平潭县从来没有用敲鼓的办法捕鱼，可平潭县的捕捞水产量位列全省第一。"

县委书记和县长联席会议之后，林中长又协同专区水产局局长共同主持召开各县海防部部长、对敌办主任和县水产局局长联席会议，请平潭县海防部副部长王推位在会上介绍平潭发展机帆船机围捕鱼的经验。

在两场会议之后，林中长又先后到闽侯县的闽江公社、连江县的东升大队、长乐县的海星大队，推动和指导他们发展机帆船机围生产。

由于各县的县委书记和县长重视，加强了领导，也由于各县海防水产部门干部的努力，闽侯地区很快就禁绝了敲鼓作业捕鱼的现象，其捕捞方式完成了从敲鼓作业到机帆船机围捕鱼的历史性转变。

据有关部门统计，到 1963 年 12 月 31 日止，闽侯全区的机帆船达 400 多对、800 多艘，从而保护了水产资源，提高了渔业生产的机械化程度，减轻了渔民群众的体力劳动强度，保障了海上渔业生产的安全，增加了渔业捕捞产量和渔民经济收入，改善了渔民群众的生活。

二是大力开辟新渔场，组织渔船转移到外地渔场生产，实行渔业"南征北战"。

林中长发现本省水产资源有所下降，全区水产量有逐年下降的趋势，因此，他便想到应该打破常规，学习平潭渔民转移浙江舟山渔场进行捕捞的先进经验，组织全区渔船在秋天渔业淡季时转移到外地渔场生产。

于是，林中长召开全区水产工作会议进行部署。他在会上说明了转移渔场生产的必要性，提出了"渔业南征北战""变秋天渔业淡季为旺季"的口号，倡导各渔业县组织渔业船队，有组织有领导地北上浙江吕泗、舟山，南下广东汕头、闽南东山，开辟新的渔场，扩大渔业生产空间，进行转移渔场捕捞生产。

各县水产局局长都拥护林中长这一倡导，会议结束回去后，就召集社队干部开会，进行部署组织，做好各项转场生产的准备工作。到了1964年秋天，罗源、连江、闽侯、长乐、福清、平潭等6个本区渔业县，共组织5000多艘渔船参加秋季渔业"南征北战"战斗，大大增加了各县的渔业产量，增加了渔民收入。

三是精心培养典型样板，发挥先进单位的引领和示范作用，加快实现渔业生产机械化。

林中长知道，榜样的力量是无穷的。他在领导渔业生产工作中，很重视培养典型样板。几年来，他泡在渔区社队，废寝忘餐，精心培养并树立了闽侯县的闽江公社、长乐县的海星大队、连江县的东升大队等一批机械化捕鱼程度高的"海上明星"。他经常在这些明星社队召开现场会议，组织各县社水产干部前来参观学习其100吨以上大马力的渔业机械化生产，推广他们"三大一高"（船大、网大、马力大和捕捞技术高）的高产经验，让他们在渔业战线上发挥引领和示范作用，有力地促进和推动全地区的渔业生产水平跃上一个新台阶，得到了上级的充分肯定和赞扬。

经国务院批准，1970年2月17日，福建闽侯专区机关驻地从螺洲移驻莆田城厢，管辖闽侯、闽清、永泰、长乐、福清、平潭、莆田、仙游、连江、罗源、古田、屏南等 12 个县。1970 年 7 月，连江、罗源、古田、屏南 4 县划入福安专区。1971 年 4 月改闽侯专区为莆田专区，同年 6 月改称莆田地区，管辖闽侯、闽清、永泰、长乐、福清、平潭、莆田、仙游等 8 县。

林中长被任命为莆田专（地）区水产局局长，于 1970 年 6 月到莆田城厢上任。一年后的 1971 年 6 月，中共莆田地委成立，林中长被推选为中共莆田地委委员。

夫人林永华也于 1971 年 6 月随调，任莆田地委农工部秘书；1981 年 5 月至 1983 年 6 月改任莆田地区侨办生产安全股股长。

林中长这回担任莆田地区水产局局长，时间跨度长达 13 个年头之久，直至 1983 年 6 月莆田地区水产局撤销，调任福州市水产局局长为止。

林中长此生是同水产工作结下不解之缘的。他在闽侯专区从事水产工作 8 年又 4 个月，加上莆田地区水产局局长 13 年，再加上后来调任福州市水产局局长 3 年又 8 个月，合计整整 25 年。全省像他这样长时间担任地市水产局局长没有第二人。

林中长从小在海边长大，初中失学时当过两年地道的渔民，1949 年 9 月至 1962 年 2 月共 12 年又 5 个月，他一直在渔业县平潭担任区、县长，主要工作就是抓渔业生产，因此很早就有人称林中长为"老水产"，甚至有人誉他为"水产专家"。

但是，林中长是一位有自知之明的干部，他自己清楚，他是中华人民共和国成立前名校黄花岗中学高中毕业生，有文化不假，但他并不是水产院校毕业的科班专业人才。说他是"老水产"尚可，而"水产专家"却距他十万八千里。虽说外行可以领导内行，但不懂行就不能更好地领导水产工作。因此，他很重视学习水产科技知识，很重视水产科学技术人才。他当上莆田地区水产局局长不久，就延聘了一批因水产院校停办而无事可干的教师与科研人员，在莆田建立了全省第一家地市级水产研究所。他经常到水产研究所同水产专家学者们探讨当前水产工作该怎么开展等问题。

见林中长平易近人，没有官架子，水产专家学者们也都十分乐意对他建言献策。

根据水产专家学者们的建议，加上自己一段时间的思考，林中长终于明确，在当前水产资源发生变化的情况下，要想发展渔业生产，必须调整渔业生产结构，从"以捕为主"的方针适时地转变为"捕养并举"的方针。

于是，他在莆田地区大抓水产养殖，并取得了显著成绩。

第二十八回　解除审查官复原职

1979 年 2 月 11 日（农历正月十五元宵节），福清江镜华侨农场。

这日太阳刚刚露出笑脸，一个年近花甲的老汉就赶着两头大黄牛到农场西侧的一方绿油油草坡上放牧。待到耕牛们开始专心专意地吃草时，这位牧牛老汉便坐在一棵大树下的石头上阅读一张两个月前出版的套红《福建日报》。

这张套红的《福建日报》刊登有《中国共产党第十一届中央委员会第三次全体会议公报》。其内容摘要是：1978 年 12 月 18 日至 22 日，中国共产党第十一届中央委员会第三次全体会议在北京举行。这次会议彻底否定了"两个凡是"的方针，重新确立解放思想、实事求是的思想路线；停止使用"以阶级斗争为纲"的口号，做出把党和国家的工作重心转移到经济建设上来，实行改革开放的伟大决策……

这位牧牛老汉读着读着就笑了。看他满面春风的样子，就可以想象得到，《中国共产党第十一届中央委员会第三次全体会议公报》的内容，仿佛一股和暖的春风从他心中流淌而过。

这位牧牛老汉是谁呢？他就是莆田地区水产局局长林中长。

林中长被贬谪到江镜华侨农场牧牛已经足足一年了，而他被隔离审查却有两个年头。那是 1977 年 2 月 18 日，在"十年动乱"中被立案审查、受尽其间之苦的林中长，正同家人欢度粉碎"四人帮"后第一个春节之际，突然被两名地委"405"专案组的办案人员带走了。

　　当时，省、地委成立"405"专案组，对"阴谋篡党夺权"的黄国璋、许集美等人进行从严从重审查。专案组说："林中长参与黄国璋、许集美一伙篡党夺权阴谋活动，是他们阴谋篡党夺权的骨干人物。"不容分辩，就以此"莫须有"的罪名对林中长进行长达两年之久的隔离审查。

　　事实的真相是：1976 年 10 月，粉碎"四人帮"反革命集团后，台海局势非常严峻，平潭战备十分紧张，但平潭存在着严重的派性现象，直接影响到社会的稳定和各项工作的正常开展。从当时形势的需要考虑，莆田地委书记肖文玉在地委常委会议上提出，让为人正派、办事公道、党性很强的林中长回平潭担任县委书记。会后，朱明、许集美两位副书记同林中长见面，既征求他本人意见，又动员他坚决受命。但林中长颇有自知之明，他知道自己在当时派性严重的态势下是挑不起平潭县委书记这个重担的。因此，他向地委朱、许两位副书记作了不回平潭工作的明确表态。地委尊重他本人的意见，没有勉为其难。后来，林中长到省里开会，遇见时任省委组织部副部长、原闽中地委书记黄国璋。黄批评林中长说："地委信任你，要你回平潭工作，为什么不接受？"林中长对地下党老领导黄国璋细说了他不回平潭工作的隐情。

　　事情的真相本来就是如此，地委"405"专案组竟然把这一地委内部动议又被本人拒绝的无效的人事任免案，牵强附会，说成林中长参与黄国璋、许集美一伙"篡党夺权"，横加批判斗争，还不容辩解。

在地专机关 2000 多人大会上进行批斗后，又把林中长揪回平潭县召开万人大会进行批判斗争。批斗之后，继续对他实行没有人身自由的隔离审查。但是，任凭他们七查八查，什么也没有查出来。他们明知毫无证据，却不甘心还林中长自由，便于 1978 年 2 月押送他到福清江镜华侨农场，监督劳动，割草牧牛，至今也已经有一年了。

林中长想想这一年看牛的日子过得还算可以，吃得饱，睡得香，牧牛活不重，还可读书看报，谈不上苦哇累的。但是，无辜的政治帽子被扣在头上，总难免有一种度日如年之漫长感。

不过，此时的林中长已是一个久经考验的老党员，已是一个无所畏惧的彻底唯物主义者。他理想崇高，信仰坚定，意志刚强，再大的冤枉委屈也能忍受得了。他勇敢地接受着党对自己一次又一次的严峻考验，他对自己的光明前途充满信心。他常说："我相信党，相信组织，相信总有一天党组织会为我澄清是非，做出正确结论，还我一个清气之身。"

林中长说"相信党，相信组织"，不是两句流行的套话，而是有他自己在中华人民共和国成立后的 3 次切身经历。

第一次，是 1952 年"三反"运动。1951 年 12 月至 1952 年 10 月，在全国党政干部中普遍开展反贪污、反浪费、反官僚主义的"三反"运动。平潭 404 名党政干部参加的"三反"运动则是从 1952 年 1 月 4 日开始，至 5 月底结束的。平潭县委在开展"三反"运动中，把一区区长林中长调回县里进行重点审查。审查中华人民共和国成立前他 3 次参加城工部策划的福州"劫案"的经济去向问题，以及 1947 年春他撤离平潭时地下交通船上 30 多担大柴的移接问题。林中长都做了如实的交代，并对办案人员说："当时我们'毁家纾党'干革命，连自家的财物都拿出来献给党，怎么会把公家的财物拿回家呢？再说，那时环境恶劣，居无定所，生命朝夕不保，谁还会想贪财呢？"由于林中长交代具体而明确，所有劫案得来的经济，都分散用于地下革命斗争的需要，县委派专案组对林中长的经济问题进行反复调查核对，证明林中长在经济上是"来清楚，去明白"，没有任何问题，做出"林中长同志在'三反'运动中经审查没有经济问题"的结论。经过这次"三反"运动的严格审查，平潭县委对林中长更加信任和器重，于当年6月调动他任新成立的六区区长；于当年10月批准他重新入党；于1954年4月任县委宣传部副部长、部长；于1956年5月任县委常委兼宣传部长。

第二次，是1957年的反地方主义。那时，全党开展"整风运动"，平潭县委召开转建军人代表会议，发动代表帮助县委整风。代表们在会上揭露了县领导中的不正之风，造成县领导骑虎难下。县委书记利用县委常委兼宣传部长林中长同转建军人的友好关系，要他出面代表县委在大会上做总结发言。发言稿是经县委常委集体研究通过的。发言的主要内容是肯定代表们提出的许多意见都是正确的，县委表示虚心接受，认真研究，将会做出适当的处理。林中长在曾经是地下革命者的转建军人代表中有很高的威望。他的发言，消除了代表们胸中的怨气，扭转了会议的紧张气氛，使这次代表会议取得圆满成功。可是，到了反对地方主义斗争时，县委却把林中长列为重点批判对象，进行"上纲上线"的批判斗争。说他是"漏网右派，丧失立场，为牛鬼蛇神喊冤叫屈，犯了严重的地方主义错误"等等。还逼林中长在县委常委会议上做检查。林中长当然想不通，他明明是奉县委书记之命代表县委做总结发言，怎么能说他是"犯了严重的地方主义错误"呢？不过，只批斗了几场，让林中长难堪难堪而已，后来不了了之，并没有以"犯了严重的地方主义错误"对他定性处分，依然让他当县委常委兼宣传部长。

第三次，是 1959 年反"五风"。"五风"是指 1958 年在大跃进、大炼钢、人民公社化运动中刮起来的"共产风、浮夸风、瞎指挥风、强迫命令风、干部特殊化风"等"极左"行为，危害极大。这种"极左"的"五风"也刮到东海之滨平潭岛。那时，平潭县领导派人到同安县购买地瓜苗，却购买回大量的劣质、病害、不能结块的地瓜苗，造成当年地瓜严重减产。可是，在当年秋收时县社干部却不顾地瓜严重减产的实际情况，盲目地进行高估产、高征购，严重地影响广大社员的正常生活，甚至有饿死人的事发生，群众意见纷纷。当年林中长奉命带领全县渔民转移到浙江舟山渔场捕鱼，一直到了全县粮食征购结束之后才回到县里。而且粮食征购是财贸部的事，不属于他这位宣传部长分管，此事本来同他毫无干系。然而，到了开展反"五风"运动时，县委主要领导人不敢承担应负的领导责任，不是采取切实可行的措施纠正错误，而是耍弄"金蝉脱壳"之计，揪出了一个本地常委林中长作为他的"替死鬼"，颠倒黑白，把"五风"错误造成的严重经济损失和水肿病饿死人的重大责任全部推在林中长一人身上，大会小会进行批判斗争，并宣布对他停职检查。不久，闽侯地委获知林中长之冤情，很快就给他平反。平反之后的林中长于 1960 年 3 月被提拔为平潭县人民政府县长，由副县级提为正县级，而且是党政一把手的县主干。

正因为本人有多次的亲身经历，林中长完全有理由相信，总有一天党组织会为自己澄清是非，做出正确结论，还自己一个清气之身。读了《中国共产党第十一届中央委员会第三次全体会议公报》之后，林中长知道这一天很快就要到来了。

正如林中长所料，彻底解放他的这一天终于到来了。就在 1979 年 2 月 11 日元宵节这一天中午，一辆从莆田开来的北京牌吉普小汽车，把林中长从福清江镜华侨农场接回莆田地区机关。地委书记亲自对林中长宣布解除对他的隔离审查，还给他人身自由，官复原职，继续担任莆田地区水产局局长。

在党的三中全会精神的指引下，莆田地委和后来的莆田市委先后下达了关于林中长同志平反的决定，完全彻底撤销了对他的所有立案，恢复了他的名誉，还他一个优秀共产党员的清气之身。

第二十九回　推动平潭渔村改革

　　林中长解除隔离审查、官复原职之后，更是忘我地投入到他的水产工作之中，连节假日和晚上都用在工作上。

　　这是 1980 年 3 月 16 日，星期天。林中长在家吃了晚饭就到地区水产局办公室，翻阅因下乡长乐一周而积压的报刊和信件。

　　翻着翻着，他看到一个从北京寄来的大信封，忙拆开来看，竟是一期《光明日报》的内参。内参上一行《小岗村大包干带来粮食大丰收》的醒目标题映入他的眼帘。他喜出望外，便读了起来。读完一遍之后，他本想再读，但案头上的电话铃却突然响了。他忙拿起听筒：

　　"我是林中长，您是哪一位？"

　　"我是省水产厅郑秘书。"电话那头说，"林局长，乔厅长想同你谈心，请你有空时来福州一趟。"

　　"好的，我一定上去。"林中长答应后问，"不过，我想知道，乔厅长对我说过他这次到平潭搞调研至少要一个月，为什么提前结束了？"

　　"说来话长。"郑秘书在电话里说，"你还是来福州一趟，让我当面对你说吧。”

"那好，我这就上去。"林中长说着放下电话听筒。

林中长坐上本局的吉普车来到省水厅办公楼时已是晚上10点钟。郑秘书引他到水产厅会客室里就座，并对他细说了乔苏雄厅长在平潭搞调研的经过。

自从党的十一届三中全会吹响了"改革开放"的号角之后，以"家庭联产承包责任制"为核心的农村改革，在全国各地如火如荼地兴起。但是，那时的福建省委在调整农村生产关系、放宽农村政策、落实生产责任制方面，未能摆脱"左"的影响，在较长一段时间里，不赞成包工到组，联产计酬，"包产到户"更被视为走资本主义道路，甚至还向全省各地县党委下达了必须扭转"包产到户"的"禁令"。

福建省水产厅厅长乔苏雄见省委对农村改革"按兵不动"，心想农业不能搞改革，渔业改革是不是可以先试验一下呢？

于是，1980年3月1日，乔苏雄厅长亲自带领一个调查组到"以渔为主"的平潭县，开展调查研究，争取把平潭纳入国家农业部重点支持的渔业重点县。

经过半个月的调查研究，乔苏雄的调查组发现平潭土地很少，渔区社队人均不到1.8分地，但生产队这一组织却相当稳固，全队劳动力不准外出，一律捆绑在巴掌大的土地上，专门"侍候"门前屋后那几棵地瓜苗。因此，调查组向平潭县委提出建议，实行农业"包产到户"，腾出劳力，到四周是海的大海上做发展渔业的大文章，并提出了一套渔业发展的方案和配套政策措施的建议。

没想到，乔苏雄调查组的这些顺应民意、切合实际的改革设想与政策建议，却被平潭县委认为这是触犯了省委的"禁令"，便打电话向莆田地委报告，莆田地委书记听了当即报告省委。省委随即撤回省

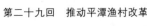

水产厅的平潭调查组……

郑秘书介绍到这里接着说：“调查组无功而返，这给平潭渔业改革留下了一次历史性的遗憾，也使平潭失去了受农业部资助的良好机会。我是调查报告的起草人，心里很纳闷，难道我又犯了一次路线错误？”

“不要怕。”林中长安慰后说，“省厅调查组的调查报告，符合‘三中全会’提出的改革开放精神。这回犯路线错误的不是你们调查组，而是反对‘包产到户’的个别人。”

“有你这几句话，就给我吃了定心丸了。”郑秘书说，“乔厅长常对我说，全省各地县的水产局局长中，就你对渔区情况最熟悉。对于如何进行渔业改革，你的点子也最多。我也常常在开会吃饭时听到你说渔业改革应该这样应该那样。我想乔厅长的许多正确观点都是受你的影响。”

“别夸我了。我刚才对你说的那几句话是有根据的，你看看这份内参，就知道你们做的是多么正确！”林中长说着就拿出那份《小岗村大包干带来粮食大丰收》的内参件给郑秘书看。

“太好了，真是及时雨。”郑秘书接过内参件喜之不禁，问，“你是怎么得来这内参的？”

“是一位老战友从北京寄来的。”林中长说，“现在，你该带我去见乔厅长了。”

“好的，乔厅长就在他的办公室里等你。”郑秘书说。

这一夜，林中长和乔苏雄两人在厅长办公室里谈到天亮。郑秘书在对面秘书办公室里守候着，虽然听不见，但他知道两位渔业改革的坚强战士正在谈什么。

第二天一早，林中长就赶到平潭找县委书记潘长恒。两位县级主干都是爽快的人，没有多少寒暄，就开门见山，直奔主题。

潘长恒说："林局长，我记得 1979 年 3 月 15 日，《人民日报》在头版头条发表的张浩《三级所有，队为基础，应该稳定》的读者来信旁加个编者按语，说：'已出现分田到组，包产到组的地方，应该坚决纠正。'近来，省委主要领导一直打招呼：'包产到户是走资本主义道路，必须扭转。'但乔厅长来平潭调研时却对我们县委建议，在平潭渔区要实行'包产到户'。这就让我这个七品芝麻官左右为难了。"潘长恒说到这里，摊开双手，做个很无奈的动作，接着他又说，"林局长，你是福建的'老水产'，又是平潭的'老县长'，你对渔区改革最有发言权。所以我想问你，搞'包产到户'到底对不对？"

"你问得好，潘书记。我今天专程来平潭，就是要同你一起讨论这个问题。"林中长不忙作正面回答，而是循循善诱地道，"现在，我们判断一件事物究竟对不对？一要看是不是有利于发展生产，增加群众收入；二要看是不是坚持'实事求是'和'实践是检验真理的唯一标准'的原则；三要看是不是符合党的十一届三中全会的坚持改革开放精神。至于，报纸的一个编者按，领导的一次打招呼，都不能作为判断对不对的标准。"林中长说到这里，拿出那份内参件，说，"潘书记，你先看看这篇《小岗村大包干带来粮食大丰收》的文章，然后我们再来讨论这个问题。"

"很好，那就让我先读一遍。"潘长恒接过林中长递过来的那份内参后，便戴上老花镜轻声地阅读着。

1978 年 11 月 24 日晚上，安徽省凤阳县凤梨公社小岗村西头严立华低矮残破的茅屋里挤满了 18 位农民。关系全村命运的一次秘密会议此刻正在这里召开。这次会议的直接成果是诞生了一份不到百字的"生死状"（包干保证书）。18 位农民在"生死状"上签名盖了红手印。"生死状"的主要内容有 3 条：一是土地分到户，实行"包干到户"（大包干）；二是不再伸手向国家要钱要粮；三是如果因为土地分到户，实行大包干，干部出了事，蹲班房，全队社员共同负责，把他们的孩子抚养到 18 岁。队长严俊昌、副队长严宏昌、会计严立学 3 位队干部甘冒风险，在"生死状"中白纸黑字写着'甘愿承担一切责任'的一行话。在会上，队长严俊昌特别强调："我们分田到户，瞒上不瞒下，不准向任何人透露。"

于是，"大包干"的责任制就在小岗村出现了。这是中国大地上第一次出现的。这个举动在 1978 年是冒天下之大不韪的，也是一个勇敢的甚至是伟大的壮举，开创了全国"包干到户"（大包干，家庭联产承包责任制）的先河。

大包干的功效立竿见影。1979 年 10 月，小岗村粮食就获得了喜人的大丰收，打谷场上一片金黄，经计量，当年粮食总产量达 13 万 3 千多斤，相当于全队 1966 年至 1970 年 5 年粮食产量的总和。油料产量相当于全队从 1956 年合作化运动到 1976 年 20 年油料产量的总和。户均粮食达 6600 多斤，社员收入比上年增加 6 倍。而这之前，每人每天只有 2.8 两口粮，出去逃荒要饭是经常的普遍的事。

当地群众为此编了一幕花鼓戏演出，其中的唱词有："大包干前，泥巴门，泥巴门，泥巴门里没有粮，一日三餐喝稀汤；而大包干后，吃不愁，穿不愁，腰里不断拾元头，又娶媳妇又盖楼。"

然而，面对《小岗村大包干带来粮食大丰收》的铁证如山的事实，全国批评"包产到户"的声音仍然不绝于耳，只有安徽省委第一书记万里和少数领导人给予大力支持。不过，农村改革势在必行，任何人都是阻挡不了的……

"怎么样？潘书记，你读完这件内参有何感想？"林中长笑笑问，"小岗村的大包干经验，能不能回答你刚才要我回答的问题？"

"能，说得太感人了。"潘长恒由衷地说，"不过，文中出现有'包产到户''包干到户''大包干''家庭联产承包责任制'等几个名称，我一时还分不清楚其间有何区别？"

"这个吗？我在省水产厅请教过乔厅长。"林中长说，"他给我一个抄件，你自己一看就明白了。"

原来，"包产到户"，是农民承包土地后实行"承包产量，以产计工，增产奖励，减产赔偿"的办法。生产队实行五统一，农户生产的粮食要交生产队实行"统一分配"，由生产队上缴国家征购任务，留下集体提留，再按各户上缴的产品计算工分，然后按工分实行分配。所以，"包产到户"是农民对生产队的生产承包，是农民对所种植的作物产量的承包。"包产到户"比过去前进了一大步，克服了生产队的"大锅饭"。但这种承包的分配办法手续烦琐，而且在分配过程中还会出现"一平二调"，干部不正之风。农民不放心，农民对产品没有支配权。因此，"包产到户"比起"包干到户"来，还是落后了许多。

"包干到户"（即"大包干"，即"家庭联产承包责任制"），则不同，是农民承包集体的土地后，由生产队同农民签订合同，农民按合同上缴国家征购任务，交足集体提留，剩下的都是自己的，奖赔就在其中了。农民只要完成合同规定的上缴和提留任务，至于土地如何经营，完全由农民自主决定。"包干到户"真正实现了农村土地两权分离。土地所有权归集体，农民通过承包获得了对土地的经营权。所以"包干到户"是对土地经营权的承包，农民真正成了土地的主人，成了相对独立的商品生产者和经营者，而且掌握了包干上缴后剩余产品的收益权。农民说，"大包干，直来直去不转弯，完成国家的，交足集体的，剩多剩少全是自己的。"大包干，责任具体，利益直接，方法简单，百姓放心。农民生产的多，得到的也就多。这就促进了农民的生产积极性，千方百计发展农业生产，夺取粮食大丰收……

"林局长，你带来的这两份材料，如同两盏明灯，把我老潘的心里照亮了。"潘长恒说，"但我不明白省委为何不准包产到户呢？难道他们没看到安徽小凤岗的经验材料吗？"

"这主要是受'左'的思想影响，包产到户长期以来被当作农村复辟资本主义的具体表现进行批判，全党上下都批蒙了怕了。再加上中央尚未下达有关文件，所以才出现这种局面。有的省市还刷出'坚决抵制安徽的单干风''反对复辟倒退'的大标语。但是，农村改革势在必行，任何人都是阻挡不了的。我想中央很快就会批转安徽小凤岗的经验，在全国实行大包干。不过，现在就实行大包干，需要勇气，需要敢顶巨大压力、敢冒政治风险的大无畏精神。我想，小岗村的3位生产队干部敢签生死状，难道我们作为县级干部就不敢吗？"

"敢，当然敢。"潘长恒坚定地说。

果然，正如林中长所料，1980年5月31日，邓小平在一次讲话中肯定了小岗村的大包干做法。表示支持。1981年1月14日，改革先锋项南前来主政福建，大力推行"家庭联产承包责任制"。1982年1月1日，中央一号文件明确指出"包产到户""包干到户"都是社会主义集体经济的生产责任制。1993年3月，全国人大通过把"家庭联产承包责任制"载入我国宪法。

在林中长的鼓励、推动和促进下，潘长恒在平潭积极推行渔农业"大包干"，于1981年1月在农村全面实行"家庭联产承包责任制"；于1982年4月在渔区全面实行"家庭联产承包责任制"。平潭在进行经济体制改革方面走在全省其他县市的前头。

第三十回　养鳗鱼中国第一人

1979 年 3 月，官复原职的林中长重新担任莆田地区水产局局长没几天，就遇到了一件稀罕的事：福建省外贸公司派员前来莆田地区水产局联系收购鳗鱼苗出口创汇，说是卖给日本养殖用的。

鳗鱼苗能够出口？能够创造外汇？这对于还处在基本封闭状态的当时中国社会，是一件很新鲜的事。

林中长认为这是一件富民利国的大好事，当即布置莆田县水产局大力组织鳗鱼苗生产，以满足外贸出口创汇的需求。有事必躬亲习惯的林中长，还亲自下到鳗鱼苗主要产地涵江，了解、观察鳗鱼苗从捕捞、暂养、包装、运输的全过程。

当时，莆田鳗鱼苗资源相当丰富。莆田涵江有一条小溪河，是木兰溪经涵江将要入海的那一段支流溪河。这段溪河里的鳗鱼如织，伸手可抓，也不怕人抓，见有人来溪河边洗菜、洗衣服，还会游过来"啄"你一下，以示亲热。物以多为贱，到了春天苗汛旺季的时候，当地百姓还把鳗鱼苗捞回家来喂鸭子。因为这一段小溪河里的鳗鱼特别多，故当地群众把一条和这一段小溪河并行的小街巷称为"鳗巷"。

林中长多次走在"鳗巷"上，观看溪河里如织的鳗鱼。他业余自学过《鱼类学》，知道鳗鱼是一种在河川中生长，深海里产卵、孵化出鱼苗，然后再游回河川的降海洄游性鱼类。其味道鲜美，富含营养，经济价值很高，是出口创汇的好项目。

当时，中国国内没有养鳗业，中国的水产养殖业还是沿袭我国1000多年来的草食性和滤食性的鱼类养殖，即青鱼、草鱼、鲢鱼、鳙鱼等"四大家鱼"的养殖。而日本养鳗业却很兴旺，已有100多年历史。

林中长在"鳗巷"上踽踽而行时，心想，鳗鱼为什么日本能养，而我们就不能养呢？我们自己什么时候也来养殖鳗鱼呢？

林中长曾几次同莆田水产研究所的专家们谈自己的这个养鳗心愿，但他们总是回答说："此事难呀！因为养鳗在国内没有先例，技术、设备都无法解决。"但林中长不死心，总是盼望着，期待着，终于盼来了一个好机会。

1979年6月，一家名叫"日本三正贸易公司"的日本企业，经福建省粮油食品进出口公司介绍，派代表前来莆田地区水产局找林中长局长，说他们想以补偿贸易的形式，在莆田涵江同中方合办一家养鳗场。

"这是真的吗？"林中长乍听时有点不敢相信，悄悄地问翻译。

"是真的，他们很有诚意。"省粮油食品进出口公司老总说。

然而，新生的事物总是有人反对。要办中外合作养鳗场的消息传开，当时有不少人都感到不可思议，持反对意见的，说风凉话的，都大有人在。但林中长却认为这是一个千载难逢的好机遇。他力排众议，给予积极的支持。他说："合办好，坚决合办。不合办，怎么知道鳗鱼是怎么养殖的呢？"

在莆田地区水产局局长林中长的大力支持下，经过 3 个月时间的筹办，中国大陆有史以来第一家鳗鱼养殖场——"涵江养鳗场"，便于 1979 年 9 月，在莆田涵江"鳗巷"附近建立起来了。

虽然只是一家中外合作的养鳗场，虽然全套设备、技术人员都是从国外引进来的，甚至连饲料也是靠进口的，但是，它如同一颗种子，却是埋在中国大陆的土地上。它为中国大陆鳗鱼养殖业奠定了第一块基石。

万事开头难。涵江养鳗场刚起步阶段遇到了种种困难曲折，但林中长一直是坚定的支持者与推动者。他经常深入养鳗场了解经营情况，及时发现存在问题，具体帮助他们解决困难，从而使养鳗场度过了一个又一个难关。

但是，到了 1981 年 4 月 15 日，涵江养鳗场场长却来找林中长，说由于资金和饲料存在问题，养鳗场无法继续办下去了。林中长听后说："你们无论如何要再坚持一下，挽救涵江养鳗场的救星已经来了。"

"救星？"场长一头露水，问，"谁是救星？"

"你别问，"林中长笑而不答，只说，"他已经到福建 3 个月了，过两天他就会来涵江养鳗场视察。"

"啊！我知道了。"场长也是有文化的干部，他常常看报纸，当然知道林中长说的"救星"是谁了。

1980 年 12 月，中央任命项南为福建省委常务书记，主持福建省委工作；不久又任命他为福建省委第一书记。

1981 年 1 月 14 日，项南肩负着党中央"尽快开拓福建新局面"的重大使命，带着两位秘书，乘坐 45 次列车，悄悄地从北京来到福建省的省会福州走马上任。下了火车，项南就直奔省委正在召开的地市委书记工作会议的会场，参加会议，进入角色，听取情况，开始了他在家乡福建的一段光辉而精彩的革命生涯。

从这日开始至 1986 年 3 月，作为一位久经考验的革命家，项南怀着对党和人民的无限忠诚，以雄才伟略的大手笔和敢于担当、敢为天下先的大无畏精神，解放思想，排除干扰，提出并组织实施一系列波浪壮阔、惊天动地的新举措，推动了福建改革开放事业的发展，受到了福建人民的爱戴。

1 月 20 日，项南在福建省党代会上发表"谈思想解放"的即席讲话。讲话到最后，他满含深情地说："闽之水何泱泱，闽之山何苍苍，若要福建起飞快，就看思想解放不解放。"

1 月 23 日，他离开福州，一路向南，到南部各个地县调查研究，推动农村经济体制改革。

1 月 27 日，项南召开部分领导干部"吹风会"，他在会上作了"谈转变观念"的发言，其中提出"念好'山海经'是不是福建的根本出路"这个重要命题。

2 月 10 日晚，项南在全省电话会议上讲话，要求各级党委认真贯彻党的十一届三中全会制定的各项方针政策，全面落实中央制定的农业生产责任制。

4 月 4 日，项南在省五届人大三次会议上，以"解放思想和特殊政策"为题做了发言，强调大念"山海经"，建设林业、牧业、渔业、经济作物、外经、轻工业、科技和祖国统一等 8 个基地，向山向海进军要财富，发展福建经济。

项南在下乡调研中听说莆田有个"涵江养鳗场"，便叫一位秘书通知莆田地区水产局局长林中长，说过两天他要亲自到涵江养鳗场参观……

果然，两天之后，项南和几位专家助手乘坐一辆中巴来到莆田涵江。在林中长的陪同下，项南同志和随行人员参观了涵江养鳗场的养殖鳗鱼全过场，参观了著名的"鳗巷"，听取了林中长关于涵江养鳗场的详细情况汇报。项南看后听后感到非常满意，也十分欣喜，他握着林中长的手深情地说："林中长同志，你是中国养鳗鱼第一人，你做了一件前无古人的特大好事，你为福建大念'山海经'树立了一个光辉榜样。至于养鳗场存在的资金和饲料问题，我们是会帮助你们解决的。"

临分别时，项南突然送给林中长一个大信封。在项南的中巴开远之后，林中长从大信封里取出一张写有毛笔字的信纸来。他展开来一看，忍不住惊叹道："啊！这不是40年前恩师林慕曾送给我的那首古诗《墨梅》的后两句吗？"

"不要人夸颜色好，只留清气满乾坤。"站在林中长背后的局里干部不禁念出声来。

项南视察了涵江养鳗场，经过专家助手们的认真讨论，确定以涵江养鳗场为基点，大兴养鳗业，为福建渔业发展闯出一条新路。后又做出决策，把"涵江鳗巷"这个地方作为实验基地，深入研究大力发展高效益、高质量的养鳗产业。

接着，项南组织全省各路专家攻克养鳗鱼的孵化、养殖和饲料等难关。在项南的关心和支持下，第一批国产精饲料制造成功了，建立了第一个以生产鳗鱼精饲料为主营业务的福州海马饲料有限公司。

饲料问题解决了，项南又组织另一班人员专门解决资金的问题。项南对他们提出向世界银行贷款的大胆设想。经过一段时间的努力，两亿美元的贷款终于到账了。

根据建设"八大基地"的规划，分配给鳗鱼养殖业的资金是4000万美元。这是个天文数字。有了这一大笔资金扶持，福建养鳗业便在莆田、福清、长乐、平潭等县如雨后春笋般蓬勃地发展起来了。

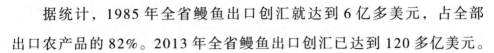

据统计，1985年全省鳗鱼出口创汇就达到6亿多美元，占全部出口农产品的82%。2013年全省鳗鱼出口创汇已达到120多亿美元。

作为养鳗业的龙头企业，涵江养鳗场存在的饲料和资金等两个问题自然早就迎刃而解了，说项南是挽救涵江养鳗场的"救星"一点都没有错。

那时候，莆田的鳗鱼养殖成了中国农业改革开放的一扇窗口。李先念、赵紫阳、乔石、万里等党和国家领导人来福建视察时，都要到莆田涵江养鳗场参观。

福建的养鳗业迅速地推广到全国各地。30多年来，鳗鱼一直是中国农产品出口最大宗的一项。

项南说"林中长是中国养鳗鱼第一人"，林中长听了没有推辞，默默欣然受之。但是，那位后来成为省水产厅办公室副主任的郑秘书，说"林中长是开创中国大陆鳗鱼养殖的奠基者"，林中长听了却摇摇手推辞道："不敢当，不敢当。福建养鳗业功在项公，是项南大念'山海经'，亲自解决养殖鳗鱼的资金和饲料等难题，挽救了涵江养鳗场，造就了福建养鳗业的辉煌。"

第三十一回　育蛤苗荣获国家奖

　　林中长于 1970 年 6 月就任莆田地区水产局局长时，福建水产业的发展正面临着转型期的困难。由于受"左"的思想束缚，在水产生产经营上普遍存在"重捕捞、轻养殖"的现象。但林中长早已明白，在当前水产资源发生变化的情况下，要想发展渔业生产，必须调整渔业生产结构，从"以捕为主"的方针适时地转变为"捕养并举"的方针，大力发展海淡水养殖。

　　因此，林中长在担任莆田地区水产局局长 13 年期间，除了 1977、1978 两年隔离审查之外，他都把自己的主要精力放在狠抓紫菜、鳗鱼、花蛤、海蛎、海蜇、文蛤、对虾等门类的水产养殖工作上，而且都取得突破性的进展，做出可喜可贺的成绩，使莆田地区水产业建立了"鱼、虾、贝、藻"传统品种与新品种科学搭配的养殖生产的新格局，促进了水产业持续而较快的发展。至 1981 年，莆田地区水产品总产量就达到 3.5 万吨，比 1976 年 2.91 万吨，增长 20.27%。其中海淡水养殖产量达 1.92 万吨，占全地区水产品总产量的 51.4%。水产养殖的产量第一次达到并略超过海洋捕捞的产量，在渔业生产由"捕捞为主"向"捕养并举"的结构调整中取得了实质性的进展。林中长抓水产养殖获得高产、稳产的典型经验，对全地区大力发展养殖生产起到了有效的促进作用。这些成绩不仅上级予以充分的肯定，而且广大莆田地区渔民至今还念念不忘林中长当地区水产局局长期间给他们带来很好的经济收益。

当然，要论各个门类水产养殖成绩的意义和对国家的贡献，第一是养鳗鱼，第二是育蛤苗。但林中长最先抓的养殖项目却是紫菜人工育苗及其养殖生产。

为了紫菜人工育苗技术的开发与推广，林中长倾注了大量的心血与汗水。20世纪60年代前，中国的紫菜全为天然的礁紫菜，没有人工培育的紫菜。1964年，国家水产部黄海水产研究所在我省晋江、莆田南日岛组织开展紫菜人工育苗研究试验。1970年冬，林中长倡导并推动莆田地区水产研究所开展"泼孢子水采苗法"试验，获得成功。1975年初，林中长又组织水产研究所专家开展"文蛤壳采苗培育孢状体"的办法，也获得成功，并在沿海各县推广。1979年，莆田水技站在乌垞大队试验"紫菜半浮筏养殖"的"定脚浮筏养殖方式"，利用海带筏架在浅海轮养紫菜，每亩可增收紫菜100千克左右，后在莆田、平潭及全省沿海大面积推广，使莆田在不长的时间里成为全国紫菜等藻类的主要产区之一。林中长每年都召开全地区紫菜人工育苗和养殖生产经验交流会，积极推广成功的紫菜养殖经验，使紫菜人工育苗和养殖生产得以在全地区推开，取得了明显的经济效益。

海蛎，又称牡蛎，是人们爱吃的美味贝类。林中长高度重视改革海蛎的养殖方法。沿海各县采用乱石竖立在滩涂上自然繁殖牡蛎的方式已有很长的历史。为了进一步提高养殖海蛎产量，林中长早在1976年10月就深入到福清江阴，组织他们试验在浅海深水上"条石垂直吊养海蛎"的养殖模式，使海蛎的养殖产量大大地提高。获得成功之后，林中长在全区大面积推广，发动渔民积极改乱石养蛎为条石养蛎，使莆田地区的海蛎养殖产量得到大幅度的提高，增加了海蛎养殖户的经济收入。为了不断改进和提高海蛎养殖技术，林中长又深入莆田县海蛎养殖生产第一线，进行调查研究，认真总结和推广莆田县施埔闸门采用"深水吊绳养殖牡蛎"的成功工艺流程，又使海蛎养殖生产推向新的阶段。由于进行大面积的推广，莆田地区海蛎（带壳）每年每亩产量从原来几担、十几担，提高到几十担、上百担。莆田地区海蛎养殖从传统的碎石滩涂养殖改为浅海深水养殖，大幅度提高产量的消息，很快就在省内外传播开来。为了把这个先进经验向全国推广，国家水产部于1977年在福建省福清县召开全国采用条石养殖牡蛎的经验交流会，组织与会人员实地参观了福清县江阴岛条石养蛎获得好收成的先进经验。林中长在会上除了介绍福清县江阴条石养蛎的经验外，同时还介绍了莆田县施埔闸门采用"深水吊绳养蛎"的经验，使与会同志大开眼界。林中长介绍的福清江阴和莆田施埔两处养殖海蛎的先进经验，得到了参加会议的水产部领导和与会同志的充分肯定和高度评价，认为莆田地区的海蛎养殖方式实现了创新性的变革，都说这次经验交流会，必将对全国应用先进技术养殖海蛎起到极大的推动作用。

海蛏的养殖，林中长主要是抓半人工育苗试验。莆田地区沿海各县有较广阔的烂泥海滩，适宜繁殖和养殖海蛏。为了获取更多的蛏苗，林中长深入到福清县海瑶垦区，组织水产养殖技术人员，认真进行海蛏半人工育苗试验。在全体技术人员的认真操作和管理下，使海蛏人工育苗试验取得成功。这一试验的成功，切实帮助那些有条件增加海蛏养殖面积的地区，解决海蛏养殖的苗种问题。对于促进莆田地区养蛏业的发展，起到了很大的推动作用。

文蛤养殖方面，林中长深入到莆田乐屿、福清小麦屿的文蛤人工养殖现场，了解文蛤人工养殖情况，把他们人工养殖文蛤的成功经验，加以认真总结，在全地区各县中推广，从而提高了文蛤单位面积产量，获得了很好的经济效益，为广大渔民扩大渔业生产门类，增加渔民经济收入，创造了有利条件。

对虾养殖方面，1982 年 5 月，林中长到平潭推动幸福洋垦区试养中国对虾 500 亩，获得了成功，至 11 月平均体长 13.5 厘米。后来，林中长专门组织长乐、福清、平潭等县水产局局长前往江苏、山东等地，参观学习外地对虾养殖技术和管理经验，使大家大开眼界，回来后大力发展养虾业，以满足国内外市场的需求。

花蛤是深受群众欢迎的味美可口而又经济实惠的贝类。但是养殖花蛤的蛤苗历来只能靠人工采集。怎样才能使花蛤大批量生产呢？林中长给莆田水产研究所提出了这个课题。他要求大家突破花蛤只靠人工采集的局面，把开展人工育苗作为科技的攻关课题。

林中长身先士卒，他"上院所、访专家""走出去、俯下身"，北上南下参观学习，深入一线问计于民，认真总结推广经验，一心扑在破解养殖花蛤育苗的制约"瓶颈"和发展的"短板"上。

有一次，林中长前往厦门参加省水产厅召开的水产工作会议。在会上听说晋江县东石村有一个养殖户试验土池人工繁育蛤苗获得成功。他喜之不禁，会议一结束他就驱车前往参观。他详细询问了土池育苗的各项技术流程及操作方法。他对这种简单、易行、便于掌握和推广的温差刺激育苗技术大加赞扬。回来后，他立即在莆田县召开全区水产养殖会议，传达推广"东石经验"。他筹集资金，发动群众扛石挑土，在莆田下尾大队海滩上围建 25 亩育苗土池进行试验，当年就取得花蛤土池人工育苗的成功。

随后，在省水产厅的支持下，林中长在福清大扁岛推广800亩大面积垦区花蛤育苗试验，也取得可喜的成功。在大扁岛获得成功之后，林中长马不停蹄，发扬连续作战精神，立即向福清赤礁、平潭幸福洋等垦区推广，也获得可喜可贺的成功，从而打破了历史上花蛤养殖靠天吃饭的被动局面，轰动了全福建以至全中国。

为了有效地推广花蛤人工育苗的成功经验，国家水产部又在福建省福清县召开了全国花蛤人工育苗现场经验交流会，与会领导和同志们在林中长同志的陪同下，亲赴大扁岛花蛤人工育苗基地参观，水产养殖技术人员对于人工育苗的技术管理问题做了系统而具体的介绍，使全体与会同志受到很大的启迪和教益，都说受益匪浅。此项成功经验的及时而全面地推广，为本地区、本省和全国发展大面积花蛤养殖，解决了苗种问题的途径，取得了很高的经济效益。

花蛤人工育苗迅速成为一大产业。在莆田下尾村，花蛤养殖收入成为全村经济的"半壁江山"。经过几年的发展，下尾村全村1000多户中有700多户从事花蛤育苗生产。全村1300多亩滩涂，每年培育花蛤苗600亿粒、1万多吨，运销广东、山东、江苏、辽宁等省市。苗种总销量约占全国的60%，成为全国、全省有名的花蛤人工育苗专业村。

花蛤人工育苗技术的成功，促进了花蛤养殖业的大发展。莆田下尾村有400多人在全国沿海承包浅海滩涂养花蛤面积达1万多亩。花蛤人工育苗技术在全国推广应用的面积达160万亩以上，新增产值逾100亿元。

莆田花蛤成为福建水产的十大品牌之一。莆田花蛤人工育苗的科研成果，获得了国家科技进步二等奖。

福建省委书记项南对莆田花蛤人工育苗获得成功大为赞扬，他说："林中长是福建水产养殖业的旗手，是一位对中国水产养殖业发展有突出贡献的功臣。"

第三十二回　抓基础广筑避风港

1982 年 10 月 13 日上午，一辆草绿色的北京牌吉普车，像一个醉汉，正摇摇摆摆地行驶在从福清高山通往小山东的坑坑洼洼公路上。车上坐着埋头看文件的莆田地区水产局局长林中长。

林中长此行的目的，是为了参加本月 15 日国家水产总局在平潭召开的第四次全国渔港现场会。作为东道县的主管部门领导，他必须提前一两天到位，以便帮助平潭县水产局做好会议前的准备工作。

吉普车开到小山东轮渡码头时戛然而止。林中长下车后，站在石块砌就的码头上抬眼望去，见从平潭娘宫开过来的轮渡已经靠岸，下船的人流如同潮涌，无不急匆匆地向岸上奔跑。

"啊，林局长，您到了。"上岸的人流中突然有人呼唤。

林中长一看，见是平潭县水产局局长吴聿静，颇感惊讶，问："老吴，全国渔港现场会在即，你这个会议主办人今天怎么有空出岛？"

"林局长，我是专程来小山东迎接您的。"吴聿静笑笑说。

"老吴，你开什玩笑？我回平潭家乡开会，还要你这位局长专程跨海前来迎接？你说有这个必要吗？"林中长似乎有点生气。

"林局长，您不要生气，我专程来小山东迎接您，不是我老吴自己决定的，而是奉县委潘书记之命而来的。"

"潘书记客气过头了。"林中长不以为然地说。

"潘书记说，您对平潭有功，您来平潭开会理应要特别隆重迎接。"吴聿静说着扶林中长跨上轮渡船驼，并爬上又窄又陡的船驼扶梯到二楼一个小小的房间，坐着等待船驼运载人和车过渡。

待坐定后，林中长接着刚才的话题，道："潘书记说颠倒了。我是喝着海坛水长大的，平潭对我有养育之恩，我怎么做都是应该的，有什么功劳可言？"

"潘书记说，是您在三中全会后来平潭主持召开渔港建设会议，号召平潭各社队'民办公助'广筑避风港，使平潭的渔港建设取得了显著成绩，名扬全国，引起中央重视，才赢得了第四次全国渔港现场会在平潭召开。没有您，平潭就没有后天的全国渔港现场会议。"

"老吴，你越说越离谱了。"林中长说，"广筑避风渔港，是发展渔业生产的基础，抓渔港建设是各级水产局局长的本职工作，应尽义务，怎么能把功劳贴在我的身上？要说功劳，一是平潭县委强有力的领导，二是平潭人民的艰苦奋斗，胼手胝足，不怕苦累，投入到建设渔港的热潮中去。所以，你后天在现场会上汇报平潭建港成绩时，一要突出党的领导，二要突出群众的力量，千万不要提水产部门的贡献，更不能提到我林中长个人。你懂吗？"

"这我懂。"吴聿静说，"在现场会上，我是按事先准备好的讲话稿念的，而且这个讲话稿是经过潘书记审阅过的。等下再请您帮我修改一遍，好吗？"

"好的。"由于风大浪高，林中长没有再说什么。

过了45分钟，轮渡到达平潭娘宫码头靠岸。两人上岸后一起坐上地区水产局的吉普车后排，小车往县城方向驶去。

在小车上，吴聿静道："林局长，潘书记还对我说，他个人也要感谢你。"

"感谢我什么？"

"感谢您在关键的时候给他送来安徽小岗村的大包干经验，让他能够跟上改革开放的新形势，较早地在平潭渔农村推行家庭联产承包责任制，从而受到省委项南书记的表扬。"

"那是潘书记自己政治素质高，紧跟新形势步伐快。"林中长说完，过一会儿突然问，"党的十一届三中全会以来，平潭建设避风渔港，已经建成投入使用的是 26 处，正在建筑的还有 6 处，合计是 32 处，对吗？"

"对，林局长记性真好。"吴聿静说，"县委认为这 32 处还是很不够，计划到 1995 年底，全县人工避风渔港能够达到 60 处。不过，平潭建渔港困难不小，主要是资金不足，潘书记要我对林局长说说，请林局长看在家乡份上，多安排一些国家资金补助平潭。"

"老吴，你怎么能这样说？难道我这个局长是为家乡平潭当的吗？"林中长听后不满地说，"国家发的渔港建设补助金，历来都是安排给平潭最多，那是由于平潭是渔业重点县，而不是因为我这个局长是平潭人。难怪今天你专程到小山东来接我，原来是看在我手中有几片渔港建设补助钱，对吧？"

"对——，啊，不对，不对。林局长，您别生气，那是潘书记开玩笑说的'看在家乡份上'这句话。其实，他知道林局长铁面无私，公事公办。"吴聿静说，"如果说潘书记对林局长有所求的话，那是请您在乔苏雄厅长面前美言，消除乔厅长对潘书记的误会。"

"这我倒听不懂了。"林中长问，"乔厅长对潘书记有什么误会？"

　　"就是那次乔厅长来平潭搞调研，提出在渔区实行农业'包产到户'的建议，被当时省委主要领导人知道了，下令撤回调查组。乔厅长可能误会潘书记。"吴聿静为他的顶头上司解释道，"其实，潘书记那时只是如实向上级汇报情况而已。"

　　"那是陈年旧事，乔厅长雅量，这件事他应该早就忘了。"林中长说，"前日我遇上乔厅长，他还在我面前表扬潘书记，说他是个好书记。"

　　小车开到县城 7713 招待所时已是中午 12 点。吴聿静为林中长及其司机朱华荣办理了入住登记手续之后，便陪同他们一起到招待所食堂吃午饭。午饭只是三菜一汤的简单便饭。

　　饭后，朱华荣根据林中长的脾性和事先嘱咐，准备到柜台交付餐费，但吴聿静却说："这一点点钱，你们就不必交了。还是由我签单，让县水产公司财务待后一起来结账。"林中长听了十分惊诧，忙问："这是你们局里的财务制度？"吴聿静没听出林中长问话中所包含的不满意味，便如实说："这是县水产公司的财务制度，他们有一项财务开支，叫作交际费。"林中长听后忍俊不禁，说道："按你这样说，我林中长不成了你们县水产公司的交际对象吗？"吴聿静见说有些尴尬，似笑非笑道："这不能这么说。"林中长问："那该怎么说？我们都是提着脑袋干革命的老地下党员，难道忘记了'三反'时连用公家的一个信封都要检讨吗？"吴聿静说："我没有忘记，林局长，您批评得对，我们立即改正。"林中长说："这就对了。"

　　1982 年 10 月 15 日上午 8 时，第四次全国渔港现场会议在平潭县城开始举行。出席会议的有来自全国沿海各省市的代表 85 人，国家水产总局局长主持会议并讲话。福建省水产厅分管渔港建设的一位副厅长、莆田地区水产局局长林中长、平潭县委书记潘长恒和县长蒋宝璋等有关领导参加会议。会议的主要议程是参观平潭人工建筑的避风渔港，同时交流各地渔港建设的经验。

平潭县水产局局长吴聿静在会上汇报了平潭渔港建设的情况。他在汇报时说道：

"平潭是由126个岛屿组成的岛县，陆地面积371.97平方千米，海域面积2164平方千米，海岸线长达448千米，有自然海湾、港澳284个，但自然避风良港只有海坛岛西北部的苏澳、东南部的下湖澳、西南部的安海澳和东庠岛中北部的葫芦澳等4处。中华人民共和国成立后，平潭渔业得到很大的发展，渔船大大增加，渔民对避风渔港的要求更加迫切，但由于平潭地处海防对敌斗争最前线，常年处于备战状态，海岛的水电交通等基础建设迟缓，更谈不上大量投资建设渔港了。1975年前，全县只有流水镇的流水、东海，苏澳镇的玉屿，屿头乡的万叟，大练乡的东澳、舍人宫等几处兴建小小的避风港。1975年4月，在山东胶南召开的第一次全国渔港现场会后，我县的大练、流水、南海、东庠、屿头、白青、敖东等乡镇相继动手建设渔港，但有的只计划还没有行动。

"我们平潭是一个孤悬在台湾海峡风口浪尖上的海岛，风凶浪狂，7级以上的大风，年平均达100余天，加上社队分散，船只繁多，避风条件差，出现过不少船破人亡的事件。流水公社的西楼和山边两个大队，仅仅在1969年11号台风中就破损渔船25艘，直接经济损失达7万多元。

"平潭全县拥有机帆船和木帆船各2000多艘，渔业收入占全县国民经济总收入的40%以上。1979年春天党的十一届三中全会后，平潭县委确定了'以渔为主，全面发展，各有侧重'的建岛方针，把建设避风渔港工作列入重要的议事日程，大力组织领导全县广大渔民群众，发扬'艰苦奋斗、自力更生'精神，采取'民办公助'的办法，建筑了小型避风渔港26处，加上在建的6处，合计达32处，是中华人民共和国成立后27年建港总数的1.5倍。32处避风港的防浪海堤长达3375米，投石量25万立方米，总投工达40多万工日，总造价如果按国家标准单价计算，要达6600多万元，但是我们只用国家77万元的材料和技工费补助，其余全部由群众投工解决。

"有了避风渔港，船、人安全有了保障。1982年9月，我县受到12级强台风袭击，凡有渔港的地方，渔船都及时就近避风，因此，都没有受到损失。于是，平潭渔区群众高兴地说，过去每遇台风就'小船推上岸，大船避他乡'，而现在是'起风听广播，大风进港来'。"

吴聿静汇报发言结束后，会场上响起了热烈的掌声。

代表们参观了平潭流水、东澳等5个较大的人工避风渔港。他们对平潭采用的斜坡式抛石筑堤和斜坡条石插砌建堤的技术大加赞扬，请求吴聿静局长介绍其中的技术要点，但吴聿静却对他们说："这是林中长局长创造的经验，请他说。"

于是，林中长在会议结束前就"斜坡式抛石筑堤和斜坡条石插砌建堤"的技术问题作了简明的介绍。

这次现场会之后的1983年7月，全国渔港专家评论组与水产厅专家21人抵平潭考察，进一步总结林中长创造的斜坡式抛石筑堤和斜坡条石插砌建堤的经验。1983年9月，国家水产总局再次在平潭召开全国渔港会议，推广平潭这一渔港建设的技术和经验。1995年，平潭全县有人工渔港60处，港域面积175.6万平方米，可泊渔船3690艘。这是后话。

第三十三回　建基地大养淡水鱼

1983 年 6 月上旬，福建行政区划进行局部调整，莆田设市撤区。新设立的莆田市，下辖二区（城厢、涵江）一县（仙游）；撤销莆田地区，将原地区所属的闽清、永泰、福清、长乐、平潭等 5 县划归给福州市管辖。原地区机关干部一分为二，一半留在莆田市工作，另一半调往福州市安排。到底谁留，谁调？根据本人意愿和工作需要，由地委组织部统筹安排决定。

莆田地区水产局除局长林中长一人外，有干部 15 名。地委组织部决定，周茂盛、朱华荣等 8 名干部调往福州市水产局，其余 7 人留在莆田市政府机关。这日上午，林中长召开全局干部会议，宣布地委组织部的人员分流决定。

会后，周茂盛问："林局长，您是留在莆田，还是和我们一起调往福州？"林中长笑笑说："我既不留在莆田，也不调往福州。"周茂盛不解："那你要去哪里？"林中长悠悠叹道："我今年刚好 60 周岁，已经是'船到码头车到站'了。我在莆田地区水产局局长这个位置上，一坐就是 13 个年头，也该让出位置给年轻人上了。"周茂盛惊讶地

222

说："您真的要办理离休手续吗？"林中长听后反问："怎么？你不相信？到了离休年龄的我，已经向地委打了离休申请报告了，这还能有假吗？"

"您是莆田地区水产局林局长吗？"突然有个青年干部进来问。

"是的，我就是林中长。"

"那好，项书记找您，您跟我来吧。"青年干部说。

"好的。"林中长不便多问，就跟着青年干部往前走，走到街市外的福厦公路上，见到一辆中巴汽车停在路旁的大树下。

当他们走近中巴时，看到福建省委第一书记项南从车上走出来。林中长见之忙迎上去同项南握手："项书记，您找我？"

"是的。"项南说，"我现刻要赶着去厦门，没时间在莆田逗留，所以只好这样在路边跟你谈谈。"

"……"林中长见说感动得什么话也说不出来。

"我们长话短说，就站着说。"项南道，"现在莆田建市撤区，你对今后的工作岗位有何打算？"

"我1923年9月出生，再过3个月就年满60周岁了，所以，我已经申请办理离休手续，把局长的位置腾出来让给年轻人上。"林中长平静地说。

"我1918年11月出生，比你还大5岁，都没想办理离休手续，而你却已经申请了。不过，你这样想，说明你风格高，有好的一面。但是，"项南接着说，"你有没想到，当前我省水产工作需要你这位'老水产'。年轻人要培养使用，这没错；但培养要有一个过程。因此，中央有个精神，对于有专长又有工作需要的老干部可以延迟离退休年限，你正是这样的老干部。我这样说你明白吗？"

"明白。"林中长说，"那我收回离休申请，听从组织对我今后工作的安排。"

"这就对了。"项南说，"现在有两个岗位供你选择，一个是省水产厅分管水产养殖的副厅长；另一个是福州市水产局局长。不知你更喜欢哪一个岗位？"

这两个岗位都是水产工作，专业一样，但两者的级别、待遇却大相径庭。一般人都会毫不犹豫地选择享受高干待遇的副厅长，但林中长却与众不同，他从不考虑个人的名誉地位。他没多想便回答道："我更喜欢福州市水产局局长这个岗位。"

"是吗？"项南听后不禁动容。他握着林中长的手说，"平心而论，为了解决城市吃鱼难，福州市水产局局长更需要你来当，但是，你付出的多，得到的少，组织上想对你关照一下。"

"项书记，您别这样说，我总觉得我对党的贡献还很不够，不存在什么'付出的多，得到的少'的问题。再说，比起您一生的经历，我这算得了什么？"林中长由衷地说。

"那好，就安排你担任福州市水产局局长吧。"项南说，"记得前几年《人民日报》发表一篇社论，题目为《千方百计解决吃鱼难》，让你担任福州市水产局局长，就是要你解决福州市吃鱼难的问题。现在，我代表省委向福州市提出 3 年后要达到的 3 项水产指标：其一，淡水鱼养殖面积从现在的 13000 亩增加到 30000 亩；其二，水产品总产量从现在的 20 万吨增加到 30 万吨；其三，人均水产品占有量从现在的 20 千克增加到 30 千克。你能完成这个指标任务吗？"

"能，我想这个指标我们一定能实现。"林中长听后表态。

"我还要赶路，我们今天就谈到这里。3 年之后，我再听你的汇报。"项南说完就跨进中巴，往厦门方向开走了。

听说林中长要担任福州市水产局局长，已决定调往福州市水产局工作的周茂盛、朱华荣等8名干部都喜之不禁。

这是因为林中长为人公道正派，作风民主，平易近人，和蔼可亲，没有官架子，不发脾气，不会骂人，和他相处、在一起工作很开心，大家喜欢这样的领导，都愿意在他手下工作。

林中长委实是一位有口皆碑的好领导。他对部属既严格要求，又关怀备至，更注重培养。他常对大家说："许多同我一起参加地下革命的同志，为了中国人民的解放事业，不惜抛头颅洒热血，献出自己宝贵的生命，而我们今天生活在幸福的和平环境里，应该继承革命先烈的遗志，好好工作，为国家和人民多做贡献。"他常常鼓励部属要抓紧年轻的有利条件，多学习政治理论和文化科学知识，使自己成为对国家更有用的人才。

朱华荣原是莆田汽车修配厂职工，1976年调来莆田地区水产局当司机开小车。在林中长局长的鼓励和培养下，朱华荣抓紧业余时间刻苦读书，获得了本科毕业文凭，并加入中国共产党，成为一名水产战线的优秀人才。根据林中长局长的提议，朱华荣被任命为福州市水产供销公司总经理兼党委书记。由于他事事先进，表现突出，被评为福州市劳动模范，还被选为市人大代表和省、市党代表。如今他虽然已到退休年龄，但他仍然服从组织安排，负责全市水产系统的国企改革的善后工作。

林中长非常爱惜人才。在那讲究家庭出身的年代，对于那些"出身不大好"，但工作能力强、业务水平高、品德表现好的干部，林中长就大胆地给予提拔使用，让他们挑重担，发挥其更大作用。对于反对过他的、顶撞过他的、犯过错误的干部，胸怀坦荡的林中长从不计较，也不嫌弃，照样教育团结他们一道工作，让他们自己在实践中认识错误、改正错误。

林中长也善于协调局里同志之间的关系，使他所领导的水产局成为一个团结、和谐、有很强凝聚力的单位。大家都为自己能成为这个单位的一员而感到骄傲，因此工作起来也特别起劲。

林中长从莆田地区水产局局长到福州市水产局局长，虽然只是平级调动，但他却觉得自己被领导高看、受到了重用。他知道，作为省会城市的水产局局长，要千方百计地解决吃鱼难，他肩膀上的担子并不轻。他必须全身心地投入，才能完成项南同志提出的指标任务。因此，出任福州市水产局局长的头3年，林中长殚精竭虑，呕心沥血，废寝忘食地思考着，工作着，一刻也不敢懈怠。

1983年6月中旬，林中长到福州市水产局上任的头一天，就召开全局干部会议，传达省委项南书记对福州市水产工作的指示，提出了建立淡水鱼养殖基地，解决吃鱼难的计划措施。

接着，他亲自带领全局干部分片包干下乡，分别到福州市下辖的罗源、连江、长乐、福清、平潭、永泰、闽清、闽侯等8县进行调查研究，掌握情况，认真总结。此时，林中长年过花甲，且有心血管疾病，在那交通不大方便的年代，他同年轻人一样，有时翻山越岭，一走就是两三个小时。

再接着，林中长组织市县（区）水产部门以及垦区的领导和技术人员前往江苏、山东等地参观考察标准化养鱼的技术和组织养鱼生产的经验。

在充分调查研究和学习外省经验的基础上，林中长向市委市政府提出了关于召开全市"建设淡水鱼基地专题会议"的建议，获得市领导的批准。会议召开时，市长亲自出席会议并讲话，林中长做中心报告。会议提出，福州市今后的水产工作除继续开拓海洋远洋渔业和水产加工业之外，要迅速把重点转移到建设淡水鱼基地上来。会议对如何建立淡水鱼基地进行了深入的研究和具体部署。

会议之后，林中长带领市水产局一班人狠抓市委市政府决策部署的贯彻落实，全力投入大规模的淡水鱼基地建设的组织、协调与实施工作。他派人从台湾等地引进罗非鱼、彩云鲷等，推广温水越冬保种和早繁鱼苗，推广高产单性罗非鱼等科技养殖技术。他利用省市财政扶持的每年100万元贴息贷款，以及世行的低息贷款，在福清柯屿、连江大官坂、福州市郊区和闽侯县的几个地方建立商品鱼基地。福清柯屿垦区取得"一年建成，二年发包，每亩单产300斤"的成效，得到农业部的一位副部长的高度称赞。

在这一时期，福州市水产局在林中长局长的领导下，还在罗源、福清、连江垦区和海湾浅海水域组织连片开发花蛤、泥蚶、牡蛎、缢蛏、对虾、藻类等大宗水产品的养殖品种，扩大文蛤、青蟹、鲍鱼、石斑鱼、网箱大黄鱼等名优品种的养殖规模，构建了"鱼、虾、贝、藻"全面发展的海淡水养殖品种新格局，使全市水产养殖业步入历史上快速发展的时期。

经过3年的千方百计努力，到了1986年6月，福州市的3项水产指标都达到或超过项南书记的要求：

其一，淡水鱼养殖面积，从1983年6月的13000亩，到1986年6月的30000亩，达到了要求；

其二，水产品总量，从1983年6月的20万吨，到1986年6月的30万吨，也达到了要求；

其三，人均水产品占有量从1983年6月的20千克，到1986年6月的60千克，超过30千克的要求一倍，真正解决了城市吃鱼难的问题。

3年前的1983年6月，项南书记在莆田的公路边曾对林中长说："3

年之后，我再听你的汇报。"但是，谁能想得到，还未到3年，全省人民爱戴的省委书记项南，却因故于1986年3月离开他热爱的福建家乡，当然也就无法再次听取林中长的福州水产工作汇报了。

林中长和项南的零距离接触先后有三回。每一回接触，项南都给林中长留下了极为美好的印象。项南思想解放，开拓进取，为福建的改革开放呕心沥血；项南作风务实，关心民众，为福建人民殚精竭虑；项南为官清廉，两袖清风，在海内外同胞中有口皆碑；还有，项南那迷人的人格魅力，都是人人知道大家公认的。但是，项南对林中长个人的器重和关爱，项南送林中长那幅"清气满乾坤"的题字，以及项南支持林中长克服鳗鱼养殖上的困难，只是林中长个人的亲身经历，却鲜有人知。林中长一想起项南，就不禁心生温暖，唏嘘叹息。

林中长在担任福州市水产局局长期间的1985年7月，被选为福州市第八届人民代表大会常委会常委。

1988年1月，林中长65周岁了，经福州市委批准，按地厅级待遇离职休养，辞去所担任的市水产局局长和市人大常委会常委等职务。

林中长从1942年10月19周岁时投身革命，至此时65周岁离休，他为党和人民事业奋斗46周年、近半个世纪，按常理，他完全可以在家里享清福，安度晚年了。然而，在离休之后，他依然心系国家和人民的建设事业。他看到福州市水产工作的特别需要，又离而不休，毅然出任中外合资福州市锦福海产有限公司董事长，继续发挥余热做贡献。与此同时，他还受聘为福州市农业工程指挥部顾问、福州市计划生育协会顾问。他担任这些工作，按规定是有工资或补贴的，但他坚决拒收，分文不取。而对待这些工作，却像在职时一样正常上下班，尽心尽力地负起责任，积极参与各项活动，深入企业工地，跑遍五区八县(市),进行调查研究,为办好合资企业,促进福州农业工程开展,搞好计划生育工作而努力。直到身体不适,住院治疗,他才一一辞去这些工作。

第三十四回　高风亮节有口皆碑

2002年4月20日，平潭岛大福湾风狂雨暴，电闪雷鸣，天气异常恶劣。在这恶劣的天气中，传来了一个令人悲痛万分的噩耗：中国共产党优秀党员，原福州市水产局局长、地厅级离休干部林中长同志因病医治无效，不幸于2002年4月20日9时55分在福州逝世，享年80岁。

这位麒麟岛诞生的麒麟子，千辛万苦来到世上为民造福数十载，尝尽了人间的酸甜苦辣，终于疲倦了，回到了他该回的地方休憩去了。

2002年4月23日，福州市海洋与渔业局举行林中长同志遗体告别仪式，有各方面的领导、战友、同事和亲属等1000多人参加。该局局长李振泰在告别仪式上介绍了林中长同志的生平事迹。他说：

"林中长同志的一生是革命的一生，战斗的一生，光辉的一生。他那崇高的思想品质、优良的工作作风、顽强的革命毅力、无私的奉献精神，永远铭记在我们心中。

"林中长同志从抗日战争时期开始，经解放战争时期、社会主义建设时期，到改革开放时期，一以贯之，忠诚党的事业，忠于人民。

230

无论是在对敌斗争中，还是在受到不公正的审查批斗时，他始终矢志不移，坚定理想信念，坚信党的领导。他为党和人民的事业英勇奋斗，奋不顾身，出生入死，功绩卓著。他披荆斩棘，呕心沥血，发展水产养殖业，获得国家大奖，成为中国养鳗鱼的第一人、奠基者。他为官数十载，一心为人民谋利益，只求奉献，不图名利，从不考虑个人得失。他为人坦率正直，光明磊落，清正廉洁，以身作则，宽容大度，生活节俭朴素，不搞特殊，始终保持着人民公仆的本色。他严格要求子女和亲属，处处表现出一名共产党员的高风亮节。从1996年开始，他因病曾先后两次动大手术，不但不向组织提任何要求，而且仍然十分关心福州市水产业的发展，关心福州市水产局的工作。他的高风亮节，他的高尚品德，他的无私奉献，有口皆碑，赢得了全局上下和社会各界的普遍赞扬和尊敬……"

　　林中长同志虽然离开了人间，但是，他的光辉形象永远活在他的亲人、战友和同事的心中。人们怀念他，这几年来写了许多回忆他生前点点滴滴的纪念文章。

　　夫人林永华写道：林中长同志一生廉洁奉公，不谋私利。60年代初，他在平潭当县长，有许多本地干部申请批地盖私房，他就按县里当时的规定批了。但他本人也符合条件，却一点也不动心，没有为自己批一寸地。大福村林氏族长请他批一块风水宝地盖祖坟，也被他婉言拒绝。他身为福州市水产局局长，一年掌握数万立方米的木材指标，却拒绝批给对革命有功、对自己有恩的90高龄老岳母一副寿板材积。林中长个人的生活非常俭朴节约。他穿的衣服补丁加补丁，还不愿为他添新衣，他甚至一生没穿过一套西装。曾焕乾1942年12月送给他的一件羊毛衣，一直穿了40多年都快烂了，还舍不得扔掉。说"穿上它就会时时记住曾焕乾的教诲，要忠诚党的事业"。而对于有困难的革命同志，林中长却十分慷慨大方。福州高湖村据点革命老妈妈五婶婆，中华人民共和国成立前为掩护林白、林中长等地下革命者立下了汗马功劳，但中华人民共和国成立后却没有任何经济来源。林中长知道后就决定从家里日常开支中每月送给她一个人一个月的普通生活费。开头是每月9元，以后随着物价上涨逐年增加。从1955年起，老妈妈五婶婆也像在职公务员领工资一样，每月15日就到我家领取生活费，20来年雷打不动，从无间断，直到70年代中期她逝世为止。1966年，大福村据点林中志家中经济困难，林中长一次就送给他30元。林中长平时对子女身传言教，要求很严。家中虽有保姆，但他却要孩子们自己洗衣服、扫房屋、做家务。他教育子女要热爱党，热爱人民，要坚定政治信仰，要把自己磨炼成一个德才兼备的对社会有用的人才。经教育，长子林建力、次子林跃力、女儿林晓青等三子女都很争气。他们都被评为优秀共产党员。子女们的成长全靠他们自己拼搏，没有沾父母的光。林中长从来不出面为子女在升学、招工、转干方面讲一句话。所以，20世纪70年代，3个子女，2个上山下乡，1个到工厂当学徒工。当学徒工的女儿，一直到她被选为企业党委书记，也没有转为国家干部。

近年来，省发改委研究员周裕惠写了多篇缅怀林中长革命生涯的文章，在报刊上公开发表。其中有篇文章写道：林中长同志接连不断地经受审查、批斗、拘押、监督劳动等磨难，家属子女和亲戚难免感到委屈和不公，但林中长却多次对他们说，"那么多同志都为革命流血牺牲了，我能活到今天已经算是很幸运之人。我一心跟党走，没干过愧对党和人民的事，我相信党组织一定不会冤枉我这个好人的"。尽管他屡屡受到政治运动中"左"的伤害，但笔者同他长时间的交往接触中，从未听到过他有对党组织不满的怨言。对于在运动中反对过他的同志，他都不予计较，依然同其友好共事，表现出一个老共产党员的宽容大度，获得了干部群众的良好口碑。

原平潭六区副区长王推位写道：林中长同志在六区任区长期间，作风民主，有重要事情都和大家商量，从来没有独断专行。他与干部群众打成一片，没有丝毫官架子。当时流水澳口没有码头，开往东庠的渡船不能靠岸，一般搭渡的客人都要由年轻的船工背着上下船。而林中长都是自己脱下鞋袜，挽起裤子，涉水上下船，从来不要船工或其他年轻同志背他。村干部到区里开会，有时开到天黑，个别路远的回不去，而区里又没有客房，林中长就邀他和自己同榻而眠，一点也不嫌弃农村干部身上的异味。那时平潭刚解放不久，群众生活较苦，吃的不是大米，而是番薯饭，有的还吃番薯经磨碎洗粉后的番薯渣（俗称薯丝、薯纤）。林中长下乡工作需要在群众家里搭伙，如果群众吃薯丝，他也跟着吃薯丝，从来不要群众专门为他煮好饭，而且都按当时规定的标准向群众缴交伙食费。他在区公所食堂用餐也是和大家吃一样的饭菜，从来不搞特殊；并且按时按标准缴交伙食费，从来不拖欠一分钱。调离六区时，他所用的单位家具物品，一件件清点移交，从不侵占一件公物，真正体现他作为一个共产党员的艰苦朴素、廉洁奉公的优良作风。

原平潭敖东公社党委副书记林金标写道：林中长县长在指挥竹屿口围垦工程中不顾个人安危，亲临围堵第一线，处处身先士卒，日夜同民工一起苦战。他不怕苦累，不怕牺牲。民工们都说："哪里有困难，哪里有险情，哪里就有林县长的身影。"他曾两次受了重伤都不肯离开工地休息，表现出一个共产党干部的顽强意志和赤胆忠心。

原福州市水产局调研员周茂盛写道：林中长局长经常告诫我们，

"一个人要管好自己，不要奢望，不要贪心，不要占有非分之财。不要做亏心的事，要过平凡的生活，这样才能心安理得，才能得到快乐"。他自己以身作则，身体力行。我和他接触20多年，从没见到他向组织提出任何个人要求，他从不为自己私利考虑，直到离休都没有出过一次国，虽然也有多次出国考察的机会，但他总是让别人去。这在全市正局级干部中是罕见的。

原福州市水产公司总经理朱华荣写道：林中长局长离休后，仍然关心水产事业的发展，关心同志们的工作和生活，关心老部下的成长。特别近几年来国有水产企业不景气，更使他操心。每当我上门拜访他的时候，他首先问的是企业职工的生活，企业的生产经营状况和经济效益。并和我探讨如何进行企业改革，帮助我们想办法、出点子，直到他病重住院期间，我去看他，他依然心系这些事情。每当想起他，我的心情就难以平静。林局长的崇高思想境界和忘我无私精神，将永远砥砺我前行。

外孙女林翔写道：外公离休前的工作十分忙碌，甚至周末也常常加班。外公在几十年的革命生涯中，多次处于逆境。是他那革命乐观主义精神，帮助他一次次地走出困境。也就是这种革命乐观主义精神，在外公知道自己患有肺癌时，并没有像一般癌病患者那样悲观消沉，而是用非常积极的态度对待疾病和治疗。在治疗之余，外公喜欢摆弄花草，收集奇石，写写毛笔字，打打太极拳，以陶冶情操，锻炼身体。正因为这样，外公在确诊得了恶病之后还能坚持活下来8年。在这8年中，他先后动了两次大手术，进行了多次的化疗、放疗。外公凭着自己的刚强和坚韧，挺过了一次又一次的痛楚和险情。在整个患病期间，外公从来没有气馁过，放弃过。即使处于病情严重恶化的癌症晚期，外公也没有放弃同病魔做斗争。外公同病魔进行不屈不挠的斗争整整 8 个春秋，一直到生命的终点。外公的人生，是圆满的，成功的，光辉的。外公虽然走了，但他永远活在我们心中。我们无限怀念革命一生、战斗一生、光辉一生的好外公。

2004 年 4 月，原平潭县审计局局长林文敏写了一本洋洋三万言的《林中长传略》的稿子，虽然没有付印成书，但稿子中对林中长的革命一生提供了许多翔实的资料。其中他写道：林中长局长是我的老领导，他对我的政治前途十分关心。1957 年我被错划为"右派"，受尽磨难。1980 年全平潭"右派"平反 74 人，只我一人不给平反。我特地到莆田向老领导诉说委屈，他热情地接待了我，收了我的"申诉书"，询问了具体情况。当晚还留我在他家里吃饭，他全家人吃的只是地瓜稀饭，而其夫人林永华同志却特地煮一大碗鲜鱼面给我吃。次日，林局长就把我的"申诉书"递送莆田地委统战部，并向部领导详谈了我的情况。随后，他又和郑杰同志一起回平潭向有关领导提出要给我落实平反政策的事。1981 年，我终于平反了，还当上县中层领导干部。他获悉后非常欢喜，再三告诫我"要鼓起勇气，开阔胸襟，做好工作，用实际行动去体现自己的价值，去弥补以前时间流逝的损失"。林中长同志虽然离开我们而去，但他的音容笑貌时刻闪现在我的脑海之中。他数十年如一日，一心革命，两袖清风，不为名利，忠心耿耿为党和人民工作，为实现他入党时的理想信念而奋斗终生。他永远是后人的学习楷模。他给我留下难以忘怀的深刻记忆。此时，我心中忍不住默默念着两首诗——

赞中长

林文敏

接受马列上征途，一生清醒不糊涂。

艰难曲折等闲视，留取丹心照宏图。

墨　梅

王　冕

我家洗砚池边树，朵朵花开淡墨痕。

不要人夸颜色好，只留清气满乾坤。

参 考 资 料

1. 林中长：《个人简历》（1988 年 7 月）。

2. 林中长：《战斗在平潭南区的革命基点村——大福村》（1986 年 3 月 29 日）。

3. 林中长，林正光，施修葳：《革命火种在黄花岗中学点燃》（何可澎整理于 1984 年 10 月 30 日）。

4. 林中长：《忆曾焕乾烈士》（《平潭党史资料》第二期，1987 年 2 月 28 日）。

5. 林中长：《中共闽北城市临时委员会成立的前前后后》。

6. 林中长：《回忆 1947 年 3 月至 1949 年 4 月的几则事》（1988 年 4 月 18 日）。

7. 林中长：《解放后各个时期经历的回顾》（1988 年 7 月）。

8. 林永华：《忆林中长革命生涯中的点点滴滴》（2013 年夏）。

9. 林永华：《我和道山路据点》（2018 年 11 月）。

10. 林文敏：《林中长同志传略》（2004 年 4 月 5 日）。

11. 大福村党支部，村委会：《大福基点村光荣斗争史》（2002 年 10 月 25 日）。

12. 周裕惠，詹世忠：《林中长：一位老地下党员的焕彩水产人生》（《福建党史月刊》2014 年第 3 期）。

13. 周裕惠：《地下党员林中长参与福州经济劫案史略》（2015 年 4 月 1 日）。

14. 李振泰：《林中长同志生平介绍——在林中长同志遗体告别会上的悼词》（2002 年 4 月 23 日）。

15. 陈贞扬，梁敬定：《林中长同志在闽北城市地下工作中的重要贡献》（2002 年 10 月 12 日）。

16. 蔡平：《回忆林中长同志在闽北的革命日子》（2002 年 9 月 25 日）。

17. 王推位：《我永远难忘的好领导林中长同志》（林文敏整理于 2012 年 11 月 19 日）。

18. 林文敏：《林中长同志在土改、镇反、剿匪中的突出事迹》（2012 年 11 月 18 日）。

19. 林金标：《奋战在竹屿围垦工程上的林中长县长》（林文敏整理于 2012 年 11 月 22 日）。

20. 周茂盛：《怀念林中长同志》（2002 年 11 月）。

21. 朱华荣：《我记忆中的林中长局长》（2002 年 9 月 10 日）。

22. 郑庆荣：《林中长：开创中国鳗鱼养殖的奠基者》（2013 年 5 月）。

23. 林翔：《我的外公》（2013 年春）。

24. 中共莆田市委：《关于对林中长同志平反的决定》（1985 年 9 月 13 日）。

25. 郑锦华主编：《中共闽浙赣边区史》（厦门大学出版社 1983 年 9 月版）。

26. 池传镈主编：《中共闽浙赣区（省）委城工部组织史概要》（福建人民出版社 2008 年 4 月第 2 版）。

27. 何可澎主编：《平潭革命史》（平潭县委党史研究室 1995 年 12 月）。

28. 平潭县地方志编纂委员会：《平潭县志》（方志出版社，2000 年 10 月版）。

29. 《平潭大福村林氏族谱》（复印件，林晓青提供）。